# 失语者

张嘉丽◎著

浙江工商大学出版社
ZHEJIANG GONGSHANG UNIVERSITY PRESS

**图书在版编目(CIP)数据**

失语者 / 张嘉丽著. —杭州：浙江工商大学出版
社，2018.5
ISBN 978-7-5178-2644-6

Ⅰ. ①失… Ⅱ. ①张… Ⅲ. ①中篇小说－小说集－中
国－当代②短篇小说－小说集－中国－当代 Ⅳ.
①I247.7

中国版本图书馆 CIP 数据核字(2018)第 056612 号

**失语者**

张 嘉 丽　著

| | |
|---|---|
| **责任编辑** | 刘淑娟　白小平 |
| **封面设计** | 林朦朦 |
| **责任印制** | 包建辉 |
| **出版发行** | 浙江工商大学出版社 |
| | （杭州市教工路 198 号　邮政编码 310012） |
| | （E-mail:zjgsupress@163.com） |
| | （网址:http://www.zjgsupress.com） |
| | 电话:0571-88904980,88831806(传真) |
| **排　　版** | 杭州朝曦图文设计有限公司 |
| **印　　刷** | 杭州半山印刷有限公司 |
| **开　　本** | 710mm×1000mm　1/16 |
| **印　　张** | 16.25 |
| **字　　数** | 230 千 |
| **版 印 次** | 2018 年 5 月第 1 版　2018 年 5 月第 1 次印刷 |
| **书　　号** | ISBN 978-7-5178-2644-6 |
| **定　　价** | 48.00 元 |

# 目　录

# 被囚禁的女人

## 一

午后，雷声在房顶上一声一声地炸裂，震耳欲聋的雷声惊动了房上的瓦。阿九能听到瓦片遭受震动后的细响，她静静地坐在那儿听着，听着。由于没有光亮照进来，房间里显得漆黑一片。

随着炸裂的声音，天空似乎被撕裂了一道口子，接着暴雨呼啸而来，落在不同的物体上，发出轰轰隆隆、噼噼啪啪的声音，像千军万马呐喊着响成一片。

倘在以前，阿九一定会趴在窗户上，向外看着暴雨肆虐的模样。可是此时，她没有起来，而是淡定地坐在一把破摇椅上，机械地将身体不停地晃动着。随着晃动，那把椅子也跟着不停地摇动，并在漆黑的房间里发出"吱呀，吱呀"的响声。现在，她一天到晚被囚禁在这小屋里，没有别的事可做，只能坐在这把摇椅上消耗时光。

就拿今天来说，她在这把破摇椅上已经坐了四五个小时了。大雨落下的期间，她也往窗户和门的方向看了看，试图看看外面铺天盖地的大雨，但这一动作都是徒劳，因为她什么也看不见。一个星期之前，她被他们彻底地囚禁了。为了不让她走出这房间一步，他们先是用砖将这间房子的门砌了起来，随后是窗户。囚禁让她与外界隔绝，她不仅走不出去，也看不到外面发生的一切。

此刻,她又看了看曾经的门,以前进进出出的那扇门已被拆掉,现在那里多了一堵新墙。砌墙的时候,他们以为她会跑出去。出乎意料的是,她没跑,而是坐在这张摇椅上似笑非笑地看着他们砌墙,然后不慌不忙地晃着,晃着,好像墙里囚禁的不是她,而是别人。在阿九的眼里,他们砌的也只是墙,不是人,哪怕把她囚禁在这里,囚禁的也只是人,而不是她的灵魂,她的身体在墙内,她的灵魂已在外面看着他们这一帮人对付一个弱女子的可笑举止。多么可笑啊,这么一帮人,只为了对付她,挖空心思,费尽心机。然而,她的笑更让砌墙的人恼怒,他们恼恨她如蚂蚁般苟且偷生,却又带着高高在上藐视一切的气势。他们更发狠地将她砌在房子里。边砌边祝福她,祝她早日死在里面。

阿九最初被砌在房子里的时候,她还能隔着窗户看他们在院子里活动的情景。她时常站在窗户内看着公公婆婆、大姑子小姑子以及他们那些招之即来、挥之即去的女婿们。每个人经过她的窗户的时候,她都会嬉笑着向他们打招呼,没话找话地说:"嗨!大姐,二姐,大姐夫,二姐夫,今天天不错啊,吃了没有?"大姐二姐在她面前吐了一口唾沫,大姐夫二姐夫则白了她一眼。接着,她又冲着小姑子叫:"哎,小四,小五,四妹夫,五妹夫,今天都没出去吗?"他们没有一个人应她,然后都恶狠狠地看她一眼。

对那些唾沫、眼神,阿九一点儿也不在乎,反倒对他们都报之一笑。她越笑,他们就越恨她。然后,他们一群人又坐下来继续商量,商量着怎么样才能把她赶走。

每次阿九看到他们一堆人聚在一起就觉得好笑,这么一大家子,坐在一起兴师动众的就是为了对付她一个手无寸铁的女人,这是多么滑稽的一件事。其实她的事情很简单,只要她与丈夫到医院里一查就得了,哪用费这么大的事儿,可是丈夫不去,她一个人去也是徒劳。然而,他们没有一个人按她的方法行事,却一心一意地就是要她走。阿九想了,什么事儿都没搞清楚,为什么要我走。我不能走,就是不能走。而且让她觉得滑稽的是,他们一家人聚在一起的画面无法用词形容,全是头、胳膊、腿和脚。大头小头,大胳膊小胳膊,大腿小腿,大脚小脚,摆在一起几十副,多么壮观啊!那里面有懦弱公公的身体与四肢,有严厉婆婆的身体与四肢,有计谋多端大姑子小姑子们的身体与四肢,还有她们五个唯唯诺诺女婿的身体与四肢,一共十二个人。不,一共有十三个人,还有一个是最不能忽略的身体与四肢,那是她的丈夫。她太清楚她丈夫了,他就是属于那种四肢发达、头脑简单的人,而且他一向像傀儡一样任他们摆布。此刻,他夹在他们中间显得更加可悲、可怜与可恶。不时,她在窗内仇恨地看着他。她丈夫知道她在看他,感觉她的眼神像刀子一样在向他一点儿一点儿逼近。可是,自从他打了她以后,他就不敢正视她了。哪怕轻微的一瞥,他都觉得是罪过。

# 二

他们依旧在商量。阿九站在窗子里,不用仔细听,就能知道他们在商量什么。他们商量来商量去,就是怎么样才能把她弄走。他们众口一词:"这个女人太难缠了!""可是,我们打也打了,骂也骂了,却怎么也赶不走她。"不管他们怎么对她,他们觉得这个可恨的女人始终就是那句话:我嫁了李家,就是李家的人,你们谁也别想赶我走。再打,她又说,我生,是李家的人,我死,是李家的鬼,凭什么要我走,我死也不走,当初可是你们花了聘礼把我娶过来的,并不是我跑到你家来的,你们想娶我就娶,想赶我就赶,没那么容易。

李家的人便说:"我们已不把你当成李家人了,你为什么还不走?"

"可是,我为什么要走啊?"

"你还不明白吗,我们已不要你了!"

"你们说不要就不要了,你们是王法?再说了,那一纸婚书还在呢?"

李家的人看缠不过她,便发起狠来:"好,你不走是吧?"

"对,我不走。"虽然寡不敌众,但是阿九并不怕他们。上次她丈夫打她的时候,她不但不躲,也不还手,却在怀里抱着个锄头,一边挨着打,一边还笑着对他说:"你说我要不要帮你一把,一头在锄头上撞死。"听了她这话,正在打她的丈夫,突然愣在那里。他一边奉命发狠地打她,一边看着她那倔强的性格痛苦。他知道无论怎么打,凭她那宁死不屈的性格,他们这群人谁也别想征服她。可是,在家庭里,他从小所受的教育,让他骨子里生着一份奴性,他习惯了被家庭奴役,也无法改变奴性的存在。此刻,看着被他打得道道血痕的妻子,看着身体娇小却又毫无惧色的坚定眼神与对他鄙视的笑容,他扔下手里抽打她的皮带痛苦地走开了。

当李家人看着实在赶不走她的时候,他们便想到恶毒的一招。"那好,你不走,你待在这个房间里就不要出来。"

"行,我绝不出来。"其实李家人正求之不得,赶不走你,不信折磨不死你,于是这么一群弱肉强食的人便恶毒地把她砌在了房子里。砌墙的时候,一家人齐心协力,和泥的和泥,搬砖的搬砖,砌墙的砌墙,很快,那扇门就被严严实实地砌上了。

他们砌墙的时候,在那一堆人里,阿九最恨的一个人是她的丈夫。虽然砌墙的时候,他没干一样活,而是木呆呆地看着他们干活,但这也足够让她痛恨。

她忆起他们的过去。当初他们认识的时候,他是一个多么美好的人。相貌好,性情好,温文尔雅的模样给了她无限的向往。新婚的时候,他依旧是那么好,对她不仅疼爱,而且体贴入微。突然有一天,他就变了,他在众人的怂恿下,一改往日的温柔,开始对她怒目横眉,继而打骂她。直到拳头落在身上的时候,阿九才开始对他陌生起来。一个人怎么说变就变了,前一分钟把你当宝贝,后一分钟就把你当粪土。

门被砌上后,阿九经常看到他们聚在一起商量。被囚禁的第三天,他们正商量着,二姑姐的丈夫突然回头看了看窗户,看到阿九在窗户里看着他们微笑。虽然这个弟媳相貌平平,个子不高,但是她身上有着一种难以驯服的气势,尤其看人的时候,眼神十分犀利,似乎能将人的内心一眼看穿。看着看着,他的脸色阴郁起来,随即瞪视着她,阿九也不示弱,她也怒视着他。

二姐夫的脸上仍有着几道抓痕,从鼻子一直到额头,左右脸颊上也各有几条长短不一的痕迹,那是阿九给他留下的纪念。因为阿九根本看不上他这种不像男人的男人。

　　丈夫在他们的怂恿下打骂她,阿九认了;公公婆婆打骂她,阿九也认了;大姑姐小姑子打骂她,阿九还是认了;可是,作为姑子的丈夫打她,阿九怎么也不能咽下这口气。那天,他们一群人像拍皮球一样地打,你一下,她一下,越打越上瘾,越打越来劲,他们边打还边说:"你这个没用的女人,你为什么还不走?""李家娶你可不是做摆设!""不会下蛋的母鸡要你做什么?"阿九始终不还嘴,任他们打骂。

# 三

　　本来,李家的女婿们只管在一旁看热闹,或者干脆跑跑腿。然而那天,一直在一旁看热闹的二姐夫突然冲了上来,也给了阿九一巴掌。顿时,阿九觉得嘴巴里有一股腥味,她朝地上吐了一口,血都出来了。

　　这一巴掌打得阿九恼怒起来。她仇视地看着他。阿九觉得给李家的人打也就算了,你一个外姓人、一个女婿算哪根葱,也敢来打我?谁都没想到之前一直贴着墙抱着头挨打的阿九突然发疯地冲上去,照着二姐夫的脸就挠开了,顿时把他的脸挠成了一个大花脸。

　　这姐夫被挠得十分狼狈,恼羞成怒地冲上去又要打她。

　　此时院墙外看热闹的邻居看不下去喊了起来:不要脸,姐夫打弟媳妇。不要脸,姐夫打弟媳妇。被大家这么一起哄,这位姐夫没敢打下去,扬起的手也停在了半空中,本来他们一家人欺负一个弱女子就十分可耻,他若是强打下去,万一惹起众怒,他这个女婿在这儿也没法儿混了。于是,在随后的家庭会议上,他主张把这个弟媳妇砌在房子里不让她出来,最好活活将她饿死。恶毒的家庭会议决定,李家就这么一个儿子,延续香火是义不容辞的事,既然娶了一个不会下蛋的母鸡,赶不走她,也非得把她折磨死。"打是打不下了,最好把她关起来?"二姐夫说。

　　大家都看着他,大姐问:"怎么关?"

　　"把门拆了,把她砌在屋子里?"二姐夫答。

"那能关多久呢?"三姐问。

"一直关下去?"一旁的母亲说。

"那真的要出人命了?"五妹看了看大家接了一句。

母亲哼了一下说,"就怕她不死!"听了这一句,大家心里都有一个结果了,谁也没有再接着往下说。而李家唯一的儿子始终没说话,他的头几乎低到地底下去了。

此时,当二姐夫看着阿九隔着窗子冷冷地看着他,脸上仍旧挂着那个像君王一样似笑非笑的表情时,他的脸都怒得发绿了,脸上的那几道伤痕也跟着他的表情拧成可怕的虫子。为了不让她看到外面的一切,为了隔断她与外界的联系,随后,他们又将房间外面仅有的一扇窗户也订了起来。他们里三层,外三层,将窗户订得严严实实,密不透风。被关在房间里的阿九,想要找一个缝隙窥视外面一缕光都不能。从他们开始将她的房门砌住的时候,阿九就清楚地知道,他们这么做的目的,就是让她死。她想:"虽然我早晚要死,可是想让我这么快死,可没那么容易。"

阿九之所以受到如此虐待,就是因为结婚五年来她一直未曾怀孕,他们便认为她是个罪大恶极的人。他们李家五个女儿,就这么一个儿子,本指着儿子延续香火,他们不能容忍一个不会生蛋的女人占着茅坑不拉屎。开始他们倒没有强硬地对付她,而是好心好意地劝她走。他们觉得,阿九这种家庭条件一般,长相一般,要求一般的人很好哄,哄一哄就走了。可是,阿九可没有她们想象的那么好对付,她坚决不走。

之后,他们又想要收买她,以为用利益诱惑她,也能把她诱走。可是,他们的算盘又打错了,无论如何,阿九死活不走。

阿九觉得自己没有错,五年不怀孕,并不代表她不行,倘若是男人的问题,这就是冤枉她。她主张她与丈夫一起看医生。可是,李家坚持,错在她,自己的儿子没有一点儿问题,她必须走。然而,阿九坚持没有证据,他们一帮人都没有权力宣判她有罪,在没把事实弄清楚之前,她不走,就是死也不走。

李家看哄、诱都不行,便要来硬的。他们先怂恿着她丈夫不要对她客气。她丈夫先是用恶毒的语言攻击她，接着是骂她。阿九生来是一个倔强而又乐观的人，无论怎么攻击，怎么骂，她都一副笑嘻嘻、没心没肺的样子。

后来，他们便怂恿她丈夫家暴她。她丈夫第一次打她的时候，心里还很难过，除了没有孩子之外，他对她倒没有成见与仇恨。可是，为了李家，为了父母，他还是做了违心的决定。

阿九第一次挨打后，内心虽然难过，但表面上还是笑嘻嘻的，依然照吃照喝。一次，她乌青着脸对她的丈夫说，你看，我现在是李家的人，你打我也好，不打我也好，我都是你家的人。你可以亏待我，但我不能亏待自己。所以，我必须吃饱、喝好。看着她照吃照喝的样子，她丈夫哀怨地看着她。可是下一次，他又在怂恿下狠狠地揍她，揍完了，他又极其痛苦哀怨地看着她。甚至有一次，他在打她的时候，边打边说："你走吧，你走吧，你会被打死的！"

# 四

阿九看着她的丈夫，觉得他既可怜又可悲。从小扎在女人堆里长大的他，全没了男人的志气，他的行为，他的思想全被一堆女人左右着。她甚至都怀疑，他娶她，是不是女人们让他娶他就娶？他睡她，是不是女人们让他睡他就睡？他骂她，是不是女人们让他骂他就骂？他打她，又是不是女人们让他打他就打？他知不知道，他就像一个傀儡被一帮女人操纵着。

那次，她一边挨着打，一边仰着脸问他："你说，除了她们让你娶我，你有没有真心地喜欢过我一回？"

他一怔，扬起的手停在了半空中。实际上做丈夫的也知道，阿九长得并没有多么出众，然而她的身上却有着一份魔性，她那与生俱来的气质与不死的精神会让你跟着她的意志走。那五年，他并不是被人支使着去喜欢她，爱护她，而是不由自主地喜欢她身上那种魔性。她的言语，她的个性，她的行为，都让他着迷。而他的言语，他的喜好，他的个性也在不停地被她影响着。在她的面前，他能找回他男子汉的自尊，因为她并不像他家的那些女性一样支使他，奴役他，而是尊重他。然而就是因为她长久地不能怀孕，李家的女人便断定这个女人不能要。她们开始不停地在他的面前说她的坏话,唆使他对她施暴。然后,阻止他与她接触,阻止他与她说话。

此时,阿九的一句话问住了他。他的手在空中停了有半分钟,然后他想起唆使的话,手又重重地落了下去。于是,阿九闭着眼,任他的拳头落在身上。无论怎么打,阿九都咬紧牙关挺着,从未叫过一声疼。

阿九这种无论怎么打都打不服的态度让李家十分气愤,他们觉得阿九是茅坑里的石头,又臭又硬,怎么会有这样的女人,她到底是拿什么做成的?

"我就不信打不走她,再去打。"做母亲的继续发号施令。

儿子尽管痛苦,可是母命不能违。于是又狠狠地打她。阿九挺着,不躲不还,不叫不喊,每次都任丈夫拳打脚踢。

他们看一个人打不行,便上来一群人,以为进行车轮式战术就能把阿九吓住。

阿九的头发乱了,脸青了,胳膊腿都肿了,到处伤痕累累。但是面对一群恶毒的人,她依然故我,视死如归。有时挨打的时候,她仍笑着说:"你们这样不公地对待我,我就是死也不会让你们的计划得逞。"

听到这家人的动静,看热闹的人越来越多,有的人趴在大门缝那里看,有的人爬上围墙看,有的人爬到树上看。李家动静闹得越大,围观的人就越多。人们都有看热闹的喜好,哪里有热闹就去哪里看,热闹越大越欢喜。许多人也有看不下去的时候。看着被拳脚相见的阿九,有人对她喊:"姑娘,你还是走吧!""你会被活活打死的!""胳膊拧不过大腿,这样挨打犯不着。""真是一伙强盗!谁家的人不是肉长的,你们不能这么欺负一个女人!"

阿九感激地看着那些帮她说话的人,但是她依然倔强地说:"我不走,就是死,也不走。我是他们娶过来的,不能这样不明不白地走。"

"你何苦这么傻呢?""没有一个人把你放在眼里,你就是留在这里还有什么意义?""人要活得有尊严,不能这么着被人侮辱,而且被一群人侮辱。"

大家看着怎么也劝不走被一群人围殴的阿九,有人开始小声地嘀咕:"这姑娘肯定是个半吊子,缺点儿什么?""三条腿的蛤蟆不好找,两条腿的人还不好找吗,干吗要在这一棵树上吊死?""哎呀,这么死心眼儿,迟早有一天会被折磨死!"

许多人也觉得这是人家的家务事,不好插手,尤其像阿九这样吃了秤砣铁了心的家务事更不好管,何况清官也难断家务事。人们看了会儿热闹,纷纷散了。

# 五

阿九隔三差五地就要挨一顿揍。那边刚揍完,一家人累得正在喘气,这边阿九开始烧饭吃了。边吃还边笑着调侃自己:"唉,没人疼,得自己疼自己,没人爱,得自己爱自己。只有吃饱了饭,才能面对重重困难与苦难。只有吃饱了饭,才能接着挨打。"见她如此倔强,看热闹的人都纷纷摇头,觉得这姑娘实在是有些问题。一个邻居对另一个邻居比画着,指了指自己的脑袋,又指了指阿九,那意思是说:她的脑袋有点儿问题。是啊,换作别人,一百个阿九也被打走了。

李家人之所以不一下打死阿九,是因为他们也知道打死了人是要犯法的,但是她不走,他们也难受,怎么能让阿九长久地占着茅坑不拉屎呢?他们总要想方设法为延续李家的香火而战斗,既然她不愿意离开这座房子,索性就将她砌在房子里,看她到底能坚持多久。

但是,他们谁也没料到,阿九事先留了一手,她在房子里储藏了粮食与水。

阿九结婚一年后,由于家里人口多,他们夫妻就与公公婆婆分开烧饭了。现在,她被砌在自己的房子里。

房间里有半缸多水,几斤米,半袋面粉,有灶台,有柴火,只要有吃的,她就不怕被饿死,她就与他们慢慢地熬着,看谁最终熬过谁。

从阿九被囚禁的那天起,每天,李家的人都能看到囚禁的这间房屋的烟囱里有袅袅炊烟上升。看着那烟升啊升,他们就恨啊恨,哎呀,这个妖精,她怎么还不死?

阿九知道他们肯定都在说这句话,她每天在房间弄了吃的就像一位大爷一样坐在摇椅上晃,边晃边说:哎呀,你们的算盘珠子抠得太如意了,我就是不死! 就是不死! 气死你们!

为了坚持得久一点,阿九每天吃得都不多,哪怕烧一点儿稀饭也要分几餐吃。吃的喝的解决了,阿九却忽略了如厕的问题。

第一天半夜的时候,她被憋醒了。白天就想上厕所,因出不去已忍了一天,到了夜间更难忍了。她急得从床上爬了起来,可是出不去,只能在房间里干着急。她从房间的这边踱到那边,从那边踱到这边,想着,现在怎么办? 怎么办? 吃的喝的都想好了,就是没想到这个排泄的问题,她急得在房间里团团转。就地解决? 她一下还没有这习惯。忍无可忍的时候,她忽然想起床下有一个装杂物的塑料桶,便急急地爬到床下找到它,将里面的东西哗啦一下倒了出来,然后在桶里把急事解决了。大事解决了,阿九舒舒服服地躺到了床上。此时,她觉得,人生第一痛快的事是饱餐一顿,第二痛快的事就是解决生理大急。人生大急解决了,便身心舒畅,万事大吉。否则,憋着与饿着同样痛苦。

一连几天,她都在桶里解决她的人生大急。之后,这些大急在桶里汇聚,挥发,发生化学反应,随即散发出阵阵刺鼻的气味。这气味让阿九感到很是恶心,她觉得密不透风的房间里到处飘荡着令人作呕的大便味,她能闻到的气味都是大便味。

开始的时候,阿九闻着那气味都要干呕一会儿。边呕边想,人其实是世间最恶心的一种生物,再也没有比人更恶心的了,吃进去的时候要比其他动物吃得讲究、精细,拉出来的时候也要比其他动物拉得直接、恶心。但是,现实里,人人却觉得自己比动物高级,究竟高级在哪里? 在阿九看来,只不过是人自身抬高了自身而已,倘若将人放在动物堆里,人未必会比动物更懂得仁义道德、礼义廉耻;倘若动物转换为人类,也未必会像人类所说的那样丑陋、龌龊,倘若论丑陋与龌龊,人类所做的许多事与其他生物相比更是有过之无不及。但是人就是人,人就是会狡辩,哪怕做了再丑陋再龌龊的事,都要推卸责任。倘若有利益可争,也是锱铢必较,更甚者鱼死网破。

# 六

闻了几天那恶心的气味以后,阿九便习惯了。她觉得其实人的适应能力要比想象的强,你在什么样的环境就会适应什么样的环境。只要有创造力,有求生欲望,也没有适应不了的环境。倘若换了比这更艰难的环境,她相信自己也能适应。尽管阿九认为,她有不死的灵魂,但是现实的问题是,这排泄的问题,这排泄物的问题总是存有隐患。桶满了怎么办?散发的毒气怎么办?一旦将她毒死怎么办?越是思考这个问题,她越觉得这个问题严重,越觉得严重就越往严重里想。阿九总想着,我会被毒死,或许在食物没有吃完之前,我就被自己的排泄物毒死了。她总在思考着,得为排泄物另寻他法。

那天,阿九仍旧坐在那把破摇椅上摇啊摇啊,忽然她看到放在墙角的一把锄头。自从被囚禁在房间里后,她觉得自己的视力越来越好了,她能从微弱的细光里看到闪亮的东西。此刻,那把锄头在她的眼里就闪闪发光。那是她未被砌进房间的时候,为了保护自己放在那里的。她丈夫打她的时候,有时她就抱着它。有一两次,她也想着,如果挨打的时候实在忍受不了,就撞锄头而死,可是还没到那一步,她也决不走这条毫无骨气的不归路。

阿九从椅子上站起来,将锄头拿了过来,开始用这工具撬地上的砖,一块一块地撬,然后在房间里挖起了地洞。地洞越挖越深,越挖越深,挖得都有一人高了,如果她用力挖,将洞的方向转移,她都能将洞挖到房子外面去。她相信自己有这个能力,可是,她又不想这么干,她就是不想这么干。她认为,如果被囚禁在这里是坐牢,她宁愿将这牢底坐穿。

地洞挖好后,她就更不用愁了,每次解决问题的时候,她就往上一蹲,解决完了,就往洞里埋上一层土,解决一次填一次。每次这么解决后,阿九就觉得这是多少幸福的一件事啊,人类这种最迫切的生理问题在用最原始的办法解决后,这种简单的过程就是一种幸福。然而人们已丢失了原有的幸福,所追求的反而是痛苦的东西。

尽管阿九储存了一些食物，可是再多的食物也经不起时间的考验。眼看食物一天天地少下去了，为了不让食物吃得太快，她后来吃得更少了，每天只吃一次，每次只吃一点点，为了不多耗体能，她总是躺在椅子上保持体力。她总想着，哎呀！人啊！不过如此，吃喝拉撒睡。在外面一样，在里面也一样，这些程序一样都不少。这么一想，有时候她也觉得人生也并没有事先想象的那么苦恼。倘若兴致来了，她还会在房间里唱上一段《苏三起解》："苏三离了洪洞县，将身来在大街前。未曾开言我心内惨，过往的君子听我言。哪一位去往南京转，与我那三郎把信传。言说苏三把命断，来生变犬马我当报述。人言洛阳花似锦，偏奴行来不是春。低头离了洪洞县境。"唱完了，她又在后面加上"啊……洪洞县啊！"然后她拖着个长腔，抑扬顿挫地将声音拖下去。

这天，正当她唱得起劲时，突然传来惊叫声："妈，她居然在里面唱起来了？"尽管阿九看不到外面，可外面的人总想知道她还在不在人间。他们判断她在不在的方法，一是看烟囱有没有冒烟，二是贴着墙壁听她在房间里的声音。每天看着炊烟升起，他们就知道，哎！这个该死的，居然还活着。最近那烟囱常常不定时冒烟，他们就知道她快要断粮了，断了粮就好办了。他们为这断粮的结论而鼓舞，唉，快了快了，阿九你快了。一连两天，他们没看到烟囱冒烟了，他们都以为阿九或许真的已经死了。可是他们看不到屋内的情况，姐妹们便轮流贴墙听房间里的声音。这天，大家轮流听了好几个小时，房间里都静静的，什么声音都没有，突然阿九就唱起了《苏三起解》，此刻刚好轮到小五在听，乍听这声音，小五吓了一跳，以为是幻听，仔细听，真的是阿九在唱，便尖叫起来。

阿九在房间里也听出外面那是小五的声音，但是她没停下来，又唱了一段才罢休。

# 七

阿九被囚禁了整整三个月。先是水没了。当最后一点食物被吃完的时候,阿九想,到底迎来了这一天。接下来,要么饿死,要么造反。可是,被砌进来的时候,她虽然在食物上耍了花招,可是她仍然抱着视死如归的心,她出去了又能如何,仍逃不脱被逐出这个家门的命运。然而,她觉得这个事情仍不是她个人的问题,她不能就这么认命。既然出去也是一死,在这儿也是一死。反正都是死,不出去也罢,反正里死外死,都是换汤不换药的结果。

忍受饥饿是一种痛苦,阿九也一样,越饿越是满脑子食物,各种各样的,那些食物都会飞,满房间飞,每一样似乎都伸手可及,但每一样都抓不到。饿了三天以后,阿九又忽然觉得,既然同样是死,她不能闷在这小黑屋里死,她应该死在空气更好的地方。在死之前,她应该还有一点儿权力看一眼外面的世界。她看了一眼墙角,那个忠诚的锄头还在,她觉得她可以用它敲开那道被砌起的墙。

此时的阿九已不是当初的那个阿九,在断断续续的饥饿与连续的饥饿中,她瘦得只剩皮包骨头。她身上的皮像皮筋一样,弹性极好,一下子能扯得老长,然后再慢慢地弹回去。当阿九摇摇晃晃想从椅子上站起来,想要去拿那把锄头时,她已经饿得没有一点儿力气了。然而,她还是拼命地往前走了一步,刚一步,她就软绵绵地跌倒在地上。倒在地上的阿九想从地上爬起来,可是费了半天的力气,愣是没有起来。没有东西吃的这几天,她几乎都在那把椅子上度过,此时的她又饿又渴,严重缺水的身体几近脱水,她哪儿还有力气爬起来。

在地上,阿九又坚持了两天,渐渐地,她已经感觉死神在向她招手了。那些死神幻化成无数个小精灵,在漆黑的房间里飞舞,它们尖叫着从这个墙角飞到那个墙角,从那个墙角飞到这个墙角,倏忽从她的头顶飞过,倏忽从她的腰间飞过,倏忽从她的脚尖飞过,它们飞来飞去,越飞起快,越飞越快,纷纷向她张牙舞爪。渐渐地,渐渐地,她感觉它们停止了尖叫,因为它们已伏在她身上吞噬她的生命。从脚尖开始,沿着她的脚慢慢向上,向上覆盖,渐渐地覆盖她的全身,她感觉它们越来越重,越来越重,压得她喘不过气来。于是,她绝望地闭上了眼睛。

在阿九以为她已经死了的时候,忽然听到敲击声,随着轰然一声巨响,那道砌起的门墙被人敲开了一个洞,接着一束强光由外面照了进来,那些伏在她身上的死神似乎受到了惊吓,尖叫着由那强光里呼啸而去。洞越来越大,越来越大,那个被砌起的门墙慢慢地被敲开了。阿九拼命地想要睁开眼睛,可是眼皮很沉很沉,怎么也睁不开。在她决定放弃的时候,似乎是回光返照,突然阿九的眼睛轻松地张开了,她看到她的丈夫站在那门处。

其实在阿九被砌进房屋的时候,她丈夫每天都盯着房顶上的那个烟囱,只要看到它冒烟,他的心里就踏实一点儿。他不停地听着他的家里人诅咒着她还不死。她不死,他的心里既悲哀又欢喜,悲哀他没有选择的勇气,欢喜她还活着。直到有一天,他没有看到那烟囱冒烟,他的心开始悲凉起来。第二天,烟囱依旧没有冒烟,他的心就更加悲凉。第三天,第四天,第五天,最后他疯狂起来。他要造反了。因为在压迫之下的人,迟早有一天都是要造反的。那天,他未和任何人商量,发疯似的拆那堵墙。他们想要阻止他,但看着他那红着眼发疯的样子,谁也不敢阻拦。

充满戏剧性的是,第二年,阿九的儿子出生了。但她并没有与夫家人为敌,她依旧带着她那标致性的微笑对他们说:"你们看,到底不是我有问题。"似乎是为了纪念那段令她痛苦的日子,她给儿子取的名字叫:无情。

# 诺曼底之恋

## 一

　　瓦胡岛是一个美丽的岛屿,岛上的海岸线曲折绵延上百公里。放眼望去,蓝色的海面天水相连,海鸟在明媚的阳光下自由翻飞,似乎在与那随风起伏的浪花窃窃私语。海风掠过海面,沿着白色的沙滩温柔地吹拂着岸边的树林。树木摇曳着,像奔驰的波浪,沿着海岸跌宕起伏,拍岸而去。

　　齐朗坐在瓦胡岛的海边,感觉瓦胡岛的海像蓝宝石一般梦幻,美得令人窒息。看着看着,感觉像有人掐住了他的脖子,因为瓦胡岛的美令他喘不过气来。望着蓝色的海水,望着那蓝一直在天际线下蔓延、无尽地蔓延,延伸到目光所不能企及的地方,他的目光仍不知疲倦地追随着那个方向。

　　这时,一个穿着绿色泳衣的姑娘闯进他的视线。那是个胖乎乎的姑娘,姑娘的皮肤在太阳下晒得黑黝黝的,发着亮光,卷曲的头发盘在头上,高高地耸立着,像顶着一个即将盛开的花蕾。姑娘面无表情,紧抿着嘴唇向海的另一边走去。随着走动,她那丰满的胸部跟着她前进的速度不停地颤抖,宽大的臀部,也跟着她的前进,上下摆动。那些摇动与颤抖的肉体,在齐朗的眼里是一种沉重的负担,他不知道那姑娘有没有想到要摆脱这种负担。但是看着她,他的内心却又有着莫名的喜悦,一种男人观看女人时特有的喜悦。看着胖姑娘的背影越走越远,越走越远,直到消失在一堆人的身后时,他才将视线收了回来。

他换了个姿势，继续眺望着远方。然而，齐朗的心中始终惴惴不安，他无法漠视那双眼睛的存在，即便那穿绿泳衣的胖姑娘，也无法屏蔽那双眼睛。在离他不远的地方一直有一双眼睛追随着他。他在哪里，那目光就追随到哪里。

那目光已注视他半个小时了，齐朗不知道她是谁，不知道她为什么要注视他。从他无意中邂逅了她的目光起，他就发现，她的目光一直追随着自己，就像他的目光追随着那蓝色的水和它延伸的方向。这目光让他产生一种焦虑。

齐朗把自己的记忆过滤了一遍，无法确定他让她想起了谁，但他能够确定他让她想起了一个人，一个至关重要的人。这个人也让他感觉焦虑，没法回避。

于是，他不再躲避她的目光，直直地向她望去，并仔细地打量她。

那是一位优雅的老太太。她穿着一袭蓝色碎花的长裙，披着一条灰色的披肩，虽满头银丝，但仍能看到她青春时的美丽，她虽年迈，但精致的五官上每一道弧线都烙着青春美丽时的痕迹。老太太看上去有八十多岁了，但她的肌肤依然光润，眼神依然清澈，鼻梁依然高耸，嘴唇依然丰润，而且，她身上还依然闪烁着一种脱俗的气质。

第一次打量她的时候，齐朗就注意到，她的手里捏着一样东西，她不停地用她那修长的手指摩挲着它。虽然看不清她拿的是什么，但他能感到，她十分珍爱这件物品，摩挲的时候，她的眼神里满是温柔，好像手中抚摸的不是一个物件，而是她的恋人，那是她恋人的身体，她要一遍一遍地爱抚他。

当他第三次看向她时，她向他微笑起来。她的微笑干净、优雅、娴静。齐朗觉得只有经历过时光沉淀的人才会拥有那种优雅和娴静。

他们的目光再次相遇，在她长久的注视下，齐朗不由得向她打了声招呼："嗨，您好！"

她也向他问好，然后自我介绍道："我叫安吉丽娜。"

齐朗重复了一下这个美好的名字，也向她报了自己的名字："我叫齐朗。"

安吉丽娜用她那依旧清澈的目光看着他,坚定地说:"你来自中国。"

"是的,中国。"齐朗答道,他惊诧她没有说他来自韩国,或者日本,而是来自中国,于是又补充了一下:"中国,新疆,一个叫克拉玛依的地方。"

补充的这一句似乎让她受到了震动。他明显地看到她的身体颤抖了一下,她那颤抖的频率,就像发生了 4 级地震,房屋与大地颤抖的那般。他不明白他回答的这个地方与她有着什么关联,以至于让她乍听了这个地名,产生这种反应。

但他猜测这个地方一定与她有着重要的关系。见她好半天没有说话,他关切地问她:"您还好吗?"

"是的,还好,谢谢!"安吉丽娜意识到自己的失态,重新调整了一下自己说,但是她的手仍颤抖不止,原本一直捏着的东西突然从她的手中滑落下来,落在她脚边的沙滩上。

那是一块玉佩,玉佩上是红山玉龙的图案。齐朗隐隐地觉得这位老人一定与中国有段鲜为人知的故事。她引起了他的好奇,他想象着,那是怎样的故事,她和谁的故事?是友情,是爱情,还是其他难以割舍的关联?他盯着她看,盯着玉看,那块落在地上的玉是典型的中国玉,他突然十分想探寻红山玉龙背后的故事。

安吉丽娜弯腰去捡那块玉,可是她的手抖得厉害,刚捏住玉,还没有捡起,玉又滑了下去。

齐朗注视着她,然后不声不响地走过去,将玉捡了起来递到她手中。

她说了声谢谢,颤抖着将玉接了过去。她看着面前这位年轻人,看着他的脸,他的眼睛,如同看到她昔日的恋人。当她第一眼看到这个年轻人时,她就有着瞬间的恍惚,差一点儿叫出声来,这个年轻人多像昔日的那个他呀!可是,六十八年过去了,他再也没有回来。六十八年来,她只能守着这块玉。

# 二

安吉丽娜清楚地记得,当初,他将这块玉交给她的时候,是在他奔赴战场的前一夜,是在她将自己献给他的时候。当缠绵过后,他从自己的脖子上摘下了这块玉给她戴上。她依稀地还能闻到他身上的气息,那是中国的,男性的气息,那是他们缠绵过后汗津津的气息;她依稀感受到他英俊的脸贴着她的,那是中国的,男性的脸,那是他们缠绵过后汗津津的英俊的一张脸;她依稀感受到他的手在为她挂上那块玉,那是中国的,男性的手,那是曾拥抱她,爱抚过她的手;她依稀听到他说的那句话:"等我回来,等战争结束后,我就来娶你。"他挂好了玉,又轻轻地吻她,她依稀记得那吻甜蜜的味道。可是,六十八年过去了,她从没得到过他的任何消息。

六十八年间,她和一群姑娘每年都到机场去等她们的心上人归来,年复一年。年复一年,去的人越来越少了,可是,她还坚持每年去,可是,她的他还是没有回来。眼前的这个年轻人居然来自中国,来自那个令她心痛的城市。那是她恋人的祖国,恋人的城市啊。而且他多像她昔日的恋人啊。一样黝黑的皮肤,一样浓密的头发,一样威武的身材,一样英俊的相貌,一样深邃的眼神,一样喜爱观察而又有着细密心思的一个人。

齐朗被她那专注的目光看得不自在起来,不由得向后退了一步。他想离开这儿,却又期待着她能向他说点儿什么,她的跟中国有关,跟这块红山玉龙有关的故事。他深信那是一段不同寻常的故事。

她的眉毛一会儿皱起,一会儿舒展。

看着她那一忽儿甜蜜,一忽儿忧伤的脸,他就能想到,那个人在她的内心的分量。他静默地看着她,等着她的心态由激动中调整过来。

许久,安吉丽娜像由睡梦中恍然醒来一样,然后,她再次端详他。看着面前这个英俊的年轻人,看着他疑惑不解的表情,她微微地向他笑了笑,坦然地说:"你让我想起我的恋人。"

齐朗觉得这就对了,这必定是一个令人心动的爱情故事,然后问她:

"他来自中国？"

"是的，也来自一个叫克拉玛依的城市。"安吉丽娜答道。

齐朗心里一震，难怪她听了他所来的城市时有那样的反应，因为由他们那儿来的人，多多少少长得有些相似：或肤色，或五官，或神态，或举止。他不由得问她："我长得像他是吗？"

"是的，正因为像，才让我更加想起了他。"安吉丽娜感伤地说，然而她的声音却又散发着她那温暖的人格魅力："六十八年了，我无时无刻不想他。"

凝视着这张已不再青春的脸，她的眼神伤感，眼睛湿润，似乎要流出泪来。看着她，齐朗心里竟有着一丝儿的不安与惶恐，觉得他搅动了她内心的安静，搅动了她对一个人的思念，竟觉得有些罪过。他凝视着她好一会儿，再次试探地问："他在哪儿？"

"他在哪儿？这也是我想知道的答案。"安吉丽娜用忧伤的眼神看着他说，然后，她又继续摩挲着那块玉。看着玉，他断定这是她中国恋人送的物品。看着玉，看着她，齐朗不禁对她的故事好奇起来。他想借着她对自己的好感，探索到她的内心，然后，再次试探地问："您刚才说，六十八年了？"

"是的，六十八年了。"她抬起头再次看着这个年轻人，看着他那探寻的目光与疑问。

"难道这中间你们从来没有见过吗？"

"从未见过，从未得到他的任何消息。"她摇着头说。

齐朗看着她，虽对这位老人十分陌生，但凭着她透露的信息，他对她的故事怀着一种温柔的好奇，不禁说："我想那是一个动人的故事。"

"是的。"安吉丽娜看着他答，"一个动人，而又美丽的故事。"

"可我不知道它是怎样发生的？"

"是的。"

"如果您愿意讲的话，我想，我十分愿意听！"说着，他用期待的眼神看着她。

"当然。"安吉丽娜看出了他的心思，冲他笑了笑说，然后她邀请他："你能陪我一起走走吗？"

齐朗接受了她的邀请,他们沿着瓦胡岛白色的沙滩缓缓地向前走,海风吹起了她的长披肩,她似乎感觉有些冷,然后将披肩抓紧,紧紧地裹在身上,她那瘦削的肩在披肩里显得弱不禁风。他们踩着绵绵的沙滩向前走,在甜腻柔软的海风里,安吉丽娜的声音同海风一样:"六十八年来,虽然我一直在等着他回来,可是却很少向人讲过这段故事。"

　　"我很荣幸!"齐朗急忙接过她的话说。

　　她看着齐朗笑了笑,告诉他:"因为你像他。"

　　"那我能想象出他是什么样子了。"他答。

　　安吉丽娜走得很慢,她低着头,缓缓地迈着步子,几乎陷在对往事的沉思里。走了一段路,她停下来,像忽然想起,她要给这位年轻人讲她的故事。于是,她问他:"你知道诺曼底登陆吗?"

　　"是的,那是'二战'期间一个重要的战役,打得很惨烈。"齐朗说。

　　"那你知道中国参加了那场战役吗?"

　　"中国?"齐朗惊诧地看着她问,他曾翻阅过"二战"时期的资料,从未看到介绍中国参加诺曼底战役的相关信息。他疑惑地看着她,不知道她这话的根据从哪儿来。

　　"是的,中国,国民党 52 军。"她确定地说。

　　"但是我们从来不知道还有这段历史,有没有弄错?"齐朗疑惑地问。

　　"没有错,只是不知道什么原因,历史里很难找到这一部分,它被翻了过去。"她说。

　　"那您又是怎么知道的?"

　　安吉丽娜眼神迷离,回忆地说,"1944 年,52 军的确参加了诺曼底登陆战役,我的恋人也在其中,他叫帕沙。"

　　齐朗对这段从未听到的历史更加好奇起来,他望着她,她那蓝色的眼睛像一汪深潭,他似乎想从她那儿探寻到更多的宝藏。

　　安吉丽娜看着齐朗,她信任这个年轻人,就像当初她信任帕沙一样。她要将自己与帕沙之间的一切都讲给这个年轻人听。可是,要用什么样的方式,怎样才能把她与帕沙之间的故事讲出来,真实地还原那段爱情呢?

在她还未真正开讲前，齐朗已意识到，这是一个长故事。为了在讲故事的过程中不受干扰，齐朗提议，他们应该坐下来慢慢说。

安吉丽娜也觉得，一时半会儿结束不了这个故事，便听取了他的意见。

他们来到海边的一家咖啡馆，虽然那不是一家里克所开，也不在卡萨布兰卡的咖啡馆，但咖啡馆里迎接他们的却是一首他们都十分熟悉的 As Time Goes By。听着这首歌，安吉丽娜看着齐朗笑着说："虽然不是有意为之，不过音乐正合我意。"

当然，齐朗也觉得，对于她要讲的那个故事，这音乐正合适。

咖啡馆里的人不多，他们选择角落的一个位置坐下。由于咖啡馆外围全部采用玻璃建筑，无论他们选择哪个位置，都能看到海边的一切。

他们点了咖啡，等咖啡上来后，安吉丽娜才缓缓地向他讲起了自己的故事。

# 三

1943 年，十八岁的安吉丽娜是夏威夷亚历山大医院的一名实习护士。安吉丽娜是一位漂亮的姑娘，她的身材苗条，相貌清秀，温婉中透着妩媚，有着东方的美。但是她那双蓝色的眼睛又是西方的，当她用那清澈迷人的大眼睛看着你时，似乎那不仅仅是一双眼睛，那是湛蓝如洗的天空，是夏威夷蓝色的海。

在亚历山大医院实习的时候，她的美丽迷住了许多年轻的心，时常有小伙子和年轻的军官向她驻足示好，他们常常跑到医院来，向她发出邀请。他们问她："亲爱的安吉丽娜，你能不能陪我去美丽的海边散步？"或者："安吉丽娜，亲爱的，你能不能陪我去跳支舞？就一支。"

有时，她也欣然接受他们的邀请，与小伙子们去海边散步、看电影，同年轻的军官们在海边的俱乐部里跳舞。她偶尔也接受他们的亲吻，那些甜蜜的吻像毒药一样，常常让他们神魂颠倒。他们常常为得到她的吻感到颤抖！

卡洛就被安吉丽娜迷住了。卡洛是一位身材高大、相貌英俊的年轻军官。他经常向她发出邀请,请她去散步,请她去跳舞。

一次,他边同她跳舞边深情地望着她。看着她那迷人的蓝眼睛,他犹豫着要不要告诉她:他爱她。但是他又不得不面对战争,这令他非常苦恼。最终,他还是忍不住问她:"安吉丽娜,亲爱的,我被你的美丽弄得神魂颠倒,假若我向你求婚,你会答应我吗?"

注视着这张年轻英俊的脸,安吉丽娜笑着说:"是的,如果你能从战场上凯旋,我可以考虑一下。"

听了她的回答,卡洛则用哀怨的眼睛看着她,说:"亲爱的,你知道,作为军人,我不能不去战场。"

安吉丽娜理解他那忧伤而又哀怨的眼神,她不能答应他,但也不想伤他的心,便说:"我知道你军人的职责,等你凯旋时再来向我求婚吧!"事实上,她也渴望一个爱人,但她又害怕战场上失去他,便努力不让自己回应任何一个青年的爱。

可是,不久,她却违背意愿,爱上了中国国民党 52 军的一名军官,无法自拔地爱上了他。

1943 年 5 月,"二战"已经进行了四年。在东欧,经过斯大林格勒(现为伏尔加格勒)战役,苏联已经转入战略反攻阶段,纳粹德国节节败退。在西欧,经过不列颠空战失败的德国空军早已无力控制英吉利海峡的控制权。在这种形势下,丘吉尔和罗斯福在华盛顿举行会议,商讨在西欧开辟第二战场的问题。

会上,罗斯福首次提出了联合国的构想,提议由英美苏法中担任常任理事国,拥有否决权。然而,丘吉尔却反对道:"国军在中国战场上的表现极其糟糕,让中国成为常任理事国简直是在开玩笑!"

罗斯福告诉丘吉尔,让中国加入安理会就是为了战后钳制苏联。丘吉尔仍旧讽刺地回答道:"让中国人钳制苏联?你认为中国人的战斗力比意大利更强吗?"

罗斯福没有为丘吉尔的话而生气,他列举了国军在淞沪战役、台儿庄战役中的优秀表现,试图让这位不了解中国战场的朋友改变主意。但是从鸦片战争以来英国所积累的对中国的蔑视感不是几句话就能消除的。为此，罗斯福又拿出了一个解决方案，提出在第二年进行的开辟第二战场的战斗中，让中国军队参与进来，如果证明"其战斗力符合一个常任理事国的标准"，那么丘吉尔就不得反对中国进入安理会。对这样的折中方案，二人达成协议。

在与丘吉尔达成协议之后，罗斯福将此消息告知正在美国进行外交的宋美龄。宋美龄在得知这一消息的第一时间就将其转告给蒋介石。

此时的蒋介石正为日本对重庆的轰炸心烦不已，但是在得知这个消息之后，他还是决定抽调驻守云南的52军，为即将到来的欧洲战役做准备。

在宋美龄的周旋下，罗斯福对蒋介石提供了一切可能的援助，并且在运力吃紧的情况下，将52军运往夏威夷，由美军陆战一师对其进行训练，同时按照重装部队的指标，为其配备坦克、大炮等装备。

国民政府之所以调动52军，是因为52军有着强大的战斗力。但52军负责驻守云南，是保卫抗日的大后方，一旦军队全部撤走，将会为云南防守留下很大隐患。为此，国民军司令官陈诚想了一个妙计，将一批新兵和52军进行了调包。为了做到万无一失，52军的军长和师长仍然待在云南，从其他部队调来了一批新的少壮派军官，包括军长，以及三位师长，和士兵一起远赴重洋前往瓦胡岛。帕沙就是由其他部队调来的一位年轻的军官。

1943年6月20日，52军从昆明机场出发前往夏威夷瓦胡岛。到了夏威夷，将士们还没来得及欣赏美丽的海岛，就进入了训练。

半年的时间里，52军的将士们在美军陆战一师严苛的教鞭下，进行着艰苦卓绝的训练。首要一关便是体能训练，要求所有人的万米成绩必须达到二十五分钟，否则就要淘汰回国。面对陆战一师"东亚病夫"的嘲笑，52军的将士们夜以继日地训练。并且在随后的两军运动会中，以压倒性的优势战胜了陆战一师。除此之外，战术、武器的操练堪称魔鬼，但是将士们克服了种种困难。在1944年年初举行的一次演习中，52军用了一个小时，就攻克了陆战一师把守的滩头。从此之后，陆战一师再也不敢小看来自中国的52军的将士，甚至瓦胡岛上的姑娘们，见到了52军的将士们，也会送来飞吻,常常惹得害羞的中国小伙子面红耳赤。

# 四

安吉丽娜第一次见到帕沙是在亚历山大医院的门口。那天帕沙陪同一位受伤的士兵往医院里走,安吉丽娜正好往外走,他们在医院门口擦肩而过。

虽然只瞄了一眼,但帕沙威武英俊的相貌、笔直挺拔的身姿令她过目难忘。走出几步后,安吉丽娜不由得又回头看了他一眼,刚巧帕沙也回头看她,两人目光相遇时,帕沙的脸突然红了。在他脸红的同时,他们的身影也迅速拐进了医院的楼内。

安吉丽娜走出医院很远,帕沙的身影、目光以及他腼腆的样子仍在她的脑海里回荡。

此后,她开始留意起中国军人的风采来。观察了一段时间后,她便喜欢上了中国军队,她觉得中国军人更有军人气质。这些生活里看着腼腆的小伙子,一旦站在队伍里,就完全颠覆了生活中的形象,列队时神采奕奕,站立时英姿飒爽,训练时气势磅礴,演习时骁勇善战。

她总是在队伍里寻找帕沙的身影,寻找那位在医院门口擦肩而过的中国军官。她渴望见到他,见那令人过目难忘的模样与笔直挺拔的身姿,以及他那中国式的腼腆。

她觉得,他身上有一种东西是她渴望知道与想要了解的,甚至她渴望在悠长的时光里将自己献给他,献给他那不露声色的温柔。可是,她越是想要看到他,越是不见他的影子。

随着观察,安吉丽娜越来越喜欢中国军人,她喜欢在大街上看到他们,喜欢在训练场上看到他们,喜欢在医院里看到他们。而且喜欢他们因训练受伤来她的医院就诊,喜欢为他们包扎伤口,打针换药。她一直期待在医院里再次见到那位令她过目不忘的小伙子,可是,他像一滴水在海边的沙滩上蒸发了一样,很长时间里,她都没有见到他。她为这不能相见怀着期待,又为这不能相见怅然若失。

一个阳光明媚的下午，安吉丽娜正在为一名士兵包扎伤口，门口处有人轻轻地敲门。她头都没抬，说了句"稍等"，仍专心地包着士兵的伤口。忙完后一回头，发现那个人还站在门口等待。

她请他进来。

那人刚迈进一只脚，安吉丽娜就发现他正是一个月前她在医院门口碰到的那位中国军官。她因激动，内心竟有着瞬间的疼痛。此前，她曾以为再也见不到他了，未想到，他突然就站在面前，而且看上去是那么年轻。

年轻的军官冲她微微一笑。安吉丽娜看到，他有一副雪白的牙齿，一双漂亮的黑眼睛。她也向他展开一个灿烂的笑容，并喜悦地向他打招呼。

能再次见到她，帕沙很高兴，他也腼腆地和她打了招呼。在门口等待的时候，帕沙就认出她来。那次他们在医院门口擦肩而过，回头相视的时候，他也怦然心动。

训练中，帕沙的手臂被一块铁皮划了一道长长的伤口，血流不止，到医院缝了七针。他过来是找护士给他打针的，没想到，这位护士竟是一个月前，他在医院门口邂逅的那一位。尽管不停地克制自己，但她的美丽依然让他念念不忘，他的脑海中也常常闪过那个与他回首相视的倩影。

打针的时候，他一直专注地看着她。金色的头发，高高的鼻梁，蓝色的眼睛，如雕塑般美丽的剪影，以及由她身体上散发出来的淡淡的清香都让他着迷。

针打好后，安吉丽娜扭头看他，发现他正在专注地看着自己，她冲他笑了笑，自我介绍道："我叫安吉丽娜，亚历山大的见实护士，你呢？"

听她问自己的名字，看着这美丽的姑娘，看着她清澈的蓝眼睛也正看着自己，帕沙的心脏跳得飞快。他告诉她他叫帕沙。

她重复了一下他的名字，明知道他来自哪里，却还要明知故问地问道："来自中国？"

"是的。"

"哪个城市？"

"克拉玛依。"

姑娘又重复了一下这个陌生的城市名,然后竟笑着说:"我喜欢克拉玛依。"

帕沙心里怦怦乱跳,心脏跳得比刚才还要快。他听出她话里的意思,她哪里是喜欢那个城市,分明是告诉他,她喜欢他。

看着安吉丽娜,看着她那美丽的蓝眼睛。他想,多么美丽的姑娘啊。

他也喜欢她,从在医院的门口与她擦肩而过的那一瞬间就喜欢。虽然军人的身份让他保持理性,可是有时,他仍无法克制地会想起医院门口那个动人的身影。有时看到某个神似的姑娘,他也会对那个身影多看两眼,一旦发现那身影不是他所想的那位,便有着瞬间的失落,以及为在寻找她而有着难以启齿的羞涩。再次看到她,他很高兴,尤其在察觉到她也对他怀着同样的心思时,内心的喜悦更是无法言表。他想,倘若可以,他愿意一辈子留在瓦胡岛。可是,让他悲伤的是,他很快就要上战场了,他为这即将到来的时刻而伤感!

受伤的那段时间,帕沙每天都要去医院,打针、换药。每天他都能见到美丽的安吉丽娜。每天他都怀着既激动又忐忑的心情去见她。

尽管帕沙已悲观地觉得,他与安吉丽娜没有未来,他们的故事无论开始与否,都将在战场上终结,因为,他无法选择他军人的命运。但是,他还是愿意到医院去,因为,他渴望见到她,因为受伤,他见她的愿望也如愿以偿了。

那时,一想到安吉丽娜,帕沙就很激动。他渴望见到她,哪怕明天就要上战场,哪怕他们之间毫无结果,哪怕他在战场上牺牲。他喜欢看她那精致清秀的脸庞,看她那蓝色迷蒙的大眼睛,看她那干净而又甜美的笑容,看她那忙碌而又欢快的身影。她的一切都让他沉醉!

医院里,当安吉丽娜一边儿给他换药,一边儿向他讲述瓦胡岛时,帕沙就盯着她那精致的脸庞看;她微笑时,他就盯着她那甜美的笑脸看。当她发现他在盯着自己看时,她也目不转睛地盯着他。被她注视,他又好似被她窥探到内心,便不安地将视线转开,可是内心却又无比甜蜜。

他们常常默无声息地对视着,然后彼此会心一笑。

# 五

帕沙与安吉丽娜相处的时候,经常是安吉丽娜先说话。她常常向帕沙询问中国,询问他的家乡的情景。"我很想知道中国,知道你的家乡是个什么样的地方。"她说。

"中国是一个非常古老、传统的国家,我的家乡是一个美丽的地方。"开始,帕沙有些拘谨,回答总带着官腔与一本正经。

在她的一再邀请下,帕沙放开了拘谨,毫无保留地向她讲述克拉玛依,讲述魔鬼城,讲述沙漠公园,讲述野生胡杨林。

这个异国的姑娘虽未见过魔鬼城,当听到魔鬼城地处风口,四季多风,每当大风到来,黄沙漫天,大风在群岩间穿梭,激荡回旋,凄厉呼啸,如同鬼哭狼嚎一般,令人毛骨悚然时,她也听得毛骨悚然、惊恐万状。但又对魔鬼城充满着向往,听着听着,她的两只眼睛像着了魔一样闪闪发光,她对他说:"我喜欢魔鬼城。"

看着她那清澈的蓝眼睛看着自己,帕沙像被一支利箭击中,心脏跳得飞快,他听出来了,她分明又是在告诉他,她喜欢他。他感叹,多么聪明的姑娘啊,她喜欢他,却像个东方人一样不直接表达她的意思,而是拐弯抹角地借着魔鬼城告诉他,她喜欢他。可是,他是那么喜欢她说那句话。不管她喜欢克拉玛依也好,喜欢魔鬼城也好,喜欢他也好,反正都是喜欢他。两情相悦时,还有什么比对方喜欢自己更令人心动!

他看着她那又害怕又向往的表情笑。笑她的美好,笑她的婉转,笑她像东方人那样的拐弯抹角。他喜欢这委婉与拐弯抹角。

突然,他们的目光相遇了,他们互视着,都从对方的眼睛里看到彼此的温情,看到彼此难以掩饰的喜悦。看着看着,帕沙的脸又红了,他的中国人的羞涩常常让他脸红,哪怕他的脸在训练场上被晒得又瘦又黑,仍无法掩饰他那羞涩的脸红。帕沙不喜欢自己的羞涩,他常常觉得不自觉的脸红是一种耻辱,一种他难以克制的耻辱,他为这表现感到羞耻。

静默了一会儿，安吉丽娜突然问他："我能去参观魔鬼城吗?"

"当然。"帕沙依然红着脸说。

"一定为言。"安吉丽娜用绕口的中文说。

帕沙纠正她，"是一言为定"。

"好，一言为定。"说着，安吉丽娜探过身去在他的脸上迅速地吻了一下，帕沙又是一惊，随即整张脸都红起来。

帕沙的伤好了，可是他每天还是要往亚历山大医院跑，为的是看一眼他美丽的姑娘，看一眼她那海水一般的蓝眼睛。

时间过得飞快，52 军在接受了一年的强训后就要奔赴战场。出发前，将士们与亚历山大的护士们举行了一场 party。

聚会上，军长坐在一角，看着士兵们与姑娘们说笑，看着他们开心的样子，看着那一张张年轻的脸，心里却涌出无限的悲伤，因为他不知道，这些年轻的、可爱的士兵还能不能回来，还能不能回到这些姑娘的身边，越想心里越悲哀起来。他黯然了一会儿，忽然下令："晚上放假，大家自由活动!"

得知放假，将士们都放松起来。他们唱歌、跳舞、行令、喝酒。每个人都想把一生的快乐都集中在这里。但是谁也没有发现，安吉丽娜和帕沙离开了 party。

聚会上，安吉丽娜和帕沙知道，过了今天，他们就要分别了。以后他们还能不能相见，还能不能联系到对方，都是个未知数。聚会的时候，安吉丽娜就痴痴地看着帕沙，他也看着她，好像彼此将对方收进自己的魔瓶。

他们一遍遍地看着，一遍遍地想着，分别以后，他们有可能永远都不会再见了。永远不见，那是什么概念。一想到这一层，他们的眸子里便堆满了伤感，堆满了对彼此的不舍。他们开始伤感，他们彼此想拥有对方，想把自己献给对方，却又生不逢时，要被这该死的战争分开。

安吉丽娜望向他的时候，忧伤的眼神似乎在向他诉说："帕沙，亲爱的，我是那么不希望你离开我，可是我无法阻拦你。"

帕沙的眼神也似乎在忧伤地回答她："我亲爱的安吉丽娜，我也不希望走，可是有什么办法呢，战争还没有结束，我是军人，军人的使命就是打仗。"

"你若是留下来多好。"

"我也希望留下来。"

"你是知道我的心思的。"

"是的,就如你知道我的一样。"

他们就这样互相望着,彼此心牵。那一刻,他们的眼里只有对方,对别人都视而不见。

帕沙痴痴地看着她,越看越伤感,他马上就要走了,可他不知道自己的未来,他们的未来,也不知道该和这姑娘说什么。要她等他,他连自己是死是活都不确定,怎么能让人家姑娘等他呢。可是,不管他最终能不能回来,他还是想要告诉她,他爱她,爱她胜过爱自己,可是每次话到嘴边,就是说不出口。他只能可怜地,眼巴巴地看着心爱的姑娘。甚至有几次,他想把自己的灵魂从身体内抽出来,装进一个瓶子交给她,他的身体去了战场,他要将灵魂留下来陪她。哪怕他永远出不了那个瓶子,他只要在瓶子里看着她就好。

卡洛也来了 party,远远地看到了安吉丽娜,他喜悦地穿过人群向她奔来,边走边说:"安吉丽娜,我亲爱的,看到你在,我真是太高兴了!"

她冲他笑了笑说:"卡洛,我也很高兴。"

"明天,我们就要奔赴前线了。"卡洛不无伤感地看着她说。

"我希望你能胜利归来。"

他想起她曾对他说过的那句话,微笑起来,以为这句话是对她曾说过的话的暗示,他激动地拉着她的手说:"谢谢你能这么说,我将为我们美丽的约定而归。"说完,他吻了吻她的手。

可是,安吉丽娜已不记得和他说过什么,有什么约定。她只是伤感地看着这同样年轻的,英俊的脸沉默着。一想到他将同帕沙一样奔赴战场,谁也不知道他们能不能活着回来时,她的眉头皱着,心也跟着绞痛起来。

卡洛邀请安吉丽娜陪他跳舞。他哪儿知道,她心里只想着另外一个人,没有心思陪他跳。可是,为了不伤他的心,她还是勉强陪他跳了一支。因为心不在焉,她一连踩了几次他的脚。卡洛也觉得很奇怪,她一向不会犯这样的错误。在他第五次被踩时，他说："哦，天哪，安吉丽娜，这是怎么一回事儿，你有心事，请问能否告诉我你在想什么？"

"抱歉，卡洛，我可能有些累了。"

"不，你有心事。"

"不，我累了！"

"我知道你有心事！"

"我累了！"他们为踩脚与被踩的原因争执起来。

"好吧，你累了！"卡洛不得不妥协道："但我知道你有心事。相信吗？我会回来的，我一定会回来的，即使我死了，我的灵魂也一定会爬回来。"

听了他的话，安吉丽娜更加伤感，她颤着声音说："是的，我相信，你会回来的。"

# 六

一曲终了，她急忙松开了他的手。卡洛有些沮丧地看着她逃走的身影。可是，她摆脱了这个，又有另外一个人过来邀请她，她与他们跳着，她的心却跑向帕沙，她的目光随着帕沙转。为了摆脱别人的纠缠，安吉丽娜摆脱最后一个舞伴时，迅速地跑到帕沙的身边，对他耳语道："我们走。"

逃出人群，他们来到瓦胡岛的沙滩上。月夜下，瓦胡岛的水像女神一样美丽，微风推动她柔软的身子，推出节奏感，让她发出轻柔文雅的旋律。在海浪的旋律里，帕沙与安吉丽娜踩着绵软的沙滩缓缓地向前走，他们的手不时碰到对方，每一次碰到，安吉丽娜就望向他，帕沙也望向她，他们不时地看着对方，不时地感受着对方的气息像海风一样在他们身上轻拂，风也想将他们的身体推出节奏感，让他们的身体也发出温文尔雅的旋律。

在这温柔的夜色里，帕沙终于摆脱了拘谨，他握住了安吉丽娜的手，握了一会儿，那只手又轻轻地绕过她的腰，停在那里。她自然而然地将头靠在他的肩上。他低头吻了吻那散发着淡淡香味的头发，依旧向前走。

他们走了很久，似乎将那条海岸线走到尽头。最终，他们走到一处偏僻的地方停了下来,四周除了海水轻柔的拍击声以及微风的轻拂声,没有其他声音。他们站在海边的月夜下,彼此看着对方。那晚的月光不很亮,光线被风吹得摇曳不定,他们的模样在微光中也显得朦朦胧胧,但他们像读书一样,都彼此读过对方的面容无数遍,如果让他们背一遍,他们也会将对方的相貌背得滚瓜烂熟。

帕沙不再克制自己,将安吉丽娜拥在怀里吻她。他吻她的蓝眼睛,高鼻梁,丰润的嘴唇。在那吻里,他感觉它们都像细波下的海水,轻软、细腻、柔滑、温润。帕沙边吻边想着,此去,他十有八九是回不来了,便想把自己一辈子的吻都给她,都给这个异国美丽的姑娘。他是那么爱她,爱她的青春以及将来年老的灵魂,爱她的美丽及给予自己的一切,并为今后不能全心全意将一颗心献给她而感到难过。

吻完了,他们仍彼此深情地相望,一想到再过几个小时他们就要分别,彼此又伤感起来。彼此手牵着手,彼此相望着,却又不知道说什么,只是两人都觉得他们不能分开,就又紧紧地抱在一起,彼此相拥,彼此亲吻。

安吉丽娜不想将他们的关系只止于吻上,她要将她的一切都献给马上就要上战场的恋人,她要做他永久的灵魂。于是,她牵着他的手将他带到她的寓所。

走进安吉丽娜的闺房,帕沙像走进了一个梦,房间十分整洁,且清新典雅,处处洋溢着女性的温馨。他四处打量着,当他正专心地盯着墙上的一张油画看时,听到身后安吉丽娜轻唤他的声音,一转身,眼前的情景让他愣住了。

安吉丽娜如同月光女神一样出现在他面前。她那修长的身影,玲珑的线条,如同琴弦上流淌的旋律,优美流畅得令他吃惊。当她那光洁的身体像艺术品一样呈现在他面前时,帕沙就什么都明白了,在他的明白里,一种微妙的难以言述的伤感唤醒蛰伏在他身体边缘的意识,他激动得浑身颤抖起来。

他如同梦游一般缓缓地向她走去。安吉丽娜没有动,她就站在那里,凝视着他,用她的眼神把他的内心拽向自己。她等着他的到来,她要将自己献给他，献给她的恋人，献给一个即将要奔赴战场的军人。

来到她的身边，帕沙伸开双臂，将她光洁的身体紧紧地拥在怀里。他吻她，吻她青春的身体与灵魂。她在他耳边喃喃细语，那一连串的语音，在帕沙听来，就像轻柔的小溪在他的内心里缓缓地流淌，淌到他的血液里去，他们的血融合了，然后融为一体。

在长久的拥吻里，帕沙将安吉丽娜抱了起来，向她的卧室走去。在卧室里，他没有急于投入熊熊燃烧的激情中，而是注视着她与她的身体。尽管她的表情凝重，但他看到的，却是一个那么细腻而又沉静，温情而又美妙的身体，一个要向奔赴战场的军人决绝奉献的身体。他知道这个身体是为着他的，并为她的决绝感到浑身战栗。

帕沙跪在床上，再次将她揽在怀里，紧紧地拥着她，他不知道自己出征后还能不能完整地回来，或者还能不能活着回来，但此刻，他们互相都想将自己像祭品一样献给彼此。他开始充满柔情地抚摸她，抚摸她的乳房以及那绸缎般光洁的身体。

在他温情的抚摸下，安吉丽娜浑身颤抖，她同帕沙一样为他们即将的分别伤感不已，并为此感到焦灼。她爱他，但她不知道他还能不能回来，临别前，她觉得唯一能向他奉献的就是她自己。她愿意将自己献身给他，哪怕他不能从战场上回来，她仍愿意，因此她的献身带着决绝与伤感。

在彼此的伤感里，帕沙仍万分温柔地抚摸她，他的温柔，也带给她无限的温情与安慰。当他笨拙地进入她的身体时，她那先前内心的焦灼得到了安静，身体也随着松弛下来，因为此刻她才觉得她的献身成功了。他们的结合，似乎带着离别的伤感，远远没有设想的强烈，只有交付与给予。在那交付与给予中，他们觉得唯有如此，才不会辜负对方。在这交付中，他们也在极力地迎合着对方，缠绵的过程中，他们也体会到轻微而又忧伤的快感。

过后，他们依然相拥在一起。帕沙深情地看着她，并将她脸上一缕乱发抚开。他是那么不舍她，他们刚刚坠入情网，却又要分开，一想到这一层，他的心里就痛楚起来。夜色中，良久，他才问她："假如我回不来了，你不后悔吗？"

她望着他说："不，我觉得只有如此，我的心才会好过些！"

"我也是。"他说。可是，随即他又忧伤起来，忍不住还是说了那句话："我不知道自己还能不能活着回来。"

这是他们都害怕的一个结果，可是他们又不得不往这最坏的地方想。听了这一句，安吉丽娜的眼睛湿润了，她强忍着不让眼泪流出来，随后坚定地说："我等着你活着回来。"

"如果不能呢？"他悲伤地说。

"我相信你会活着回来。"她再次坚定地说。

他为了不让她跟自己一样伤感，不再纠缠这个话题，随后又说："只是此后，除了生命，我便没有其他了。"

"其他？"

"是的，其他，我的灵魂将会留在这里，永不带走！"

听着，她突然热情地吻他，吻着吻着，他们再一次沦陷，这一次，他们的欲望比上一次要来得强烈些，他们释放了一些悲伤。在彼此的给予中，他们体会到彼此更真实的存在。

# 七

时间一秒一秒地过去，他们不舍，却又不得不分开。临走之前，帕沙将脖子上的红山玉龙摘下来给安吉丽娜挂上，他说："这是中国玉，你看到它就像看到我一样。玉在，我就在。"

她摸着玉看着他，欲语还休，离别的时候，她反倒不知道什么话才能代表她悲伤的心情。

透过她那清澈的、伤感的眼神，帕沙的心里也一片孤寂。离出发的时间越来越近，他不能再停留了，临走前，他又紧紧地将她抱在怀中，并俯下身来热烈地吻她。尔后，他说："等我回来，等战争结束后，我就来娶你。"

她也紧紧地搂着他的脖子告诉他："我会一直等，一直等。"

归队的时间到了，他站在门口与她道别，他们为即将的离别伤感得说不出话来，只是互相看着，但终是要走，走的时候，帕沙再次与她吻别，然后大踏步地走了，走了几步，又忍不住回头看她。安吉丽娜依旧倚着门望着他，她的眼神伤感得让帕沙的心都碎了！可是，他们别无选择。

匆匆回到部队，来不及停留，帕沙就随部队离开了瓦胡岛。


齐朗一直专注地听着，中间不敢打断她。

讲到这儿，安吉丽娜突然停了下来，无助地眺望着远方。她的眼睛与瓦胡岛的海水呈着一样的颜色，迷迷蒙蒙，相映生辉。但是，她的眼神仍旧伤感得令人心碎！沉默了一会儿，她才转头看着齐朗。仍是没有说话，微微一笑后又陷在沉思里。

为了让她的情绪缓解一会儿，齐朗没有急着问她，而是端起咖啡喝了一口，并朝四周看了一眼。他发现咖啡馆里不知什么时候又多了一些人，离他们不远的位置上，一个女孩正倚在靠窗的一张桌上专注地看书。女孩皮肤黝黑，但她的五官却又十分生动明媚。女孩一只手拿着书，另一只手还捏着一支笔，边看边在书上画着，写着什么。女孩看书的样子十分专注，她并不知道有人在看她，就连隔壁桌有人在她身边来回走动，她都没有抬头看一下，好像对四周的事都浑然不觉。齐朗看着她，觉得这画面十分美好，尤其一束光从窗户里透进来，穿过桌旁的那株植物，折射在女孩的身上，让她显得更加梦幻。

看了一会儿女孩，齐朗将目光收了回来，安吉丽娜似乎还陷在往事的回忆中，她看着窗户，手里仍摩挲着那块玉。她的眼神里依旧流露着忧伤，一种对逝去往事的忧伤。这忧伤让他也跟着难过，但他觉得，安吉丽娜更像一个谜，她身上有着他想要了解的东西。

一会儿，齐朗才又小心翼翼地问道："后来呢？"

安吉丽娜缓缓地将头转回来，看了他一眼，又开始讲起来。


帕沙走后，安吉丽娜每天都柔情万千地思念他。盼望着战争早点儿结束，她天真地以为，只要战争结束，她的帕沙就能回来了。她对战争十分关注，只要有关"二战"的相关报道，她都要想方设法看到。当她看到诺曼底登陆战役中，52军是作为盟军的先头部队进行登陆，打响对德国作战的第一枪，在付出巨大代价之后占领了各滩头的报道时，她的心整个都揪紧起来。她不知道52军到底怎么样了，帕沙怎么样了，每天她都为"二战"期间的士兵祈求平安，为中国士兵祈求平安，更为帕沙祈求平安。

盼啊盼啊，终于等到战争结束了。当得知将士们都要回来了，安吉丽娜和一群姑娘每天都到机场和港口等候，等候当初令她们心动的小伙子归来。

每逢去机场和港口的时候，安吉丽娜都把自己打扮得漂漂亮亮的，每次她和姑娘们高高兴兴而去，却都失望而归，一年又一年，姑娘们都变成了老太太，而她们的小伙子还没有回来。

"后来等候的人越来越少，越来越少，越来越少。"安吉丽娜一连重复着几遍越来越少，然后摇了摇头，似乎是对岁月的感慨，又似乎是对小伙子与姑娘们的感慨。

"此后呢？"

"杳无音讯！"

他看出了她的忧伤，可还是忍不住要问："没去找过他吗？"

"我试过多种办法去寻他。"安吉丽娜伤感地说："可是，我除了知道他叫帕沙，来自遥远的中国，一个叫克拉玛依的城市，对他再无所知。"随后她又说："我去过两次克拉玛依，因不知道他的全名，未能找到他。如今我的女儿在中国，在寻找她的父亲。"

齐朗听出他们居然还有一个女儿，惊奇地瞪大了眼睛，生怕自己听错了，向她求证道："你们的女儿？"

"是的，我和帕沙的女儿，虽然只有一夜缠绵，我还是幸运地怀了他的孩子。"安吉丽娜笑着说："我非常感谢那一夜的缠绵，他给我送来了一个孩子。在他离开瓦胡岛不久，我就发现自己怀孕了。虽然我知道要面临的困难，可我仍然开心，开心我怀了他的孩子。那时候我总想着，他若是能感应到我们有了孩子一定会回来，我一直相信他会回来，可是这么些年了，我始终没有等到他。"

"女儿叫什么名字？"

"白希璇。"安吉丽娜说。

齐朗诧异地说："这是中国人的姓名。"

安吉丽娜看着齐朗惊异的样子，微微笑了一下说："是的，这是中国姓名。最早的时候，她跟着我的姓，也叫安吉丽娜，当她十五岁那年得知她的身世之后，她毫不犹豫地选择学习中文，然后给自己取了一个中文名字——白希璇，说是为了纪念她父亲。'白'是她父亲'帕'字的一半，'希'是希望，'璇'是凯旋的意思。她故意加了一个王字，说显得中国味浓一些，还因为那块玉。她取这个名字就是希望找到父亲，希望她父亲当年是凯旋的英雄。"谈到女儿，安吉丽娜如同说着当年的帕沙，她的眼睛闪闪发亮。齐朗能从她的叙述里感受到她对帕沙那份深沉的爱与不舍。

"她长得像谁？"

"像她的父亲。几乎和他一模一样。"安吉丽娜说，说着，她从口袋里拿出一个皮夹，里面夹着一张小安吉丽娜的照片。不得不说，这是一个美丽的姑娘，同样长着一双清澈的大眼睛，高鼻梁，丰润的嘴唇，你看着她，好像她也看着你。因为照片是黑白的，他无法区分这姑娘的肤色，但照片上的她不像安吉丽娜说的那样，和她长得完全不一样，她的身上多少也有一点儿她母亲的影子，却又有着不同的地方，比她母亲更有着东方的美。而且连名字都是东方的。在照片的一角，齐朗还看到白希璇三个字，那是三个秀气的字。

# 八

齐朗将皮夹还给安吉丽娜，他不知道该叫她女儿哪一个名字好，只是问她："她今年多大了？"

"六十七岁。"安吉丽娜答。

六十七岁，六十八年，齐朗感叹岁月的无情，他为帕沙与安吉丽娜的爱情心疼，也为母女两个感到心疼。不禁又问："在中国的什么地方？"

"克拉玛依乌尔禾,她在那个地方一边支教,一边打听她父亲的下落。"

安吉丽娜摸着照片上女儿的脸说:"这是她二十五岁时的照片,她这个时候最像她的父亲,尤其她看着我的眼神,就让我想起她父亲的眼神,那神情一模一样,她的头发不是金色的,而是又黑又亮,从背后看,她根本不像一个美国人,简直就是一个中国姑娘。而且她的性格也像她父亲一样,不爱说话,却爱观察,若和人在一起,她总喜欢微笑。不过到了中国以后,她有了许多改变。"

"她经常回来吗?"

"不,偶尔。"

齐朗告诉她,他回到克拉玛依可以去看望她的女儿,并帮助她寻找她的恋人。

听他这么说,安吉丽娜很激动,紧紧地握着他的手,一连向他说了几声谢谢。

齐朗很想问个问题,却又怕失礼,便一直看着她。

似乎猜到他的心思,安吉丽娜问道:"你是想问,这些年我有没有结婚吗?"

齐朗笑了,觉得她果真聪明,说:"是的。"

她摇了摇头说:"没有。"随后又坦言地说:"但我有一个情人。"她停顿了一下又说:"只有这么一个情人。"

看着依旧美丽,依旧优雅的安吉丽娜笑了,齐朗觉得,她至少得有一个情人。不然这么一个美丽的人,上天对她就太不公了。沉吟了一会儿,齐朗问道:"我是否可以听到有关他的那一部分。"

"当然,"安吉丽娜毫不犹豫地说,"他不是别人,就是此前提到的曾向我求婚的卡洛。"

"卡洛?"齐朗有点儿意外。

"对,卡洛。"她说。


战争结束后,每年安吉丽娜都去机场与港口等候。她坚信,她的心上人迟早会回来,她总想象着与他重逢的那一刻,他们会不会认出彼此,而他是胖了,还是瘦了?是原来的那个样子,还是落下战争的痕迹?她都不知道。但她总是想象着他们相见的那个场景。如果他见了小安吉丽娜,又该是什么表情,那是他们的女儿,他一定会特别高兴,会将她举起来,举过头顶,逗孩子大笑。她相信他会是一个特别有责任、有爱心的丈夫与父亲,他们会幸福地在一起,不仅有小安吉丽娜,还会有更多,更多的孩子,他们会带着孩子们一起去度假,做游戏,教孩子们说中国话,以及到她梦寐以求的魔鬼城去。她越是这么想象,她越是坚定他会回来。她为迎接他的突然而至兴奋着。

那年春天,安吉丽娜又去了港口,没等来帕沙,却等来了卡洛。

那天,安吉丽娜在港口的出口处看到一个身影,那身影似乎留着战争的痕迹,憔悴而又沧桑。初从战场上回来的人似乎都带着这些痕迹,而且他们的眼神里都带着苍凉、悲壮与忧郁。当她看着有些蹒跚,却又有些熟悉的卡洛由港口出来时,她惊喜地以为是帕沙回来了,由于激动,她用手捂住嘴巴,内心不停地呼唤着:"帕沙,我的爱,你终于回来了!你不知道我等你等得多苦,我那么的渴望你回来。你总也不回来,我就担心你出了意外,这下好了,你终于回来了。"

当那人越走越近时,她才发现那不是帕沙,而是卡洛,那个在出征前曾向她求婚的英俊军官。那一刻,她整个人都僵住了。

她一边儿为她的认错人而失望,一边儿又为着这个曾多次请她跳舞的小伙子回来而高兴。尤其看着他不像许多人那样被抬着回来,或者缠着绷带,打着石膏,装着假肢,拄着拐杖回来,而是完整地活着回来时,她替他高兴。看他渐渐地走近,她又喃喃地叫着:"天,那是卡洛,是卡洛回来了。"

出征前,安吉丽娜对卡洛的冷淡令他有些伤感,他以为那是她对战争不能确定,对他的生死不能确定,故意对他的冷淡,尤其她的那句"等你凯旋"更确定了他的这种想法。在战场上,每次卡洛遭遇劫难,在忍受常人难以忍受的痛苦时,在他觉得自己无法坚持下去时,一想到安吉丽娜的那句话,所有的苦难对他来说就都是一种磨炼,都是对他意志的一种考验,他用毅力一一战胜了它们。战争一结束,得知自己可以回家时,卡洛激动得简直要哭出来，一想到可以见到他日思夜想的姑娘，一路上他都亢奋着。

当一身沧桑的卡洛在人群中看到安吉丽娜时，他认为她在等他。那一刻，他像被打了兴奋剂，尖叫着丢下行李向她扑来，不容反抗便将安吉丽娜搂在怀里亲吻。

那一刻，安吉丽娜多么希望他是帕沙，她太想他了，在他的亲吻里她放声大哭。

卡洛非常激动，他以为她是为他哭。他捧着她的脸，不停地吻她，他边深情地吻她边说："安吉丽娜，亲爱的，我没有死，你看，胳膊还在，腿还在，耳朵、鼻子都在，我完整地回来了。当初我向你求婚的时候，你告诉我，只要我凯旋，你就会考虑嫁给我，现在我回来了，看到你我太激动了。可是，亲爱的，你别哭，你一哭，我的心都碎了！"他一边说着，一边替她擦眼泪，随后又说："我想如果没有你的那句话，我或许就回不来了，诺曼底战役太惨烈了，死伤了太多的人。登陆的时候，一颗子弹从我的胸口穿过去，我悲伤极了，以为自己要死了。醒来后，我躺在医院里，医生告诉我，子弹打偏了。我太感谢那家伙的枪法不够精准，这样，我捡了一条命回来。后来的战役中，我也受了点儿轻伤，不过，都没有关系，我还活着。"看着她依旧哭，他边帮她擦着眼泪，边吻着说："安吉亲爱的，请别哭，不然，我也要哭了，你看，我活着回来了。"

回来的路上，卡洛特别高兴，他不停地向安吉丽娜讲着战场的事情，他参战的那些战役。安吉丽娜几乎没有说话，一直默默地听着他说。

卡洛欢天喜地地随着安吉丽娜回到了家。一进门，他的行李还没有放下，从房间里跑出来一个小女孩，喊着妈妈便扑进安吉丽娜的怀里，她也紧紧地将孩子抱在怀里吻着。

卡洛惊讶极了，他惊诧地看看她，又看看孩子，然后疑惑地问她："安吉亲爱的，我不明白，这是怎么一回事儿？孩子，谁的孩子，难道你已经结婚了？"

安吉丽娜请他坐下，然后将她与帕沙的故事原原本本地告诉他。听完她的讲述，卡洛才明白，在港口，她倒在他怀里放声大哭不是为了他，而是为了一个中国人。他很悲伤,他的身体像一摊烂泥一样深深地陷在沙发里,久久都没有动。在她呼唤了他两声后,他才用手捧着脸痛苦地对她说:"我觉得我应该死在战场上,我真希望那一枪打得再精准一些。"然后,他黯然伤神地离开了她。

# 九

卡洛走后,安吉丽娜也陷进了沉思里,她觉得自己再次伤害了他。她对卡洛倒没有什么成见,他在她的心中一直十分优秀,问题是她把自己交付给了一个中国人,她爱这个中国人。她答应了要等他,一直等他,在他没回来之前,她会遵守她的承诺,一直等,一直等。哪怕她为这个承诺伤害到别人,她也要遵守它。

卡洛深深地爱着安吉丽娜,但当他知道安吉丽娜爱的不是他之后,他无比痛苦。他觉得这种痛,比战场的任何伤痛都要来得猛烈。当然,他是一个经受过训练与战争的人,无论生命里经受什么,他完全能够理性对待。他爱安吉丽娜,也尊重她的选择。

为了生活,回来后的卡洛开始创业。原本他有更多的就业选择,最终他选择在离安吉丽娜街区不远的地方开了一家百货店,经营着各种各样的东西,而且从早忙到晚。他故意让自己那么忙碌。但他会经常来看望安吉丽娜和小安吉丽娜,也常常带一些礼物送给她们。

每次他来的时候,待的时间都不长,他喜欢静静地待着,或者看着她们母女,或者帮她们做点儿什么。每次他看她的时候总是一副若有所失的样子,眼神始终是忧伤的。

那天,卡洛倚在安吉丽娜的窗前看着她养在笼子里的一只鹦鹉发呆,那鹦鹉不大会说话,也是经常歪着脖子发呆,它看他发呆,也跟着一起发呆。看着他那忧郁的身影及忧伤的眼神,安吉丽娜叫了他一声。

听到叫他,卡洛转过身来看着她,冲她微微一笑,然后又恢复他的忧伤。

"卡洛,"她沉重地看着他说,"你能开心一点儿吗?"

"你开心吗?"他反问她。

"不,"然后她又说,"有时候开心。"

卡洛一脸严肃地回她:"生活在这个时代的我们,快乐也有,但忧伤总比快乐多。尤其像我这种经历战争洗礼的人,在经受各种肉体与精神创伤后,如今脑子里留下的仍是战争的阴影。当然,除了战争外,还有你所了解的苦恼!"

"我知道的,我都知道,卡洛。"她也一脸严肃地说,"如果不来这里,你或许会好受些。"

"是的,或许我能够不来。"他看着她说,"可是,不来我也不好受,这种抉择比上战场还要痛苦。"

"你知道,我当初答应了他,我要等他回来,我活要见人,死要见尸,不然我无法走出去。"说着,她浑身颤抖,她怕摔倒,急忙扶住身旁的椅背。

看着她的颤抖,以及需要椅背支撑的身体,卡洛觉得自己被那个他不熟悉,从未谋面的中国人撕成了碎片,他不仅撕碎了自己,也在慢慢地撕碎安吉丽娜。他无数次地想要将安吉丽娜由那无望的等待里解救出来,从那碎片里解救出来,可是,他知道,她的坚守与承诺,绝不允许他来打破。他也不会违背她的意愿,强行去做他们都不愿意做的事。

卡洛深深地了解安吉丽娜的苦恼,以及自己的苦恼,可是眼前他们两个谁都无法走出自己给自己画的那个怪圈。他望着她,久久才说:"我知道。"他其实觉得她很可怜,比自己还要可怜,爱着一个上战场的人,并为他生了孩子,然而,战争结束了他却没有回来,而她仍然坚守着当初对他的承诺。他在同情她的过程中,也同情自己,甚至觉得自己比她还可怜,至少她对那个人还怀着幻想,而他连幻想都粉碎了。一想到,明明看着她在面前,却不能够去爱,他就无比痛苦。有时候他痛恨她的坚守,痛恨她那无法更改的承诺。尽管,他对她怀着又爱又恨的复杂心情,他觉得,他还是要来看她,哪怕不能得到,她能在他的视线范围内,他仍觉得那是对他灵魂的一种抚慰与救赎。为了心灵的安宁,他觉得自己也有义务去照顾她们母女。

安吉丽娜依旧活在她的幻想里,依然去机场和港口等帕沙。她觉得卡洛能回来，他亦能回来。可是，她仍是一次次去，一次次失望而归。

看着她每次怀着希望而去，却又抱着失望而归，卡洛很替她难过。他为她的坚守难过，却又不得不尊重她的坚守。

一天晚上，安吉丽娜在床上看书的时候，突然想要在房间靠床的位置装一个书柜。装多大，摆什么书，怎么方便，这想法竟折腾了她半夜。第二天起床后，她便想买一个书柜放在床头，可不知道哪儿有卖的，便到卡洛的店里去咨询。

远远地看到她，卡洛便一脸的柔情，随后又忧愁起来，每每看到她，他就带着甜蜜的忧愁，他总是陷入那种对心爱的人只能看，却不能去爱的忧伤里。

听安吉丽娜说要装一个书柜。

卡洛却笑着对她说："让我来吧，我帮你做一个。"

安吉丽娜疑惑地看着他："你会做？"

"当然，大学的时候我就动手做过。"卡洛其实是个喜欢创造与动手的人。他以前的理想是当一名设计师，战争打乱了他的计划，战争结束后，他仍可以去选择他理想的职业，可是他几乎是为了离安吉丽娜近一些，而选择了百货店。但他没有告诉她，他是为了她在做一切。

他按着安吉丽娜的要求，买了木板、钉子、工具，一一运到她的家里。

在做柜子前，卡洛还没到过安吉丽娜的卧室。

安吉丽娜的卧室十分简洁，一张床，一个衣柜，一张桌子，桌上摊着颜料、画笔与一幅快要完工的画。卡洛很好奇，他甚至不知道她会画画。他走过去，想看看她画的是什么。

那是一幅十分壮观、雄伟的城堡图，上面的风景卡洛从来没有见过。那些建筑奇形怪状，远看就像中世纪欧洲的一座城堡。城堡大大小小，高高低低，参差交错。而城堡的地面则是深浅不一的沟壑，形状也十分怪异，有的平坦，有的高耸，有的龇牙咧嘴，状若怪兽，这些景物聚在一起形成壮观的画面。

他惊奇地看着这幅画，不知道这是她从哪儿看到的画面，还是她想象的一个地方。便回身看她,她也正倚在墙上看着他。

他问她:"这是什么地方?"

"魔鬼城。"在说这个地方的时候,安吉丽娜想起了帕沙在给她讲魔鬼城的情景,她那时虽然对这个地方怀着恐惧的心理,但她还是十分向往,想去见识一下这个号称魔鬼城的地方,看它被风吹成的奇特地貌,听它在风中的凄厉呼叫。而且,她希望帕沙能带她去,可是,至今她没有等到他。几天前,她在图书馆看书时,竟看到位于中国新疆佳木河下游的魔鬼城,她欣喜若狂,并被画面神奇壮观的景象迷住,回来后她开始创作这幅画。创作过程中,由于颜料没了,画作还差一点尾声,她想等画好后,用镜框装起来挂在房间内。

听到她说魔鬼城,卡洛眉头皱起来,开始他以为这是她凭空想象的一个地方。不禁又反问她:"魔鬼城?有这样的地方?"

"对,有这么一个地方。"她回他。

"在哪儿?"

"中国。"

他看了她一眼,没说话。那一刻,他的心又疼痛起来。他知道那是她心上人的地方,是他家乡的某一处地方。他也惊异这奇怪的地貌现象。可是,一想到她为那个中国人所花的心思,他却得不到半点儿,他就苦恼不堪!

在做书柜的时候,卡洛始终一言不发,一直默默地做着。安吉丽娜在一旁看着他,也一言不发。

十

那天,房间里有些闷热,卡洛在装柜子的时候,头上的汗水不停地流下来,他不时地举起手臂,用袖子擦汗水。之后,安吉丽娜递了块毛巾给他,他接过毛巾时柔情万千地看了她一眼,擦了擦汗,又继续装柜子。

柜子装好后,卡洛坐在地上看了一会儿,然后看着安吉丽娜突然孩子气地笑着说:"好了,下次你用柜子的时候多少会想起我一点儿了。"

为他这句话，也为他的心思，安吉丽娜有点儿心酸，她走过去，同他一起坐在地上，然后看着他说："谢谢你卡洛，有你这样的朋友我很高兴。"

　　他又笑笑，那笑半是苦涩，半是调侃。接着他还是忍不住对她说："你知道，我并不想做你的朋友，不仅仅是朋友，我想做另一个人，一个被你放在心上和在意的人，一个爱你的和可以让你依靠的人。"

　　安吉丽娜刚要张嘴阻止他，他却对她说："请不要阻止我！"

　　然后，卡洛告诉她，他爱她，从他看到她的第一眼就爱上她。他说："临上战场前，我担心自己会血染沙场，会回不来，为了不让自己有所遗憾，我鼓起勇气向你求婚，你拒绝我的时候，我很伤心，但听到你那句等我凯旋，我又很高兴，并觉得那是对我的一种激励。从诺曼底登陆开始，我就不停地受伤，大大小小的伤。有时候，我觉得自己挺不过去了，马上就要死了，或者下一秒就要死了。突然，我就会想起你，想起你说的那句话，便又挺了过来。战争结束了，我总算活着回来了，我觉得自己能够活着，完全是靠着你那句话的支撑。"

　　说着，他看着她。然后继续说下去："回来的路上我很忐忑，一直在想，你对我说的话到底算不算数，是否还能兑现？但想得最多的还是你会乐意见到我回来。当我在港口看到你的第一眼时，便欣喜若狂，以为你等的是我，那一刻我觉得自己在战争中所经历的伤痛都不算什么了。当时，我是那么高兴，完全沉浸在天旋地转的欢喜中，可我的欣喜劲儿还没过，就得知，你所等的人不是我，而是一个中国人。我伤心极了，我想不相信你的话，可小安吉丽娜的存在告诉我，那是真的。当时我心如刀绞，从来没有那么伤心过。那一刻，我宁愿死在战场上，都不愿意忍受那种伤痛。此后，我冷静了几天，接受了这个事实。可当我看着你孤零零的却又不能够去爱时，这让我更加难受。"说着，痛苦地看着她。随后，他又告诉安吉丽娜，他爱她不比她爱帕沙的少，并说："如果你不拒绝，我愿意照顾你和小安吉丽娜，一起等他回来，他一回来，我就走！绝不打扰你们！"

　　开始，安吉丽娜歪着头静静地听着，后来她的内心受到了触动，等他讲完，她看向他时，眼睛里已蓄满泪水。然而她什么话都没说，就那么坐着。

之前她也常常那样地坐着，坐着，一小时或者几小时。那样坐着的她常陷入无尽的回忆里，回忆帕沙，回忆他们短暂的相处时光，以及美好，并庆幸他给她留下了一个女儿。如果没有女儿，她有时候会怀疑她生命里是不是真的有这么一个人来过，她总觉得那像一个遥远的梦，一个虚无缥缈、永远也抓不住的梦。此刻，听到卡洛说愿意陪她们一起等帕沙，她哭了，她为自己哭，为帕沙哭，为卡洛哭，为他们三个人在交错中互相爱着，却爱得如此孤独，爱得谁也无法拥有谁而哭。

见她哭，一道微弱的火舌在卡洛的身体内燃烧，他柔情万般地靠过去将她揽在怀里，并紧紧地拥住，然后开始吻她。

在卡洛宽厚温暖的怀抱里，安吉丽娜突然觉得安宁。他那温润的亲吻也让她有一种奇异的感觉，那是她空茫的日子突然出现的一种真实的存在，一种安宁的存在。

卡洛对她很温柔，他的怀抱，他的亲吻都很温柔，他要把自己所有的温柔都给她。事实上，他愿意把自己的一生都给她，甚至生命。自从他回来后，每天，他都柔情万般地思念着安吉丽娜，尽管知道她爱的不是自己，他还是愿意为她无私奉献。

在他的怀抱里，安吉丽娜觉得他的温柔，一如帕沙，她开始幻想着，他就是帕沙，那个英勇而又腼腆的中国情人，那个她主动将自己献给他的中国情人，他终于回来了。当他温柔地拥抱她的时候，她也紧紧地抱住他，并回应他的亲吻。

在那回应里，卡洛十分激动，他以为安吉丽娜接受了他，并觉得她在他的怀里变得更加的娇小、美好、迷人，十分甜蜜。在那甜蜜里，他感觉自己要化了，同她一起化了。那道先前在他体内燃烧的火舌再次燃起来，他开始爱抚她，并感到她的身体在他的手下轻微地颤抖，他也跟着一起颤抖。后来在那张安吉丽娜和帕沙曾缠绵的床上，他们融为一体。

在那过程中，安吉丽娜把卡洛当成了帕沙，那是帕沙的拥抱，帕沙的吻，帕沙的身体，那是她等待多年的爱人。在他要她的时候，她的身体几乎是毫无保留地向他绽开。在他冲撞她的时候，她也紧紧地抱住他，并感受着他的平和、沉稳和温柔，在那缠绵中，他们几乎同时到达了顶点。她觉得这一次结合比上一次还要美好，上一次他们都带着离别的忧伤，与不知命运的惆怅，没有完全释放自己，这一次他们卸去了别离的束缚，在彼此的生命里完美绽放。直到结束了他们仍没有分开。后来，她依偎在他的胸膛上，他则沉默地紧紧地抱住她。在那男性的气息与亲密的怀抱里，她感受到从没有过的安宁与平和，渐渐地，她睡着了。

安吉丽娜醒来时，她仍躺在卡洛的怀里，他的手臂仍将她环在胸前。当她明白这个先前与她缠绵的人不是帕沙时，她的内心里又带着隐隐的痛楚。想着自己的疼痛，再看着躺在枕边的这张英俊的脸，这张经历战争洗礼的脸，她觉得她能体会到他的感受，他同她一样，不能如愿以偿地得到爱人的身心，不能将自己的生命融入对方的生命里，何尝不疼痛？他们的疼痛是一样的。

鉴于他们有着一样的处境，看着他的脸，安吉丽娜不免对他生出一种怜爱来。她想去抚摸他的脸，她的手张开还没有贴上去，又缩了回去，然后再张开，又缩了回去，终于，她的手轻轻地落了下去。她怜爱地用手去抚摸这张英俊的，在战争下逃过一劫的脸。

她刚轻轻一动，卡洛就醒了。他看着她，看着她那温暖的举动，他的心里又涌上一种甜蜜的感觉。随后，他伸出胳膊将她紧紧地拥进怀里，然后温柔地吻她，并喃喃地道："我的爱！我的爱！"然后一再温柔热情地吻她。

在他温柔的亲吻与喃喃细语中，安吉丽娜又陷进了难以分辨的意乱情迷中。在他的爱抚下，她感到了自己的焦灼及他身体变化的焦灼，她渴望他，渴望他的情欲将她点燃。当他们的身体紧密地贴合在一起，瞬间一种难以抑制的情欲将他们燃烧起来，他们都为那一触即发的接触感到震颤，之后一阵波涛汹涌的奇异浪潮袭击着他们。这一次，安吉丽娜从头至尾，都清楚地知道，这个要她的人不是她所渴望的那个恋人，但在这一过程中，她仍将他当成了帕沙。尔后，她将头贴在了他的胸前。然而，她又迅速地抬起头来看他，因为在他的胸前，她看到那颗打偏的弹孔。只差一点点，那弹孔就要了他的命。她看了看他，又低头，用手轻轻地去摸了摸那伤疤。卡洛看着她，没说话，而是更加用力地拥住她。

安吉丽娜与卡洛在又痛苦又美好中开始了他们的情人关系。他们彼此对彼此都是一个温情脉脉的情人。由于他们都不能真正得到自己想要的那个人，因此他们比一般的情人都更理解彼此，都更了解彼此的感受，都更站在对方的立场考虑对方。甚至，在性的需求上，他们也都协调一致，也都想尽自己最大的力量给予对方，在那过程中，他们也都觉得对方十分美好，美到极致。

<h1 style="text-align:center">十一</h1>

说到这里，安吉丽娜抬头看了看齐朗。齐朗冲他耸了耸肩，她也耸一耸肩说："真的，那感觉很好！"然后，她冲他又笑了笑，再次说："很美好！"接着，她继续讲。

卡洛是一个真正的绅士，他从来不勉强安吉丽娜做任何事，因为，他自始至终都知道她心里所爱的那个人不是他，他为这结果感到悲痛，但仍阻止不了他爱她。他始终默默地在她的身边，默默地爱着她和小安吉丽娜，给她丈夫般的温情，给小安吉丽娜父亲般的关爱。

卡洛的所作所为，也常常令安吉丽娜感动，尤其当安吉丽娜看到他身上留下的多处战争的烙印时，她认为卡洛能活下来简直是个奇迹。

那些伤痕也给卡洛留下了后遗症，每当阴雨天气，那些疤痕就疼痛难忍。它们在他的身上不时发作，摧残他的生命。但在安吉丽娜面前，他从来不流露他的疼痛。他不想给她悲伤的心里再添伤疤，哪怕在她问他的时候，他对自己的伤疤也一语带过。"一点点小伤，对我没有什么危害。"说完了，他还不忘向她展示身上结实的肌肉。

卡洛没有和安吉丽娜母女住在一起。他考虑到，如果与她们靠得太近，或许她很快就会腻了他，讨厌他，他甚至再不能与她亲近，因此，便始终与她们保持着距离。他每天都来看她们，常常和小安吉丽娜玩一些拼图与搭房子的游戏。

当他和小安吉丽娜头顶着头在那儿拼图的时候,他们的身影也显得十分美好。小安吉丽娜也时常对她母亲说:"我非常喜欢卡洛先生,他总有许多好办法。"有时,安吉丽娜也喜欢静静地看着他们,当她在夕阳的光影里看着他那英俊的侧影,他那与小安吉丽娜亲密的身影时,她也无比感动,感动于他对她的痴情,感动于他给予她们母女的爱。

偶尔,意乱情迷的时候,她仍会把他当成帕沙。当她呼唤他帕沙的时候,卡洛就痛苦地闭上眼睛。他深知,在她心中,他始终只是一个替代品。他一点儿也不喜欢这个身份,这个称呼于他来说也有失体面。可是,他爱她,他愿意为了她有失体面。有时候,他也想冲她发火,或者讥讽她,或者怨恨地甩手而去,但每次,他都沉默地忍受了。他知道,一旦他发作了,他伤害的不仅是她,还有他自己,或许他将永远地失去她。

陆陆续续的,卡洛和安吉丽娜讲了诺曼底登陆的情况,并讲了她最想听的那一部分。他告诉她,诺曼底登陆是一场非常惨烈的战役。登陆的那天,52军是作为盟军的先头部队进行登陆的,他们打响了对德作战的第一枪。"在炮击和轰炸之后,惨烈的登陆战开始了,一批一批的人冲上去,倒下,冲上去,倒下,血水都将海水染红了。52军在付出一万多人的代价之后占领了各滩头。此后几个月的时间里,三百万盟军源源不断地向前攻击,像一把利刃,插入纳粹德国的心脏,击溃他们。诺曼底战役结束后,本来52军将要和盟军一起攻克柏林,但是由于中国国内战事,52军被紧急抽调回国,未能参加攻克柏林。"卡洛缓缓地向安吉丽娜诉说。

他诉说得十分简单,事实上战役要惨烈得多。战场上到处都是阵亡的士兵,前一分钟还在身边的战友,后一分钟就阵亡了,有时候,他们甚至来不及看一眼倒下去的战友,就继续向前冲。

最让他们受不了的是,看着战友们倒下,看着一条条鲜活的生命在自己身边慢慢地变冷、僵硬,看着年轻的生命在一点儿一点儿地死去,他们心里在滴血。他们为生命的脆弱感到悲哀,为不能帮助他们感到悲哀。在看过更多死亡后,他们由最初的疼痛变得更加能承受,然后心慢慢地麻木。甚至有时候，他们都在麻木地迎接自己的死亡。下一刻，或者下一秒就是自己。

然而，当战争结束后，他们先前麻木的疼痛感又恢复过来。一想到战争与死亡，他们就感到痛楚，到了后来，大多数人已不愿回首，不愿回想那些痛苦的经历。

"你有没有看到过帕沙？"突然安吉丽娜问他。

他盯着她的脸沉默了很久，然后说："我根本不认识这个中国人。"

他们都不说话了。他坐着，眼睛盯着窗外，又沉默了一会儿才又说道："诺曼底战役中52军打的是头阵，死伤惨重，你的帕沙只有两条路可走，不是在诺曼底登陆中阵亡，就是随部队回国参战，因为军人的天职就是服从，他要么打仗，要么听从部队调遣，他没有选择的权力。而且作战的时候，也不允许军人在思想上开小差，一旦离队就是逃兵。那是军人的耻辱。真正的军人，没有一个愿意做逃兵。"

"我相信军人是不自由的，但我相信他还活着。"安吉丽娜坚定地说。

卡洛看了安吉丽娜一眼后，带着一种微妙的笑容看着窗外，随后又沉默了。


随着安吉丽娜的叙述，卡洛的影子在齐朗的心里愈发坚实起来，他竟有一种想法，想见见这位在战场上浴血奋战，死里逃生，而又柔情万千的军人。他觉得卡洛并不比帕沙逊色，在她的叙述里，因为卡洛更多地表现了自我的内心，他完全超越了帕沙在他心中的印象。他问她："如果没有帕沙，你会爱上卡洛吗？"

安吉丽娜沉默了，随后她陷进了沉思里。自始至终，卡洛对她们母女都有一种特殊的意义，他对她们的奉献与无微不至的关怀都深深地刻在她心中。他对她尽到的不是一个朋友，不是一个兄弟，也不是一个情人，而是一个丈夫的义务。至少，她认为那是一个丈夫的义务。他从生活、心灵及身体上给予她一个丈夫的关怀，给予小安吉丽娜父亲般的关爱。他默默地做着一切，几乎不求回报。她也常常看到他那默默承受的眼神，看着他自己承担责任。有时候，她也在问自己，如果没有帕沙，她会不会爱上卡洛。这是一个优秀的、活生生的男人,他那么长久地期待她,希望与她走到一起,当他从战场上死里逃生后,发现她期待的那个人心有所属,却仍甘愿忍痛为她付出,她不能不为他的付出感动。

很多次安吉丽娜也告诉自己,她可以去爱卡洛,他有着一颗金子般的心,她为什么要忽略这颗金子呢?在她想要去爱他的时候,她知道,她不能。虽然帕沙的人不在,但他的灵魂在。她总想到他临上战场的那句:"我的灵魂将会留在这里。"她也觉得,他的灵魂就在她的心中。她不能将他的灵魂驱除。他越是不回来,她越是思念他。而且思念在翻倍地成长,她时时感觉到他的灵魂就在她的周围看着她,看着她工作、吃饭、洗澡、睡觉,甚至,她在与卡洛亲热的时候,他也在他们周围看着。

有时候,她觉得他就坐在房间的椅子上看着他们,看着他们,他的眼神里带着哀怨,似乎在拷问她,你答应等我回来,而你却在这里与这个男人欢爱。这让她很受不了。有几次卡洛看到她痛苦的表情会停下来问她:"安吉亲爱的,是不是我弄痛了你?"她摇头。

一次,她忍不住告诉卡洛,她看到帕沙坐在那里看着他们做爱,并用手指着那张空荡荡的椅子说:"他就坐在那里。"

看着空椅子,卡洛顿时泄了气。尽管他想将她从痛苦中拯救出来,将自己的一切给她,都给她,但他知道无论如何努力,都代替不了另一个男人在她心中至高无上的地位。而且她始终过不了自己那一关。他不停地为安吉丽娜痛心,也为自己痛心。

看着卡洛难过,安吉丽娜也难过,他们都能设身处地地站在对方的立场上考虑。事实上,安吉丽娜也知道卡洛爱她不比她爱帕沙少,甚至还要超过她的爱。因为他明明知道,他无论怎么对她,都无法得到她的心,他却依然故我。而且她深深地感到,他在她身边的时候,虽然言语不多,他看她的眼神里仍带着浓浓的忧伤与对她依依不舍的怜爱。尤其只有他们两个人的时候,有时他会突然由身后紧紧地将她拥在怀里,长久地拥抱她而不说话。那个时候,她就更加深刻地体会到他内心既孤独又痛苦的感受,并觉得自己不该那么自私,在她不能够给予他同样的爱时,也不该自私地占据着他的心。

这也让她难过！

　　她开始有意破坏他们之间的美好。有时，她故意冷落他，拒绝他，想要将他吓跑。一次，她将卡洛种在院子里的玫瑰树砍了。当初他种玫瑰的时候，并没有征求她的意见。那时她也为他这温柔的举动感到温暖，每当他默默地从院子里剪一枝玫瑰为她插在花瓶里时，她的内心对他也涌上层层的爱意。如今，她忍着难过，却要破坏这一切。

　　那天傍晚，卡洛抱着一袋刚刚烤好的面包进来，当他看到那株枝繁叶茂的玫瑰树被安吉丽娜砍了后，他站在落满玫瑰花瓣与叶子的院子里黯然神伤，他已意识到安吉丽娜要彻底地将他赶走了。为此，他很伤心，他看了她好一会儿，却什么话都没说，而是将面包放在院中的椅子上默默地走了。

　　此后，卡洛的确在安吉丽娜的视野里消失了一段时间。在他消失的那段时间里，小安吉丽娜时常会仰着脑袋对安吉丽娜说："妈妈，卡洛先生为什么不来了？"

　　听到女儿问她，安吉丽娜很难过，她在房间里转了一圈后才告诉女儿："亲爱的，卡洛先生有很多事情要做，他要做自己的事情，不会总到我们这里来。"

　　"可是，我十分想念他。"

　　她看着孩子稚嫩的小脸说："你可以去看他。"

　　"可以吗？"孩子一脸喜悦地问。

　　"是的，可以。"她说。

　　在消失了一段时间后，卡洛又出现了。他出现的那天，安吉丽娜坐在院中的秋千上看书。秋千也是卡洛帮她做的，那是他花了半个月的时间为她们母女做的休闲工具。在砍玫瑰的时候，她想连秋千一起破坏掉。后来实在不忍，就没有动它。看书的时候，安吉丽娜一抬头，看到倚在铁门外的卡洛，他们互望着，都悲哀极了，似乎都能理解对方的痛苦，却又对各自的内心世界无可奈何。

　　他们在经历一段痛苦的过程后又恢复了来往。

# 十二

那年秋天的一个傍晚,安吉丽娜和卡洛在海边散步。走着走着,安吉丽娜和卡洛谈起她白天听了柴可夫斯基的音乐,说他的音乐太优美了!

卡洛笑着说:"我极喜欢听他的《悲怆交响曲》。"

"那是他最得意的作品。"安吉丽娜说。

"不,是因为那音乐里带着挣扎与悲怆,充满着令人恐惧的绝望。"卡洛说着又意味深长地看了安吉丽娜一眼。她也看着他,她懂他的心,也懂他的眼神,因为她从他的眼睛里也看到了挣扎与悲怆,恐惧与绝望。

于是两个人都不说话了,他们又陷在沉默里。

在沉默里,安吉丽娜觉得,他忧伤的面孔,忧郁的眼神让她觉得罪过,她总觉得那一切是因为她造成的。她一遍遍地想:我不能给他带来快乐,为何还要他在我的周围来来又去去,为何还要占有他这个人,他完全可以快乐地生活,过另一种人生。如果我做不到爱他,又不放手,是一种极其自私的表现,那等于我在利用他对我的爱,而占有他的爱与灵魂。

在一番思考后,她脱口对他说:"卡洛,不要在我这儿浪费时间了,你在我这儿来来又去去,只能是来来又去去,你在这儿浪费的时间不值得,还是去找一个爱你的姑娘吧!"

一向绅士的卡洛听了她的话后先是震惊,在明白了她的意思之后浑身颤抖。他愤怒地看着她,脖子上的青筋一条一条暴露出来,然后对她大喊大叫道:"我自己决定的事情,我愿意怎样就怎样,不要你对我指手画脚,因为你根本不懂我,从来不懂我。我要是你,我会把那个什么帕沙给忘得干干净净。他在你这里来来去去就只是一个灵魂而已,而我是活的,我在你这儿是活的,你不能三番五次地这么对我。当初我几乎是从战场上爬着回来,我回来就是为了爱你,回来向你求婚,回来娶你,可是,我不知道什么时候起,你这里居然冒出一个帕沙,而且他活不见人,死不见尸。好,有个灵魂在我也不在乎,可是,你要将我赶走,赶到另一个姑娘的怀里,你太令我伤心了!"

看着他愤怒的样子,安吉丽娜也伤心极了,然后她又向他解释道:"卡洛,对不起,我只是如你所说,我无法摆脱一个灵魂,他的魂已附在我体内,我无法驱除他。况且,他走的时候,我是答应他的,我要一直等他回来。"

"你还敢说你答应他的,当初你也是答应我的,等我从战场上凯旋,你就答应我的求婚。可是呢?我回来了,你却告诉我,你爱的是一个中国男人,一个中国男人。如果他站在这里,我愿意和他决斗,可是这个中国男人到底在哪里?你告诉我,他在哪里?"卡洛依旧向她咆哮着。

"卡洛,当初我对你那么说,只是不想让你带着失望与遗憾上战场,只答应会考虑,但我没有答应你,我发誓,我从来没有爱上你。"她向他解释自己当初向他说那些话的缘由,她不解释还好,她的解释顿时把卡洛彻底击倒。

卡洛悲伤极了,他先前直立的身体顿时弯曲下去,然后他又愤怒地说:"你终于说了实话了。可是,我又怎么把你从我的心里清出去。你知道我爱的是你,不是其他的什么姑娘,那些姑娘和我有什么关系,我的姑娘叫安吉丽娜,她在战前答应我,如果我没有战死,她会考虑嫁给我,可是你考虑过了吗?"说着说着,他哭了起来,突然他从安吉丽娜的手里抢走帕沙送给她的那块玉,然后将它扔进了海里。

瞬间的举动,让安吉丽娜来不及阻止。看着玉被扔进海里,安吉丽娜尖叫起来,拼命地去追她的玉。她没有脱衣服,就直接扑进了水里,在水中找啊找啊,却怎么也找不到,后来她潜到了水里找,为了寻那块玉几乎被淹死,可是玉仍没有找到。当卡洛拼命地将她从水中拖回来时,她恨死他了,对他又是踢又是打,让他滚远点儿,滚得越远越好,她一秒钟都不要见到他。

从那之后,安吉丽娜一直拒绝见卡洛。无论他怎么在她的门外徘徊,她都将他拒之千里。有一天,她又听到他在门外大叫,不堪其扰的她愤怒地打开门时,看着卡洛湿淋淋地站在门外,手里捏着那块玉,他说他一遍遍地在海里找,居然被他找到了。他为找到玉兴奋得大喊大叫,像个疯子一样。他叫着:"安吉丽娜,亲爱的,你看,我找到了它,我找到了它,它居然被我找到了,太神奇了,我太高兴了!"等他冷静下来以后,他们互相看着,一句话也没有说。他看她一直没有说话,将玉放在她手里转身就走了。当时,他那忧伤的背影也让安吉丽娜特别难过,比任何一次都难过!可她不敢叫他。

两年后,卡洛真的找了一个姑娘,并和那姑娘结婚了。婚后,他高高兴兴地带着那个姑娘来见安吉丽娜,似乎是为了告诉她,他听了她的话。

那是一位身材不高,皮肤白皙,相貌漂亮的姑娘。姑娘很斯文,生着柔顺的棕色头发,看人的时候,眼神清澈、干净、沉稳,似乎能使你安静下来。安吉丽娜觉得这姑娘对卡洛合适极了。他是得有一个人让他的心安静下来,好好地过日子,过他原本安逸的日子。而且,她相信,无论他娶了谁,都能胜任他的角色。

他们来看她的时候,卡洛看上去的确很快乐,他只要看着她,脸上总洋溢着新婚的笑容,但是一转脸,她又看到了他的悲伤,那是他无论如何都无法掩饰的悲伤。

安吉丽娜认为卡洛只要结了婚,他总会忘了的,时间是最好的药,它会治愈他所有的伤。

每年,安吉丽娜依然去机场和港口等她的帕沙。在机场,每看到一架飞机降落,她都期盼着帕沙会由飞机上下来,可是飞机起起落落,她渴盼的那个人始终没有出现。在港口,每看到轮船进入港口,她都期盼帕沙会由船上走下来,可是,船只来来往往,她等待的那个人始终没有出现。

# 十三

小安吉丽娜十五岁那年知道她的身世后,震动很大,她坚持要学中文,坚持要找她的父亲。二十八岁的时候,突然有一天,她和母亲说:"我要去中国。"

她母亲惊讶地看着她:"为什么想要去中国?"

"我要去那里找父亲。"小安吉丽娜说,"他没有回到我们身边来,一定是回中国了,我要去找他。"

"我要是阻止呢?"她母亲说。

"我知道您不会。"她很了解她母亲,她这么些年不成家,其实就是为了她父亲，为了当初她对他的承诺。她去中国，不仅是为了她自己，同时也为了她母亲。因为她们都在为了等一个人而备受煎熬。

卡洛夫妇和安吉丽娜一起为小安吉丽娜送行。看着载着女儿的飞机起飞后，安吉丽娜的身体摇晃了几下。小安吉丽娜一直是她的精神寄托，连她都走了，她感觉自己快要倒了。在她快要倒下去的时候，卡洛扶住了她。他在她耳边低语，她还有他在，他会一直在她的身边守护着她。

小安吉丽娜到了中国后，没有寻到父亲，却发现自己爱上了这片土地。她写信告诉她母亲：我的根在中国，我要留在这里，我要留在这里找父亲。在中国，她就一直叫她的中国名字——白希璇，每次写信回来，她在信的末尾都要署上这三个字。

女儿走后，安吉丽娜又成了孤零零的一个人。几十年来，她几乎没有离开过瓦胡岛，也很少离开自己居住的地方，她总想着帕沙会随时回来找她。

安吉丽娜喜欢安静，也没有特别的爱好，平时，只是看看书，或者画一些画。偶尔还会去机场或港口看看能不能等到些惊喜，可是年复一年，她什么也没有等到。

每年，在一些固定的日子里，安吉丽娜会收到一些礼物，有时是卡片，有时是鲜花，有时就是一块海边上奇形怪状的石头。

卡片多是由小安吉丽娜寄来的，上面是各种各样的中国风景。她喜欢在卡片上写她的中国名字白希璇。那名字总会勾起安吉丽娜的回忆，回忆她初次在亚历山大医院的门口见到帕沙时的情景；回忆他让她给他打针，默默看着她，甜蜜地冲她微笑时的情景；回忆他拥抱亲吻她，以及他们缠绵时的情景，虽然只是一个个短短的片段，但是，那些回忆却占据着她一生中绝大多数的时间。她常常陷在对往事的沉思里，每次由沉思里醒来，她都会看一看挂在房间里的那幅"魔鬼城"的画。她觉得那是她的城堡，她和帕沙的另一个世界。她常常陷入她那另一个世界里无法自拔。

而她收到的那些花与石头则是由卡洛送来的。结婚后，卡洛先后有了三个孩子。一年中，他仍会抽出许多时间过来看看安吉丽娜，陪她说一会儿话，或者和她静静地坐一会儿。

齐朗又看到了卡洛的柔情似水,他问她:"他有没有向你抱怨过什么?"

安吉丽娜冲他笑了笑,她知道,事实上,卡洛同她一样,是一个难忘旧情的人。哪怕他结婚了,他的心事还和以前一样重。而且后来他学会了向她抱怨,一次,他就对她说:"安吉亲爱的,知道我为什么送你花和石头吗?"

安吉丽娜笑着摇摇头说:"不知道。"

他说送花是因为,她在他心中始终如花一样美丽,无论她十八岁,还是八十岁;送石头是因为,她的心如石头一般,他在她心中亦和石头一样有着同样的分量。

听了他的解释,她看着他的眼睛郑重地告诉他:"卡洛,我最亲爱的朋友,你是我一生中最好最好最好的朋友,但是,你知道的,我不能够和你在一起。"

他也一脸庄重地说:"我亲爱的,我爱你,比谁都爱!此刻我不得不郑重地告诉你,你的计划在我这儿失算了,我之所以去娶另一个姑娘,为的就是让你安心,让你甩掉包袱,我不会因为结了婚,因为时间而改变,哪怕我死了,我的灵魂也始终爱着同一个人。"说完,他伤感地看着她。

"我知道。但你要活得开心些。"安吉丽娜也伤感地看着他说。

卡洛拼命地摇着头说,他不开心,永远不能。

那年的圣诞节下起了大雪,当一家人围着火炉在庆祝节日的时候,卡洛站在窗内望着夜色中飞舞的雪花,心里想着的却是安吉丽娜。一想到她孤零零的一个人来来去去,孤独地在她的房子里想心事,他的心里就没法儿安宁。后来,他带了一瓶葡萄酒来看望安吉丽娜。推开门,见她一个人孤独地坐在壁炉前看书,那身影在他的眼里显得特别凄凉,他整个心都跟着悲凉起来。

他缓缓地走过去,跪在她面前,然后将头深深地埋进她的膝盖里。他对她说,除了她以外,他不管娶了谁都一样,都不能开心,他甚至愿意和帕沙交换灵魂,活在她心中。

安吉丽娜用手抚着他的头说:"你是经历烈火的战士,是我心中的英雄,虽然我们不能够在一起,但是我们的灵魂是一样的,都在痴痴地追求着自己不能轻易得到的那一部分。我们都是被战争抛弃的孤儿,虽经历战火,仍要寻找我们精神的灵魂。"

那一刻,他们好像都明白,他们内心的苦恼在哪里。虽然明白,但他们仍无法摆脱。那一刻,他们也觉得,他们的灵魂才是相通的、相融的,不可分割的,却又因为他们无法摆脱的某种意志的约束,让他们原本可以相融的灵魂一直分离,因此他们才会活得苦恼,活得痛苦!

随着年龄的增长,安吉丽娜与卡洛在一起,越觉得他们是和谐的,是共融的,是彼此可以安抚对方孤独的灵魂的。后来,她不再拒绝他对她体贴入微的关爱,他也不再向她提起帕沙。有时候,她们也拥抱,也亲吻,也爱抚,也做爱,静静地躺在那里看着彼此。但是他们都清楚,他们中间因为隔着帕沙,注定不能结合,他们之间是痛与痛的怜惜与安抚。他们也清楚,他们之间的感情远远超过了友情,也超出了爱情。

# 十四

在卡洛夫妻的盛情邀请下,安吉丽娜有时也参加他们的家庭聚会。卡洛的妻于萨拉是个十分温和的人,遇到某个感兴趣的话题,她的话会多起来。萨拉特别喜欢玫瑰,她在院子中种了许多品种的玫瑰花,只要谁和她提起玫瑰,她的话题就来了。她常常把自己种植玫瑰和插花的经验告诉朋友,与大家一起分享她的喜悦。聚会的时候,她也会在房间里摆上各种各样的玫瑰花,让客人流连在花的海洋里。

看到玫瑰,安吉丽娜总会想起卡洛,想起他为她种下的那株玫瑰。那株被她砍了的玫瑰后来又从根部慢慢地长了起来,竟越长越好。在卡洛家里看到玫瑰,或谈起玫瑰,她还是不由自主地将目光投向卡洛。有时,他们的目光相遇,他知道她想起了那棵树,也常常与她会心地一望。

安吉丽娜知道,卡洛才是最喜欢玫瑰的那个人。他之所以选择萨拉,也是因为她喜欢玫瑰。她有这种想法是因为,卡洛不是一个善于伪装的人,他的喜怒哀乐常常表现在他与别人的接触中。但他并不主动向人们表达自己的情感,多数时候,他只愿意与安吉丽娜交心相谈,而且他的许多的话题只和她一个人谈,也包括谈玫瑰,但他却从不参与萨拉的玫瑰之谈。

安吉丽娜却不同,她常常与萨拉一起谈玫瑰,而她对玫瑰的了解完全来源于卡洛对玫瑰的了解,这种了解又完全是不同于萨拉的。有时她们也就某个音乐和某部电影长时间地交流各自的认识,那个时候,卡洛看着两个女人畅所欲言,并不发话,只是默默地看着。或者坐在一角,盯着某一处。他的这种沉默,偶尔会让两个女人感到无所适从。

"卡洛,你也谈谈你的看法?"有时她们也这样盛情邀请他。他总是回她们一笑,然后答道:"在你们之间,我更愿意做一个忠实的听众。"

"不,亲爱的,我们希望你的加入。"萨拉呼唤他,说着,她将目光望向安吉丽娜,似乎是向她求助。

隐隐地,安吉丽娜觉得,萨拉知道她与卡洛之间的关系,从她看他们的眼神里知道,只是她从来不说而已。有一天,她们站在花坛边聊天的时候,萨拉忽然对她说:"我爱他,从我看到他的第一眼起,他身上有着我所欣赏的英雄气概。我也爱你,你身上具备着一个女人的恬静、内敛、坚韧与自信。我爱你们。"

乍听这话,安吉丽娜愣了一下,随后她告诉萨拉:"我也爱你,我为卡洛有你这样的妻子而高兴。"她们的话题没有再继续下去,好像互相之间已心领神会,不需要再说什么。

安吉丽娜对齐朗说:"那个时候,我们都明白战争对人心灵的摧残,并明白战争在卡洛的生命里留下了什么,对一个从战场上死里逃生的人,我们没有那么多的斤斤计较,对他更多的是爱与呵护,在爱他的同时,也爱护他身边的人。对于卡洛,他妻子如此,我亦如此。"

齐朗当然能理解她们的心情,只是难为她们都这么爱护着同一个人。于是他问:"如今呢,卡洛还一如既往地来看您吗?"

此话一出,安吉丽娜悲哀地看着他,然后摇了摇头说:"不,他不来了,永远地不来了。"

"为什么?"齐朗问。

"三年前,癌症夺走了他的生命。"

齐朗本打算去拜访一下这位"二战"时期的痴情的军官,没想到竟没了机会,也不禁伤感起来。许久才又问道:"他走的时候有没有和你说些什么?"

七年前,卡洛常常觉得胸闷、胸痛、气喘、咳嗽,严重的时候觉得气都喘不过来。开始,他以为感冒了,并没有当回事儿。后来人开始渐渐消瘦,并感觉胸痛得厉害,咳嗽到后期痰中还带有血丝,他这才去医院检查。结果出来后,他得知自己患上了肺癌,已到癌症中期。

得知自己的病情后,卡洛并没有难过,他一如既往,甚至常常拿自己开玩笑。一天,他坐在院中秋千上对安吉丽娜说:"即便今天让我死,我也已经很开心了,因为在诺曼底的时候我就要死了,可是后来我又挺了过来,还活了这么几十年。"

安吉丽娜知道,比起在战场上死去的人,他觉得自己能活着回来已是幸运的,哪怕这几十年他过得并没有他原先预设的那么理想,但他也没有向生活抱怨什么。他唯一向她抱怨的是,他爱她,但她没有像爱另一个人一样地爱他。当然,安吉丽娜十分感激他做的一切,有时候,她甚至觉得,她的大半个人生是在卡洛的支持与照顾下度过的,如果没有他,有时候她都不知道自己是否能坚持这么久。可是,在卡洛面前,她仍是一遍遍地想着帕沙,想着他在某一个角落也同样地想着她,想着他没有及时回来的种种原因。如今,卡洛得了这种病,让她十分痛心,她不希望他有什么意外,也不希望他早走。听他那么说,她望着他叫了一声:"卡洛。"

看着她忧伤的眼神,卡洛将她拥在怀里,然后缓缓地对她说:"我倒不怕死,只是我死后,不能再过来看你。"于是,他们为这个话都流泪了。

之后,卡洛与癌症又抗争了四年,最后还是倒下了。其间,安吉丽娜经常去探望他,有时陪他说说话,有时给他读一会儿书。每次当安吉丽娜与他道别的时候,他都用不舍的眼神望着她,好像每次见面都是他们最后一面。

在他快要咽气的时候，他恳求萨拉让安吉丽娜陪他单独待一会儿。

安吉丽娜陪他度过了他人生中最后的一段时光。那时候，因生病，他瘦得不成样子，已坐不起来了。安吉丽娜坐在他身边和他说话，他说看到她能来他很高兴，并告诉她：他一生只爱过她一个人。之后，他说："安吉，亲爱的，我躺了很久了，躺的后背都疼起来，你能不能扶我坐一会儿。"

安吉丽娜说："当然。"然后她走到床边，慢慢地将瘦骨嶙峋的卡洛从床上扶起来。卡洛虚弱得已经坐不住了，刚坐直，他的身体就往下面溜，她怕他翻倒过去，便坐在床上，让他的身体靠在自己的怀里。她低头看他的时候，他虚弱地喘着气，无限眷恋地看了她一眼，那眼神里有着无尽的不舍，慢慢地，他倒在她的怀里，紧紧地靠在那里。曾经高大健壮的卡洛，此刻仅剩下一个骨架，看着他慢慢地闭上眼睛，安吉丽娜悲恸极了！她想，他拼尽最后一丝力气，就是为了躺在她怀里。她一想到这个用一生爱着她的人走了，永远地走了，而自己曾多次残忍地对待他，她的泪水也止不住地流下来。

说到这里，安吉丽娜又停了下来。齐朗看了看她，此刻她一脸悲戚，眼眶里充满了泪水。

从她的叙述里，齐朗分明感受着两个男人在她的生命里唱响的不是一段情感，而是两段，不禁也为他们之间的感情伤感。为安吉丽娜、为帕沙、为卡洛。虽然安吉丽娜没有真正去接纳卡洛，但他能感觉到她内心里对他是有感情的。只是这份感情她没有去正视，她正视的，是她对帕沙的爱与承诺。因为她内心里对帕沙带着更多的向往、期待、留恋、美好。因此导致她排斥来自卡洛的更加深沉的爱。

齐朗向安吉丽娜表示，在她的叙述中，他特别地想要认识卡洛。他为他的离逝感到遗憾。

安丽吉娜告诉他，她家中还保留着他的照片。

齐朗很惊喜，觉得那是安吉丽娜向他发出了邀请，他礼貌地向她询问："我可以看一看他的照片吗？"

"当然。"安吉丽娜说，说着他们叫来服务生，结账准备离开。

往外走的时候,齐朗看了一眼先前的那位女孩,她依然专注地看书。当他们经过她身边的时候,女孩突然抬起头来,她的目光与齐朗的相遇了,那姑娘竟然冲他微微一笑,齐朗也报之一笑。走出去后,他又忍不住回头看了一眼,那姑娘仍在窗内看着他,他向她挥了挥手才跟着安吉丽娜一起向前走。一路上,他对那姑娘仍念念不忘,为没有和她说上话而感到遗憾。

# 十五

安吉丽娜的房子位于瓦胡岛砖石山地区的一处坡地上。那是一幢孤独而又颇具年头的建筑物,建筑的外墙与院中的门窗虽显得有些陈旧,但墙上与窗上爬满了各种不同的蔷薇与玫瑰。那些丝绒般的花枝东一枝,西一枝地伸出来,又以不同颜色、不同形状互相交错,绕成不同的图案。由花朵上散发的淡淡幽香,更是令人迷醉。这些植物给这幢建筑增加了不少生机。

进门后,齐朗发现,安吉丽娜的房间十分整洁,桌子、钢琴、沙发、书柜等一切摆设都井井有条。引他注意的是,钢琴上面的一只蓝色花瓶,瓶中插着一枝盛开的红玫瑰。看到那枝花,齐朗不禁想到了卡洛,是不是他也经常为安吉丽娜摘一枝玫瑰插在花瓶中。他多么想要见见他,让他感到遗憾的是,这个痴情的人已经不在了。

钢琴上方的墙上用图钉钉着许多图片,由于图片太小,齐朗看不大清楚,走近后,他才看到,上面都是一些和中国有关的明信片和绘画。他知道,这一定都是小安吉丽娜在中国为她母亲邮寄过来的。一想到母女两个人为着一个中国人在苦苦等待,他就觉得心塞。

在看图片的时候,齐朗回头看了看安吉丽娜,她告诉他:"我喜欢这些图片,中国很漂亮!"

"是的,很漂亮!"齐朗说。他知道这些图片潜意识里也是在安慰她。中国很漂亮!

之后,他在安吉丽娜卧室的墙上,看到那幅魔鬼城的画。他不得不感叹,安吉丽娜有着深厚的作画基础。画作上,她将魔鬼城奇特的地理风貌刻画了出来,而且完美地体现了魔鬼城的气氛、色彩与意境。

随后他的目光落在墙角的一个书架上。他意识到这个书架就是卡洛当初亲手帮安吉丽娜制作的。书架上摆满了书,各种各样的。齐朗随手拿了一本济慈的诗,拿书的时候,他看到书架上竖着的一张照片。照片上是一个身着军装的年轻男子,他身上不仅有着军人的威严,还有着雕塑般的俊朗。从那忧郁的眼神与相貌里,齐朗断定他就是卡洛。在他向安吉丽娜求证的时候,她告诉他:"没错,就是他。"

说着,安吉丽娜从抽屉中又拿出几张照片来。照片似乎都是从战场上带回来的,因为照片上的卡洛不是在射击,就是在拿着望远镜观望,其中有一张是他在擦枪,还有一张是他受伤时靠在军车上休息的画面。战场上,他那疲惫而又略显单薄的身影让人伤感。最下面的一张照片上,是卡洛脱去了军装,与安吉丽娜的合影。脱去军装的卡洛依然很英俊,尽管是与安吉丽娜合影,他那英俊的面庞上仍难掩悲伤。照片上,两个人看上去都还年轻,他猜测这张或许是他刚从战场上回来时所拍的照片。因为他的脸上不仅带着悲伤,还带着战争的硝烟。

照片的确是战争结束后不久照的,那时卡洛刚回到瓦胡岛,尤其在得知,他在战场上满心欢喜回来要见的这个人并不属于他时,他悲哀极了。他一边悲哀着,却又无法忘记她,便时常来看望安吉丽娜母女。

那时,卡洛一边将时间投入创业中,一边将时间投入对她们母女的关怀中。每天他不管多么疲惫,如果能见到安吉丽娜,他都觉得精神为之一振。见了她,他们的话也不多,有时他会帮她管理一下院中的植物,有时他倚在花坛旁默默地看着她,然后摘一枝花默默帮她插在花瓶里。

偶尔,他们也坐下来慢慢地聊天。一个周末的午后,他们坐在院中的蔷薇树下说着战场上一些有趣的故事。卡洛说他们打仗的时候很累,有时战役一结束,士兵们站着都可以睡着,一次一名士兵站着就睡着了。

安吉丽娜问他:"然后呢?"

"然后。"卡洛看着她笑着说,"睡着睡着他就摔了下去,一倒下,他像一个弹簧一样,又迅速地从地上跳了起来,逗得大家哈哈大笑。"安吉丽娜听得也笑起来,她问卡洛:"你有没有睡着过?"

"有过。"

"也睡着睡着摔下去?"

卡洛笑了,"不,我是坐着睡的。"

随后,安吉丽娜问他:"在战场上你有留下照片吗?"

"有。"卡洛看着她说。

"能带一张给我看看吗?"

顿时,卡洛内心里甜蜜起来,只要是安吉丽娜主动向他提出的要求与事情,他都觉得甜蜜,都会尽自己的力量给她以回复。此刻,他无限柔情地看着她,仅说了一个"好"字。

第二天,他将自己在战场上的许多照片都拿了过来。看着照片,安吉丽娜笑了起来,她觉得他穿上军装更加英俊一些。卡洛也一一指着照片给她介绍着每张照片的背景及所在的地方。

看着那些照片,忽然安吉丽娜的内心又急剧地痛楚起来。她不能不由此想到帕沙,想着穿着军装的帕沙也这么英俊,也在与敌军拼杀,或者也受伤,一想到他们短暂的相处,她就愁肠百结。然后,她神情黯然起来,不再说话了。

每当看到她神情黯然的时候,卡洛就知道,无论他与她说什么,她都一句话也不会说了。每当这个时候,不仅她神情黯然,他看她的眼神也多是悲伤与哀愁了。

那天,安吉丽娜无限哀伤地对他说:"卡洛,我没法忘记他,我也没法不悲伤,你完全可以不来看我,也完全不必传染上这种情绪。"

他甚至有些恼怒地看着她,他告诉她:"你知道我同你一样的固执,一样的没法忘记。"后来,他们都不说话了,默默地坐着,他们常常这样,默默地坐着,一直坐着,为彼此的坚持与坚守而不说话。

那天卡洛走的时候,他默默地将自己的几张照片留给了她。他觉得她愿意看到那些照片,哪怕它们勾起她的往事。他也希望她留着自己的照片,那样，他内心深处会有一种无法形容的温暖。而且，他想要一张与她的合影，十分地渴望。几天后，他为了那张合影，购买了一台德国产单反相机。

一拿到相机，卡洛就抱着相机过来看望她们母女。看到相机，小安吉丽娜也特别开心，东摸摸西看看，觉得这小盒子十分神奇。卡洛为安吉丽娜母女照了许多相，个人的，合影的，各种各样的表情。当相机内剩余的胶片不多时，卡洛向安吉丽娜表示，他想和她照一张合影。

合影就在门前照的，在他调三脚架的时候，她看出他很高兴。可是拍出的照片还是这个样子，一种他无法掩饰的内心悲伤。

"他不开心，这是真的。"安吉丽娜对齐朗说。

"他的所有悲伤都源于你无法接受他。"

"这是事实。可我无法接受他，帕沙就在那里，不管他回不回来，他就在那里，谁也动不了他，卡洛不能，我也不能。"

齐朗明白，不是谁也不能动，而是她无法改变内心的那份坚守，改变她对帕沙的承诺，承诺犹如她对人生的信仰，她不想背叛自己的信仰。

告别的时候，齐朗留了安吉丽娜和小安吉丽娜的联系方式，他说他会帮她们打听帕沙，一有消息就与她们联系。

# 十六

由安吉丽娜寓所出来之后，齐郎又回到了海边，回到他与安吉丽娜喝咖啡的那家咖啡馆，他试图去寻找那位在咖啡馆里专注看书的姑娘。遗憾的是，当他赶回去的时候，那姑娘已经不在那里了。他忽然觉得自己空自多情了，又没有帕沙那么幸运，没有遇上一个会坚守他的人。

回到克拉玛依的第二天，齐朗就去了乌尔禾，按着安吉丽娜给他的地址，他找到了小安吉丽娜所在的那所学校。

在学校门口，他向一位个子不高、胖墩墩的门卫打听学校是否有一个叫安吉丽娜的教师时，门卫冲他摇头。他忽然想起，她已不叫安吉丽娜，当他重新报了名字后，听到"白希璇"三个字，门卫咧开嘴笑了，他说："我说嘛，我们这儿没有姓安的老师，白希璇倒是有，她是个外国人，在中国可待了几十年了。她啊，早到了退休的年龄，可还是要在学校里教书。"

"那您知道她教几年级吗？在哪一个办公楼?"齐朗问他。

听他这么问，门卫又公事公办地问他："你是她什么人，找她又有什么事?"

"我是受她母亲委托来看她的一位朋友，过来看望看望她。"齐朗说。

胖门卫打量了他一番，让他在来访人员登记单上登记了信息后才为他指了路。他告诉他："你顺着校园这条路往里走，她在第二幢楼三楼，具体哪个办公室我倒不清楚，你到那层楼问一下教五年级英语的白老师，他们就会告诉你。"

在他的指引下，齐郎来到那幢楼前。上楼的时候，他在楼梯口遇到一位身材高大，皮肤黝黑，长相十分端庄的老教师。出于尊重，齐朗冲她点了一下头，往前走了两步，他忽然意识到，或许这位教师就是他要找的人，于是他又停下来回头看她。见他停下来，老教师也向他看过来。她长着一双漂亮的灰色大眼睛，看人的时候，眼神深邃而有穿透力，而且，她身上有着与众不同的气质。齐朗觉得她就是他要找的人，为了证实没猜错，他故意向她打听白希璇老师。

于是她笑了，说："我就是。"似乎她已意识到来人是谁。

齐朗离开瓦胡岛后，安吉丽娜就给远在中国的女儿打了电话，告诉她在瓦胡岛的海边，她邂逅了一位像极了她父亲的年轻人，而且这个人同他父亲一样来自同一个地方。她还告诉小安吉丽娜，这位年轻人可能会来看望她，因为他愿意帮助他们寻找帕沙。

见到这英俊的陌生人前来寻找自己，小安吉丽娜一下就猜到他是谁。

在确定了她的身份后，齐朗也觉得她长得的确不像她母亲，甚至连她母亲的一点儿影像都没有。她身上的那种气质，又绝非是中国的，而是带着浓浓的异国情调。

他向她介绍了自己。自我介绍后，小安吉丽娜让齐朗叫她的中文名字白希璇,她说:"我喜欢这个名字,因为我父亲。"

齐朗告诉她:"您母亲向我介绍过您的名字。"

他们沿着学校的一条小路走,不时有学生从他们身边跑过。她说,"听我母亲谈起了你,她说她遇到一位像极了我父亲的中国人。"

"我是在瓦胡岛遇到了您母亲,她说我的样子有点儿像她的恋人。"

"见到你,她觉得有些不可思议,甚至有些幻觉地以为,你就是他,或者是他的儿子,或者是他的化身,在见到你的瞬间,她说自己曾出现刹那的恍惚。"

齐朗望着她答道,"当时她一直盯着我看,看得我不知道哪里出了问题。"

小安吉丽娜笑了,"她说你又勾起她美好的回忆,她的这一生,都在思念中度过。"说着,小安吉丽娜专注地盯着齐朗那英俊的外表看了看,觉得她的父亲也应该是这么英俊。然后她又笑了:"她有没有告诉你,我在中国是为了寻找她的恋人,也就是我的父亲。"

"说了。"

"我从来没见过我父亲,也从来不知道他长什么样。但我母亲告诉我,我长得像我的父亲,不像她。"小安吉丽娜看着他说:"可是,我在中国将近四十年,却从未得到我父亲丝毫的消息。有几次,他们帮我找到了同样叫帕沙的人,每次我都喜极而泣,但是见了人之后,我知道,他们不是他。虽然我是那么渴望找到我父亲,即便找不到,我也希望能留在这里。我热爱这片土地,我觉得自己的血液里多半流的是中国的血。"说着她笑着展开手臂,做出要拥抱这个世界的动作。

齐朗看着这位满头白发,自称身体内多半流着的是中国血的老夫人,他觉得岁月在她和她母亲的生命里留下更多的是思念的痕迹。

小吉安丽娜能说一口流利的汉语。从她的言谈中,齐朗能感受到,她比她母亲描述的性格要开朗,而且擅于交流。交谈中,齐朗得知,她嫁了一个中国人,丈夫是医生,十分爱她,他们共育有一对子女,如今子女也都参加工作了。多年来,他们一家人从未停止寻找帕沙。然而,帕沙像在人间蒸发了一样，始终杳无音信。

他问她："除了在这里寻找，你们有没有想过其他办法？"

她看着他："我能想到的办法都想了，但没有找到更好的，有时候，我觉得我父亲还活着，在某一个我们不知道的角落，有时候，我觉得他或许在诺曼底登陆的时候就死了。"说完，她又伤感起来。

"我们可以再想想其他路径，或者能找到一点儿线索？"

小安吉丽娜带着希望看着他，希望他将那条线索指给她。

看着她期待的眼神，齐朗说："您母亲曾向我提起您父亲所在的部队是国民党52军，这些年，您有没有找过52军？"

"想过，可是，我到中国的时候，中国已经解放了，茫茫人海里，我又上哪儿找52军呢？"她一脸迷惘地问齐朗。

齐朗沉吟了一下说："或许有一个地方可以去试试？"

"哪儿？"

"台湾。"

听到台湾，小安吉丽娜那灰色的眼睛里闪过一丝惊喜。对啊，台湾，她们怎么都没有想过去台湾找一找呢？这些年，或许她父亲一直待在那儿呢。

# 十七

在齐朗的提议下，小安吉丽娜决定去台湾寻找父亲。当她将决定告诉家人的时候，她那个已退休在家的丈夫倒没有阻止她，只是因患有心脏病，不能陪她前往。赶上那几天她的儿女都十分繁忙亦没有时间陪她。儿子劝她："妈，您等几天，过几天我陪您去。"他母亲一口回绝了他："我一刻也不想再等，我要立刻去台湾。"

儿女们担心她的安全，又没有办法阻止，他们寻到了齐朗，希望得到他的帮助。齐朗说如果老人不拒绝他陪同，他愿意陪她走一趟。小安吉丽娜倒没有拒绝他。

坐在飞往台湾的飞机上，齐朗和小安吉丽娜都没有说话。

定下去台湾的时候,他们都非常激动,他们不知道能否找到当年52军的下落,但他们打听到,国军退到台湾的时候,确实有六十万的军人跟着国民党到了台湾。如今六十万的军人在哪里?还有多少人在?他们心里并不知道,能不能寻到有关帕沙的蛛丝马迹,他们心里也都没个底儿!

飞机在云层里穿越,那些变化多端的云层忽上忽下,忽左忽右,像流动的水雾,忽而华丽,忽而稀薄,美得令人眩晕。齐朗和小安吉丽娜都没有心思欣赏窗外的风景,他们只想着要寻找的人,寻找那个离开瓦胡岛之后毫无音讯的人。如果能找到帕沙,他们就能解开许多谜。

下了飞机,他们马不停蹄地直奔荣民村。汽车载着他们在台北的大街小巷中穿行,看着车窗外一闪而过的风景,看着台北那些林立的店铺,看着那些繁体字的招牌,看着台北一丝不染的街道,齐朗有种恍然隔世的感觉,好像回到了民国。可是,台北的高楼大厦又把他拉回现实。

走进荣民村,耳边传过的是各种方言,山东话、浙江话、四川话、湖南话、河南话。齐朗和小安吉丽娜不断向那些悠闲的老人打听,问他们是否认识52军的士兵。许多人都摇头说不知道。听到这样的回答,他们多少有些泄气,可是仍不甘心。

在一棵梧桐树下面,他们碰到了一位身材敦实的老人,他的头发已经全白了,但精神很好,一双小眼睛笑起来眯成了一条缝,显得十分滑稽。齐朗向他打探52军的消息。

老人的眉毛一挑,用浓重的四川口音说:"当然晓得了,52军没剩几个兵了。"

"您知道他们住在哪儿吗?"听到52军,小安吉丽娜也急切地问。

老兵用手向前一指,"那个十字路口右转,看到一处小平房就到了。"

他们道了谢,走了两步,小安吉丽娜又回头问他能不能和他们一起去,老人便欣然前往。一路上,老人问齐朗他们找52军做啥子。

齐朗告诉他,想了解一些历史情况。一路上,小安吉丽娜也不停地向老人打听52军的事情。老人说,他对52军并不是很清楚,战争结束后,他们这些在战场上曾用命拼杀过的人,好多人都不愿意再提当年的事情。因为战争总是惨烈的，重提总免不了提那些死去的人，千千万万死去的人。对于死去的人，他们是幸运的，但活着，他们也并不比死去的人幸运多少，他们的心已千疮百孔。而且许多人已不敢面对过去，面对战争与历史。甚至许多人到了台湾后，与家人失去了联系。要么有家不能归，要么回去了寻不到家人。许多人都是在孤单与穷苦中死去。

在老兵的带领下，他们来到了一座平房前。平房的门前种着两棵香樟树，上面结满了紫黑色的椭圆小果子，风一吹，便有果子往下掉。老兵走上前去，颤巍巍地敲门，用那乡土味十足的四川话叫道，"苏伢子，有人来找你哦"。

一会儿工夫，一个精神矍铄的老者打开门，当听说齐朗他们的来意之后，他先是警惕地看着他们，随后又露出了笑容，邀请他们进屋。

这位老兵叫苏城，今年已九十高龄，他曾经是 52 军第 25 师警卫团的士兵。诺曼底登陆的历史，因为受到压力，蒋介石一直要求他们封口，所以老人一开始才会警惕。不过随着老兵不断逝去，知道这段历史的人越来越少，老兵虽然觉得讲出来违背了蒋介石遗愿，但是为了不让战友的功绩被埋没，他还是决定讲出实情。

从他的口中，齐朗他们了解到诺曼底登陆战役的一些情况，一如当初卡洛向安吉丽娜描述的那样。苏城说："我们登陆的那天，诺曼底海滩被大雾笼罩着，52 军是作为盟军的先头部队进行登陆的，我们打响了对德国作战的第一枪。52 军第 2 师负责左翼突破，第 25 师负责中路攻坚，第 195 师则负责对右侧进行佯攻。和我们并肩作战的不是别人，是美国的王牌部队，也是我们的老师——陆战一师。"

1944 年 6 月 6 日早上 6 时 30 分，在炮击和轰炸之后，惨烈的登陆战开始了。第一个登上滩头的士兵是山东人，叫刘肖博，外号刘大棒槌。在他踏上滩头的一瞬间，就被德军的二十四磅榴弹炮炸飞了。

苏城起先笑得很灿烂，在说起战友的时候，说到刘大棒槌的阵亡时，老兵泣不成声。

"刘肖博是个憨厚的山东汉子，在瓦胡岛训练的时候和我睡上下铺。因为他的憨厚，士兵都喜欢拿他打趣，瓦胡岛上的护士见到他憨态可掬的笑容，也常常掩面而笑。快乐的日子总是短暂的。在诺曼底登陆战里，刘大棒槌坚决要求打头阵。大家都认为这是十死无生的战斗，但是大棒槌还是一副憨态可掬的笑容，第一个冲上了滩头，却被飞来的炮弹炸倒。我冲下去，要将他扶上船，可是他已经不行了，他只是笑着说：记得去看俺娘。"老兵说得很伤感，停了一会儿，然后又摇了摇头说："唉，往事不堪回首，但那又是无法忘却的一场战役。诺曼底登陆战役中，52军在付出了一万多人的代价之后才占领了各滩头。此后的几个月的时间里，三百万盟军从52军守护的阵地当中登陆，源源不断地向前攻击，进入纳粹德国的心脏。在经过短暂的休整之后，原本52军将要和盟军一起攻克柏林，但是由于中国国内战事紧张，52军被紧急抽调回国，未能参加攻克柏林的战斗。从诺曼底回来我们先是打日本人，接下来就是打内战，再后来就来到台湾。到台湾后就断绝了与内地的来往，直到20世纪70年代不再封锁大陆的时候，我去了大棒槌家乡，才知道大棒槌的娘三十年前就过世了。"

"那您认识帕沙吗？"齐朗问他。

苏城想都没想就回答他："当然认识，他是新疆人，是一个长得特别英俊的年轻军官。"说着老兵看了看他，又补了一句："你和他倒是十分像，那时候他也是你这样的年纪。"

齐朗和小安吉丽娜互相喜悦地看了看。又问："他现在在哪儿，也在荣民村吗？"

苏城伤感地看着他们，然后摇了摇头说："不在了，早就不在了，早在诺曼底登陆的时候就牺牲了。"刚才还满心欢喜的齐朗，得知这个消息，不禁悲从中来。他转头看了看小安吉丽娜，她在流泪。先是掩面抽泣，继而失声哭了出来。她这一哭，将两位老兵哭得莫名其妙起来。他们你看看我，我看看你，又看看齐朗，不知说什么好。

齐朗告诉他们，她是帕沙的女儿，她与她母亲寻找她父亲几十年了，一直没有他的消息。

苏城才突然恍然大悟起来。他说，他没有看到帕沙牺牲时的情景，诺曼底登陆的时候死的人太多了。52军满员29137人，在诺曼底登陆战中，歼敌47000余人，自身阵亡就达到了10200余人，伤员达到近万人。"由于战争激烈，牺牲的人员特别多，有的被炮弹打得面目全非，清理战场的时候，有些人根本就不知道谁是谁，那些断胳膊、残腿，更是让人触目惊心！那一刻，人类好像不是肉身之躯，而是一堆泥人，一场大风一场大雨都能将人类摧毁，何况是炮弹。但不管认得出还是认不出的将士，他们的亡灵最后都被埋葬在诺曼底军人墓地中。"说着，老兵的眼泪流了出来，并感叹道："那里埋葬的是几十万将士的亡灵啊！几十万将士的亡灵！"

小安吉丽娜哭着哭着，突然浑身发抖，站都站不住，然后身体直挺挺地向后倒去。这下可把大家吓坏了，他们七手八脚地把她抬到床上去，又是掐又是捏的才把她弄醒。醒来后，她放声痛哭起来。她寻找了这么多年，以为还能见到父亲一面，没想到，刚得到的一点儿线索，竟然是她父亲于她出生前就已经阵亡了。她一下子不能接受这个事实。他们也替她难过，都黯然神伤！

齐朗和小安吉丽娜要离开荣民村的时候，在门口，苏城又叫住了他们。老兵对小安吉丽娜说："你等一下，我有个东西要转交给你。"说着，他回到屋里，从一个旧衣箱里翻出一个小本子递给小安吉丽娜。接过小本子，小安吉丽娜翻了翻，居然是一本日记，笔记本的封皮上还写着帕沙。看到这两个字，小安吉丽娜激动得浑身哆嗦起来。

苏城看着她，生怕她再晕过去，见她还算镇定，他告诉她："这是在你父亲的遗物里找到的。别的东西都丢了，只有这个被我偷偷地藏了起来，他里面记了一些东西，但愿对你能有用。"

拿着日记本，小安吉丽娜十分感激，这是有关她父亲的物品，在她的记忆里，除了她母亲那块时刻带在身上的红山玉龙，再也找不到与她父亲有关的物品。她将日记抱在手里不停地向老兵道谢。

离开荣民村后，齐朗与小安吉丽娜都没有说话，来的时候，他们抱着要找到帕沙的希望，尽管觉得这希望十分渺小，但他们多少是抱着希望的，没有寻到，回去自然是带着失望。他们都不知道说什么好，尤其是齐朗，他觉得自己应该安慰安慰小安吉丽娜,可是,他觉得,此刻对小安吉丽娜来说,什么话都是多余的,她需要安静。一路上,他们都默默的。

坐在回程的飞机上,小安吉丽娜才缓缓地打开她父亲的日记。那是用蓝色的棉布包裹的一个日记本,打开来,里面的纸张已泛黄,部分地方因潮湿已破碎不全。好在破碎的地方不在主要位置,所记的东西也都能看清楚。

日记写得很简洁,简单地记着日期与所记日期内发生的事件,每篇日记,内容都寥寥无几。上面写着:

三十二年六月四日　　接到上级的命令,移防昆明,目的不详。

三十二年六月二十日　　昆明机场,我部之任务前往夏威夷受训。

三十二年六月二十二日　　来到美丽的夏威夷,美丽的美国。

三十二年六月二十五日　　训练开始。美国兵称吾等为东亚病夫,甚怒。

三十二年六月三十一日　　全军大锻炼,每天五次三千米,苦。

三十二年七月二日　　亚历山大医院门口,与一异国姑娘邂逅,难忘倩影。

三十二年十月十日　　训练受伤,缝七针,再遇异国姑娘,她有一个美丽的名字:安吉丽娜。

三十二年十月二十六日　　每日去医院打针,讲魔鬼城。听到她喜欢魔鬼城时,怦然心动!

三十二年十一月十一日　　全军三千米测试,每人十八分钟过关。风闻一千名淘汰者被遣送回国,无颜回国而自裁者一百人。

三十二年十二月二十五日　　美国之圣诞,堪比我国之过年。

三十二年十二月二十七日　　为迟早离开瓦胡岛伤感,想念那双美丽的蓝眼睛。

三十三年一月一日　　运动会,我军大败陆战一师,此后无人称吾等东亚病夫。

三十三年二月十日　军演,我军一小时攻克陆战一师所守护之海滩,美军竖起拇指说"Good"。

三十三年五月一日　此去,多半是回不来了。别了,亲爱的安吉丽娜!别了,瓦胡岛!

日记到五月一日戛然而止,那一天应该就是52军向瓦胡岛告别的日子。小安吉丽娜不知道她父亲离开瓦胡岛后都想了些什么,但是他走了,她和她母亲与他永远地失去了联系。

看完这简短的日记,小安吉丽娜默默无言,久久,她才将日记放到齐朗的手里。

看完日记后,齐朗和小安吉丽娜同样悲伤。他和她商量不要把这个实情告诉她母亲,让她依旧怀着美好的、期待的心情等着帕沙回来。

不想,小安吉丽娜却说:"我想我母亲早就知道我父亲不在世上了,她只是不想相信这个事实,还一直生活在她的幻想里罢了!"

齐朗看了看她,没有说话,他想,或许!他也不得不感叹,一个美国姑娘整整等了她的中国恋人一生!而小安吉丽娜,她本来是一个性格开朗,极其洒脱的人,然而为了寻找父亲,她来到了中国,嫁了一个中国人,或者是环境使然,她那原本开朗的性格也多少带着中国式的拘谨,失去了她原有美国式的本色。

飞机上,齐朗忍不住问她:"得知这个结果,您还继续留在中国吗,还是回去陪您的母亲?"

"我不会回去,留下来不仅仅是为了我自己,同时也是为了我母亲,而且中国也是我的家。"小安吉丽娜看着齐朗说。

其实,齐朗在问完她之后,就知道自己多此一问,他已想到了她的回答。于是他们为心照不宣的答案相视而笑。

(注:该小说根据《一段被淹没的史实》创作,文中引用了该文中部分背景材料。)

# 三妻四妾

一

楚袁刚走进办公室,就看到丁威铭面朝墙坐着。他将头靠在椅背上,身体则用力往后仰着,椅子都快被他往后靠翻了。

看着他那一副心事重重的样子,楚袁不由得问了句:"干吗呢,威铭?"

丁威铭正专心地想着事,被她一问吓了一跳,刚想把身子坐正了,由于往后仰得太厉害,结果他没法儿正过来,身子往后一翻,整个人和椅子重重地摔在地上,摔得个四脚朝天。

他那狼狈相,把楚袁逗得笑疯了。又怕他摔着,她急忙跑过去扶他:"你看你这杂耍玩的,摔着了没有?"

丁威铭从地上爬起来说:"没有,没有,钢铁做的,结实着呢!"然后,坐正了,又坐在那儿发愣。

"到底怎么啦?"楚袁觉得他不对劲,又问了一声。

"很烦!"丁威铭有气无力地说。

"烦什么啊,说出来,让我乐一下!"

"什么人啊,我烦,还说出来让你乐一下,你安没安好心啊?"他问她。

"不是有个成语叫幸灾乐祸吗,你烦,我就有得乐了啊!"楚袁故意逗他。

"唉!有个哥们儿要结婚了,我烦喝喜酒的事儿。"丁威铭皱着眉头说。

"喝个喜酒你也这么烦,那人娶的是你老婆啊?"楚袁还故意气他。

"楚袁你积点儿口德好不好啊？还别说,他要是真娶了我老婆,我还没这么烦,我也好有个机会换老婆,关键是他娶的不是我老婆啊!"

"那就是娶了你情人。"

"你再胡说八道,看我不把你从这11楼扔下去。"说完了,丁威铭竟又乐了起来。

"到底是什么事儿？说说啊!看看我能不能给你扇扇风,点点火。"

他不但没告诉楚袁事情的原因,还唱起来了:"今天我很烦!我很烦!我很烦!"

看他实在不愿意说,楚袁也不再问了,或许他心里真的有什么不好说的话,或者不便与人说的话。

几天后,楚袁在体育中心散步的时候,遇到了丁威铭的媳妇朱妍,她和朱妍打招呼的时候,问她:"哎,怎么就你一个人,你家老丁呢?"

朱妍说:"喝他朋友的喜酒去啦!"

楚袁想起前几天的事情来,就和朱妍说:"是不是他那天在办公室烦了半天的喜酒啊?"于是,她就和朱妍说了那天丁威铭在办公室摔倒的事情来。

朱妍听着笑了说:"就为这事。唉!他那个朋友也实在不着调,这结婚就和小孩子过家家一样。想结就结,想离就离,这是第三次,第三次了!每结一次,朋友还都通知个遍,让大家去喝喜酒,老丁为什么烦,他为这份子钱烦!"

"是够烦的,我们一辈子结一次也就够了,收份子钱也就收一次。"

"是啊,这婚谁老结啊,那结个几次的,次次通知朋友的,这钱就难办了,上次给那么些,这一次是给多少呢?"

"老丁肯定是想着出多少钱的事情。"

"说的是呢,他烦的就是这个。那是他从小一起玩到大的铁哥们儿,哥们儿第一次结婚,那要随个大包。多大都没关系,反正他也要结,朋友也会送回来。第二次朋友又结了,那是铁哥们儿啊,还得再随一个大红包。这次的红包是收不回来了,那有什么办法呢,是自己的铁哥们儿,就当送哥们儿花了。这第三次结婚了，那是铁哥们儿啊，还得去，这个红包就难随了，给多少好呢？给少拿不出手，给多了，心疼啊！一个月就挣那么仨瓜俩枣的，给多少反正也是收不回来了。我们的婚反正就结一次了，难道会为了区区一个红包，离了再结，那真是疯了！"

楚袁听了，也替丁威铭心疼。南方人随礼本来就比北方人重，北方人结个婚，搬个家，普通的朋友几百就够了，关系好些的千把块也就够了。南方人不行，普通的关系也要个千儿八百的，关系稍好些就几千几千的随出去了，工薪阶层，一个月工资才多少，也就那么俩枣的钱，没准一个月的收入都不够随份子的。随了份子能拿回来还好，人情嘛，一来一往就是这么个意思，朋友间、同事间吃点儿小亏，赚点儿小钱，大家都乐意，感情是有了。可是这份子钱随大了，又明知道拿不回来，实在是令人心窝子疼！谁摊着这事儿，都得边掏钱边心里骂：我一个月就这么点儿钱，舍不得吃，舍不得穿，省来省去，省出来送别人花了。这真让人恨那些明明知道还不了别人人情，还请别人来吃喜酒的人。可是没办法，有些人就是这样，明知道还不了人家，还非要到处通知，我结婚了啊，来喝杯喜酒啊！通知你了，你去不去？你不去，说你小气；你去了，那份子钱是少不了的，人家结婚喜气洋洋，你去吃一顿喜酒吃的是一肚子的气。每吃一样就得在心里发着狠：这道菜是我花钱买的，我得吃回来；那道菜是我花钱买的，我也得吃回来。而且专挑价钱贵的吃，专挑好酒喝好烟抽，边享受，边在心里骂，钱拿不回来，我得把它吃回来、喝回来、吸回来。吃来吃去，吃得心疼啊！没办法，这就是中国文化。

可是楚袁好奇的是，没事儿干，谁老想着离婚结婚啊，又不是婚庆公司，看着别人办喜事，有钱赚就高兴得不得了。这结婚、离婚都是劳神伤财的事儿，结一次，离一次，都是大伤元气的事儿。那丁威铭这朋友什么来头能够结三次婚，三次婚的背后也让楚袁觉得十分好奇。她就问朱妍："结三次婚，这么牛，老丁那朋友什么来头啊？"

"屁来头，既没有当官的爹，又没有发财的爷，就是一个单位的小职员。"朱妍似乎为那份子钱也有些生气地说。说着说着她自己先乐了，大概是为了那句"屁来头"而乐,没来头就没来头,还弄个屁来头,难道屁还有来头?真是的。楚袁也被她逗乐了。两个女人笑得人仰马翻的。

<h1 style="text-align:center">二</h1>

这个屁来头一打开,朱妍不用楚袁问她就自己讲开了。老丁的那朋友姓罗,叫子棋,他们平时都喜欢叫他骡子。

骡子还在读高中的时候,他喜欢上了班里的一个肖姓女孩儿,女孩儿身材修长,皮肤白净,常留着一头柔顺的长发,模样显得十分温柔。每次看着她轻盈自如地由他的面前走过,骡子感觉他的魂都出来了,然后他的魂就跟着女孩儿四处溜达。骡子从高一的时候就开始暗恋那女孩儿,一恋就是三年,却始终没敢向她表示。

他常常和友人说:"她是我见过的最漂亮的女孩儿。我是那么的喜欢她,那么的喜欢她,只要看一眼她,我一天都特别愉快。哪一天没看到她,我感觉我的魂都掉了。"

友人说:"既然那么喜欢她,你为什么不告诉她啊?"

"是啊,我也问我自己呢,既然这么喜欢她,为什么不告诉她呢?其实,很多次我很想向她表白,可是我很怕她拒绝。如果拒绝了,那多难堪!我宁愿不说,将对她的一片痴情埋在心底,一直暗恋下去,到老的时候,我回忆起来,多美好!啊,你们都老了,我也老了,可我的恋人不老。当有一天,我们都朽了时,我在另一个世界里回忆起我的恋人时,哎,我们都朽了,哎,她不朽,那才叫完美。"不得不说骡子的口才是好的,也不得不说,他有十足的浪漫心。

尽管他这么说,但朋友都认为,骡子之所以没有向女孩子表白,是因为他不够自信。因为他尽管长得够英俊,但个子不高,那女孩长得修长高挑,关键是高于他,而且家庭条件也比他的好。他只管喜欢她,却一直没敢向女孩表示。原因就是他那时候的脸皮不够厚。

就在骡子读高三的那一年,一位刘姓姑娘向骡子表达了爱慕之情。骡子一直暗恋那女孩无果，正想转移目标。一来二往就和这个刘姑娘谈起了恋爱。青春期的恋爱总是特别美好。两个相恋的人总是流连忘返于花前月下。之后，他们又相恋了三年，大学一毕业，两个人就走进了婚姻的殿堂。

婚后，他们甜蜜了一阵子，但随着生活的琐碎，随着柴米油盐，他们之间也出现了这样那样的交火，产生了这样那样的矛盾。三四年的恋爱，一年的婚姻生活，加上战火蔓延。骡子有些厌倦了，他开始出逃家庭，常常与朋友在一起鬼混不回家。

一次与朋友唱歌的时候，他认识了唐姑娘。这个唐姑娘长得颇似骡子暗恋的那个女孩子。他就主动索要唐姑娘的联系方式。先是隔三差五地给唐姑娘发信息，打电话，接着变成一天一发一打，约唐姑娘出来喝茶、唱歌、聊天。他总能把唐姑娘哄得团团乱转，等着时机成熟了，他就向那姑娘表明心迹。说她如何如何地像他心仪的那位姑娘，说他看到她如何如何心动。而且，他总是用他那痴情的眼神望着唐姑娘，总是给她发一些甜蜜的信息，说一些蜜糖似的话。与唐姑娘在一起的时候，他就拉着唐姑娘的手不放，时不时还要去吻一吻那只握在手中的姑娘的手。偶尔他也将姑娘搂过来，轻轻地吻她。一个情窦初开的姑娘，被他招得神魂颠倒的，并主动做了他的情人。

骡子常常与那姑娘幽会。在山顶，在溪边，在一切避开人们视线的地方。天下没有不透风的墙，有一天，他妻子知道了丈夫偷情的事情。她一边儿和他闹，一边儿向朋友诉苦。那时候，他们夫妻和老丁朱妍他们都相当熟悉，她也常常对朱妍说："这个骡子，真不是人，刚和我结婚不到两年，就开始在外面玩起了女人，以后这日子还怎么过？我真恨死了他！"

朱妍对她说："男人有时候就是犯糊涂，我让我们家老丁劝劝他。"

"我有时候都在想，劝回来还有什么用呢，他的心都在那个女人身上了，我一想起他和那个女人在一起，我就觉得恶心！"刘姑娘说。

他们夫妻为了这个唐姑娘天天吵，天天闹。闹着闹着，唐姑娘怀孕了。骡子便觉得与第一任过得也差不多了，就与她离婚了。他和她离婚的时候说："老婆，我们反正也过不到一起了，你是留得住我的人也留不住我的心了，我们就离了吧，家里东西都归你，我什么也不要，只要你和我离。"他妻子气极了，拿了一个杯子就朝他扔过去，边扔边骂："骡子，你不是人，你可把我坑苦了！"

此后，他们又闹了几次，一次比一次凶，刘姑娘觉得长痛不如短痛，最后还是和他离了。

接着，骡子就娶了唐姑娘。他娶唐姑娘的时候，颇费了些周折。姑娘家人是极力反对这桩婚事的。他们都觉得好好的一个姑娘干吗嫁个离了婚的二婚头啊？说出去名声多不好听啊！可是，他们哪知道，他们家的姑娘未婚先孕，名声早就不好听了，还端个什么架子啊！姑娘呢，就认了骡子了，不管家人怎么反对，多好的人家她都不要了，她就是嫁骡子了，不惜与家人闹僵也要嫁。

骡子如愿地娶到了唐姑娘。没几个月，唐姑娘就给他生了个儿子。那几年两个人好得啊，就像两块化了一半的糖，天天黏在一起，走到哪儿都黏着，谁想把他们分开都不容易。

一群朋友总说："骡子，你们俩能不能别天天黏在一起，这么好让人看着羡慕妒忌恨！夫妻能好成这样，怪胎一样，真是少见！"

骡子还回他们："你们也换一个试试，偷来的都这样，不信你们都试试。"

唐姑娘听了这个偷字，不爱听了，当着朋友的面就踢了他一脚。他被踢疼了，龇牙咧嘴地说："干吗啊，你踢我，还踢这么狠，我们不就是偷来的吗。这年头，偷来的才好。你看我多疼你啊！"说着抱着唐姑娘就狠命地亲了一口。

朋友看着直摇头，直吧嗒嘴，都笑着说："真想把你俩打死算了，老这么气我们！"

三

谁也没想到的是，五年后，唐姑娘开始和朋友诉苦。"这个骡子，真不是人，他把我骗到手，现在居然又去勾引别的姑娘了。"

朋友听了，都大惊失色，"不会吧，你们俩那么好"。

"是真的，他怎么能这么坑我！"唐姑娘都快哭出来了。

两个人闹得比第一任还要命，又是骂，又是打。有一次，唐姑娘被骡子打得眼睛都乌青了。唐姑娘当初嫁他的时候，家里人极力反对，她是坚决要嫁，为此还与家人闹僵了，如今受了虐待也不敢与家人说。说什么呢，那不是她自找的吗？可是唐姑娘苦啊！有苦只能往肚子里咽！她只求着骡子别和她离婚就行了。他去外面玩女人就让他玩去吧。可是骡子真去玩了，她又不愿意了，又要和他闹。因为她是那么爱他，他却这么对待她。

他们俩的离婚战持续了两年，最终唐姑娘实在受不了了。离，跟他离！

离婚的时候，骡子对唐姑娘说："婚，我们离，但家不能分，我要是搬出去了，我就没地方去了。那房子我还得留一间。孩子的抚养费我也出，就是我得在这儿住。"

唐姑娘恨恨地看着他，没说话。

两个人虽离了婚，但是没离家，还住在一套房子里。每天骡子从单位回来，还要和唐姑娘他们娘俩一起吃饭。唐姑娘还爱着他，每天也愿意给他做吃的。反正生活费，他也给她。但是让唐姑娘恨的是，骡子有时会把新的女朋友带回来过夜。唐姑娘一听到他们在房间里折腾，她就气得要死，有时候她就气得哭起来。当初他们也这么折腾过，当初她也做过第三者，当初她也看到旧人哭，现在轮到她了，她也是旧人了，又轮到她来哭了。

每次，骡子把新姑娘带来过夜，第二天，唐姑娘就不给他饭吃。他就死皮赖脸地求她。他对她说："我知道你对我最好，你就给我吃吧，我万一饿得不好了，你看到不是也心疼吗，我到底还是你孩子的爸呢！啊，唐，你就给我吃吧！"

有什么办法呢，唐姑娘天生是个心软的人，她仍爱着他，被他一求就又给他吃了。偶尔，他没带人回来的时候，他也求着她别的，她也依了他。唉！唐姑娘啊，就被这么一个人折磨着！好的时候，他每天回来的时候，进了家还问："唐，你今天还没做饭吗，今天吃什么啊？我这两天挺想吃你烧的那个红烧肉的，你明天能不能做给我吃啊？"

明天，自然，唐姑娘会做给他吃的。

骡子和新姑娘交往了一段时间后，就把新姑娘带给自己的朋友认识。朋友也暗暗地骂他："骡子，你真不是东西，家里放着好好的媳妇儿子不要，还整天不着五不着六地瞎祸害人。"

骡子有时候笑笑并不争辩，有时候也回上几句："有人愿意有什么办法呢？我又没拿枪逼着她们，这是周瑜打黄盖，一个愿打，一个愿挨。你们是吃不到葡萄说葡萄酸吧？"

"是啊，有时候人吃不到葡萄的时候，的确说葡萄酸！你要是葡萄多了也分一粒给我吃吃呗！"朋友回他。

然后他跟着朋友一起大笑。

两个人到了谈婚论嫁的时候了，骡子一边把新姑娘介绍给自己的朋友认识，姑娘也把骡子介绍给自己的朋友认识。一是想让双方的朋友观摩观摩自己的心上人；二是告诉大家一声，我们可是认真的哦，记得我们结婚的时候来喝杯喜酒哦。

那天，骡子与新姑娘会她小伙伴的时候，骡子惊呆了。新姑娘的小伙伴不是别人，正是他在高中时暗恋了三年的肖姑娘。两个老同学在这样的情形下相见，他告诉她，她曾是他暗恋了三年的同学时，肖姑娘也惊了。话说骡子暗恋的肖姑娘，这几年也交往了几任男友，全不得意，突然在朋友的聚会上与老同学相见，又得知他暗恋自己三年，心里也是暗流涌动。两个人一个还未嫁，一个还未婚，兜兜转转，就转到一起了。可怜的新姑娘被骡子占了一个大便宜过去，刚把他介绍给小伙伴，他就移情别恋了。新姑娘那个恨啊，她是既丢了情人，又丢了朋友。可是她又怎么和她的朋友争呢，他们之间有那样的开始，又有这样的过程，她自然是没法儿和朋友相争的。可是，她势必会丢了这个朋友了。

骡子最终赢得暗恋多年的肖姑娘的心，那种激动可想而知。他觉得他兜兜转转地结了离、离了结，再结再离，就是为了等他的肖姑娘。他的心都怒放出一朵花来。可怜的是，天天还为他烧饭的唐姑娘总以为对他好，他有一天会良心发现，会再回到她的身边来。结果她等来了这个结果，哭得天昏地暗的。自然的，谁都知道，这么多姑娘中，她最苦！她最苦！她先是落了一个小三的罪名，归正了，给他生个孩子后，又被抛弃了，抛弃了还离婚不离家，还得给他烧饭吃，洗衣服，偶尔她还得在床上侍候侍候他，到头来什么也没得着。冤死了！真是冤死了！她越想越哭，哭得都快昏过去了。

朱妍对楚袁说："我也常常为这事生气，生气我们怎么会有这样的朋友，我们不想掺和他的婚姻，可他们的婚姻却常常把我们扯过去，不想掺和都不行。因为，他的每一次婚姻我们都清楚，他的每一位妻子、情人我们都认识，刚刚混成朋友了，他就又换了。每次当我们面对他的旧妻子、新情人、旧情人、新妻子的时候，听她们向我们诉苦，我们都不知道该和她们讲骡子什么好！"

楚袁听了这个故事，觉得很有意思，她笑了又笑，觉得骡子这小子够缺德，也的确有本事，三妻四妾，他没去撬人家的一个小媳妇，全是黄花大闺女。笑完了，楚袁问朱妍："三妻四妾是不是从骡子这儿来的，我很好奇，他的这个肖姑娘是不是他的最后一个？"

"鬼知道！"朱妍说。

# 一只优雅的猫

## 一

"那只猫又来了，它在那所破房子上已连续待了七天了。"清晨，丈夫还没有起床，妻子从阳台走进来对他说。

丈夫看了妻子一眼，觉得奇怪，她并不喜欢猫，总说猫是奸诈的动物，是喂不熟的小人，谁若拿东西诱它，总能把它诱得四六乱转。她说，她不喜欢猫的眼睛，觉得猫的眼睛很凶狠，只要盯着它的眼睛看一会儿，她就会浑身发抖，因为那像指南针一样的眼睛里藏着凶残。她也不喜欢猫在房间里走动，觉得它悄无声息地走动时像个幽灵，稍不注意，它那幽灵一样的脚步就会惊吓到她。她更不喜欢猫叫，说它尖细的小嗓子叫起来，就像一个小妾在那儿发嗲撒娇。尤其春天的时候，她更是恨那猫的叫声，说猫歇斯底里求偶的凄厉哭叫声让她生恨，她恨它，恨它那种为求偶不知羞耻的叫法。

一天深夜，一只发情的猫在她家楼下的草丛里像孩子一样尖锐地哭叫，她对他说："你听听，就为了那件事，叫得声嘶力竭，好像普天下的春天，普天下的异性都是它们的似的。它再在窗户下叫，我就要拿石头打它。"

他却笑着对她说："我觉得挺好听的。"

"还好听？你真不要脸！"

他笑得更厉害了，"这与脸有什么关系？"

"因为你与猫有一样的心思，为求偶，不顾羞耻！"

"我又没有在求偶时大声嚷嚷，我只是提醒你不要那么残忍，毕竟猫是猫啊，它有它的生理需求，人也有人的生理需求，况且猫一年才发几次情啊，人呢？倘若比起来，还不是有过之而无不及！"他说。

"你怎么敢替猫说话？再说人虽然也有需求，但总不像猫那样不知羞耻地大喊大叫着要求偶啦，要交配啦！"

"关键它是猫啊，它就愿意嚷嚷着表示它的欢愉，它的要求，而且它也要繁衍，要延续生命，你为什么要拿人的标准、人的羞耻去要求猫啊？要它也变得谨慎、压抑、虚伪，想说不敢说，想要不敢要，要的时候还偷偷摸摸地像做贼一样，那多不快乐。"

"你是不是也想做一只猫啊？"

"关键我是人啊！"

"假若你是一只猫，你是不是也得敞开嗓门儿大声地嚷嚷啊？"

"那是绝对的，不过叫得最欢的应该是母的，如果需要，我会在适当的时候配合配合。"

"下流！"

他听了这话后大笑，然后说："我倒宁愿是猫啊、狗啊，不管什么动物都好，可以回归动物的本性，可惜，我是人，只能做一个理性的人。虽然我们不能有猫的喧嚣！但也别想阻止它，那不是你管的事儿。"

"反正它再这么不管不顾地叫，我就要拿石头打它。"她总想着拿石头打它，总想着。

这几天，一只猫总在对面的老房子上徘徊，似乎在等待着什么，似乎又在寻找着什么。总是一天一天，一天一天。丈夫奇怪的是，对猫生着恨的妻子竟莫名地观察起这只猫来。他带着疑惑从床上起来，边穿衣服边问她："你没事儿盯着那只猫做什么，它又招你惹你啦？"

"我想要那只猫。"妻子漫不经心地说。

丈夫以为听错了，回头看了她一眼疑惑地问："你说什么？"

"我想要那只猫。"

丈夫觉得她没安好心,笑着问她,"你想把它弄来用石头打死?"

"不,我不打它,我就是想要那只猫。"妻子说,"它是我见过的最漂亮的猫,你看,它的毛发柔软清润,肌理细腻光滑,身材匀称优美,举止优雅迷人。而且它那优雅的姿态显得多么与众不同,显得华丽和高贵。"

丈夫扣子扣了一半停了下来,诧异地看着妻子,不明白这个向来对猫有着极大成见的人为什么突然对猫感起了兴趣。他还是怀疑她把猫弄来的动机,不禁走到阳台上看向对面的老房子。

那所老房子已空了二十年,自从它的主人移居法国,它便一天一天地破败下去。墙上的墙皮大块脱落,窗户个个七零八落,不大的院子里长满了荒草,那些草长得让人发慌,又瘦又高,都快赶上围墙了,走进去,能将人整个掩没。房顶也一片荒芜,青灰的瓦片间杂草丛生,一丛丛,一丛丛。瓦上一丛丛的狗尾草在风中摇曳,一丛丛的小雏菊在草中争辉,最惹眼的要数一株玫瑰。那株玫瑰不知道从哪一年开始长起,也不知是怎么长起,一年一年风吹日晒,仍诗意地生长着,越长越大,在房顶上,在瓦砾间成长着,盛开着。此刻,那红色的花在绿叶的衬托下显得艳丽无比,风一吹似乎能将玫瑰涤荡人心的甜香吹到灵魂里去。

那只猫在那所房上的荒草中伫立着,它高昂着头看着远处的天,似乎在观察云的变化,看着云层由深至浅,由浅于深,一朵一朵,一团一团。

丈夫不禁仔细地打量起这只猫来。这是一只通体雪白的猫,的确像他妻子描述的那样,毛发柔软清润,肌理细腻光滑,身材匀称优美,举止优雅迷人。姿态显得与众不同,的确给人一种华丽与高贵的感觉。他也觉得这的确是一只漂亮的猫,优雅的猫。他也不禁问,这只猫从哪儿来?那株玫瑰他还能想到它的命运,一颗被风运送的种子,一颗被鸟搬运的种子,一颗落在瓦砾间生根发芽的种子。而这只猫呢,也被风吹,被鸟衔?鬼才信!不管它从哪里来,但是看那猫的架势,他觉得,这不是一只普通的猫,也不是一只疯跑的猫,而是一只被圈养的高贵的猫。

猫伫立了一会儿后,轻轻地踱到那株玫瑰花旁,在玫瑰花下优雅地躺了下来。躺在那里,它依旧高昂着它那高贵的头,不时地竖起它那高贵的耳朵,警惕地看着四周。当发现有人盯着它看时,那双蓝色的眼睛像利箭一样直射过来。

人与猫之间都彼此注视着,目光一眨不眨。丈夫与猫四目相视时,他从猫的眼神里看到的不是温文尔雅的温柔,不是善解人意的娇态,而是一种疑问与审讯。似乎它是一个法官,在审问他这个犯人,审问这个一直注视着它的犯人的意图。

二

"我想要那只猫。"这时妻子在丈夫的身后说。

丈夫回过身来问她:"以前你那么仇恨猫,怎么突然想要它?"

"你不觉得它很漂亮吗? 我喜欢漂亮的东西,凡是漂亮的我都想占为己有。"

"你的占有欲太强了,女人不要有太强的占有欲,这样对你不好。"他对她说。"喜欢的东西为什么不能要? 只要我喜欢的东西,如果能够得到,我就要想方设法得到。"妻子头一仰地说,"比如你? 她没得到,我得到了,我就是要和她竞争。"

丈夫的脸突然一冷,狠狠地看了妻子一眼说:"以后,不要在我面前提到她。"

"死都死了,为什么不能提?"她反击道,她之前除了恨猫,还恨她。她叫韦琳,是她的同学,亦是她丈夫的前女友。她恨韦琳的漂亮,恨她比自己优秀,恨她与自己爱慕的对象恋爱。

韦琳的男友比她们高一届,是她们大学里较有魅力的男生。他英俊、开朗、幽默、上进,而且爱打篮球,当年他在篮球场上迷住了多少女生的心。况且他的家境也好,他父亲经营着五六个连锁超市。可是,那时候,他喜欢的是韦琳,他总是将韦琳放在心上。

韦琳是她们的班花,虽然家境一般,但是成绩很好,年年拿奖学金,而且各式各样的奖励,她总是拿了又拿。韦琳的性情好,心地也很善良,总喜欢帮助人,谁有事情找她,她总是尽自己的能力帮忙。她是一个十分难得的低调不张扬的女孩子。

她的条件也不差,虽长得不及韦琳,也算天生丽质,而且家境比韦琳家好,是富裕家庭。况且她是家里独女,从小在家娇生惯养,没有她得不到的东西,除非她不要。从中学到大学,她和韦琳一直是好友,她喜欢韦琳,喜欢她的性格,喜欢她的为人,喜欢她的优秀。当她看着自己喜欢的男生围着韦琳转个不停的时候,她心里就生起了莫名的嫉妒之火。

她表面上和韦琳好,与她形影不离,为她鞍前马后,韦琳也把她当作知心朋友,对她掏心掏肺。然而,她为了得到韦琳的男友,却在背后耍起了阴谋,想尽一切办法离间他们的关系。离间她与其他同学的关系。

她和这个同学说:"你知道吗?"

"什么?"

"韦琳尽在外面说你的坏话。"

"怎么说?"

"她说你的论文是抄袭的!"

"她怎么能这么说? 我平时对她那么好! 她真不是人!"

"你不知道,她表面看着清纯,骨子里很肮脏,而且很淫荡,尽往家境好的男生那里投怀送抱。"

"啊,看不出来,她是这样的人?"

"你不知道的还多着呢。"

她和另一个同学说:"你知道韦琳在背后说你什么了?"

"说我什么了?"

"你上次不是得了奖吗,她说你爱慕虚荣、追名逐利!"

"是不是就只能她好,不能别人好啊?"

"她就是这个意思,小肚鸡肠。而且她为人很随意。"她说,"她交了很多男友了,和他们都上了床了。"

然后她又对韦琳的男友说:"你知道她的过去吗?"

"她的什么过去?"

"她没和你说吗?"

"没有。"

"她高中的时候堕过胎。"

他的男友不敢相信。

"真的,那时她十六岁。"她很严肃地说,"你不信,可以问问其他同学,她们都知道她以前的私生活很随便。"

直到她彻底地将韦琳的男友撬走。

韦琳受到了双重打击,因交友不慎失去恋人。本以为最好的好友却是个伪君子,她侮辱她,诽谤她。性格柔弱的她陷在痛苦里。

两年后,他们结婚了,他们举行婚礼的那一天,韦琳决绝地从高楼一跃而下。

三年来,他们之间没有人敢提韦琳,可是这一刻,妻子竟想起当初韦琳的光环遮住了她的光环。一想起韦琳比她漂亮,比她优秀,比她招人喜欢,她由最初的羡慕渐渐地就对她生起仇恨来,仇恨她的一切,仇恨她的存在。哪怕她死了,她对她的仇恨仍在。

当她说着恶毒的话时,她没有发现,丈夫的手在颤抖。每次想起韦琳,他就难受,更别说提她,每次他都痛苦得不能自已。他为没有弄清的事实愧疚,为当初的背叛愧疚!他一想到,因为他的原因,一个单纯的、优秀的姑娘由几十米的高楼一跃而下,他就心痛得不行。虽然时隔三年,他仍时时想起她那姣好的面容与甜美的身影,可是每每想到,那个人再也不回来了,他就痛苦不堪!

丈夫开始有意无意地观察起那只猫来。那所老房子像磁石一样吸引着它。每个白天,它就在那房顶的青瓦上流连。有时它立着,有时它坐着,有时它躺着。有时它在荒草中,来回地踱着四方步,有时它在雏菊中,悠闲地甩着尾巴,有时它在玫瑰花下,慵懒地昂首观望。

有时,一阵风吹过,它悠闲地看着风,风轻轻地吹着它的细软的毛发经过,它便看着风远去的背影,直到看不到风的方向。

有时,一只蝶由远处舞来,停在了雏菊上。它便盯着那翩翩起舞的蝶看,它伸出一只雪白的小爪子去触摸那只蝶,蝶受到惊吓在它的头顶盘旋,它看着蝶,并不去抓它,看着蝶舞啊舞啊,舞过了它的头顶。

有时,一只鸟停在了玫瑰枝上,它昂着头看鸟,鸟低着头看它。或许那鸟想要告诉它,这棵玫瑰是它种下的,它从很远的地方将一棵玫瑰的种子衔来,种在瓦片下,于是种子就在这里生根发芽了,然后不停地绽放。鸟待了一会儿飞走了,飞到山的那一面去,它望着鸟飞走的方向看啊看啊。

有时,丈夫觉得这只猫像一首诗。它与那老房子、青瓦、荒草、雏菊、玫瑰、一阵风、一只蝴蝶、一只飞鸟都构成了一首诗。它们都是诗意的存在。他想着他的妻子想要弄它进来,他也想要那只猫,那只优雅的猫。可是,他不希望它进来,他宁愿它与老房子上经过的一切在一起,那样才是自然和谐的。他不希望妻子的占有欲与嫉妒的心破坏猫的美好。

"我想要那只猫。"每天,他的妻子依旧和他念叨着这句话。

"我想要那只猫。"她像念经一样地念着这句话。

他不理会她。他想着她没有办法得到它。最好她永远不要得到它。他从来不与她一同看那只猫,讨论那只猫。只在他妻子不在的时候,或者不注意的时候,他才去看它。看它的优雅。

他妻子为他的不理会而生气,气他不理会她。她为了这只猫去找隔壁的黛小姐。


# 三


"你有没有看到那只猫?"她问黛小姐。

"看到了,那是一只优雅的猫,一只与众不同的猫。"黛小姐说。她听着黛小姐与她有着一样的观点,一样欣赏这只猫,她打心里喜欢黛小姐,便不停地和她讨论这只猫。

她们趴在黛小姐的阳台上看着那只躺在玫瑰花下的猫。这时,有几片玫瑰的花瓣落在猫的身上、四周。它优雅地躺着,看着那些鲜红的花瓣,红得像血,它不时地用它的小爪子去触一下那血红,用爪子推一推花瓣,推着花瓣向前,像推着一艘红色的船。"你看这只猫,它的毛色多么耀眼,姿态多么的高贵,举止多么的优雅,叫声多么的甜美!哎呀,我真想拥有它。"她说。

"是啊,周太太,它真是招人喜欢,它仰头、侧脸、深思都讨人欢喜。尤其它的蓝眼睛,多么漂亮啊!我见过许多猫,见过许多它们的可爱,见过许多它们的眼睛,它们的眼睛都是黄色的,你看这一只,哎呀,它的居然是蓝色的。"黛小姐说。

"是啊,这个蓝真好看,不深不浅,清澈、明亮,恰到好处。"她说。

"你以前有没有见过这只猫?"黛小姐问。

"没有。"

"在这之前,我也没有见过它。"

"我真想要那只猫。"她又念了起来。

黛小姐看出来了,她是特别想要那只猫,笑着对她说:"要不,你让周先生帮你想想办法,兴许他能将它弄到家里来?"

"都怪我以前总和他念叨猫的许多不是,他想着我不是真心喜欢它。"

"不过,猫也是难养,它在房间里跑来跑来,弄得到处都是毛。"黛小姐说:"况且一年之中,总有几天叫得恐怖的时候。"

"说实话,我以前真心不喜欢猫,可是这一只却喜欢得要命。"她说。

她们不停地讨论猫,越讨论越投机,猫的温文尔雅,聪明敏捷,善解人意,娇生之态在她们的嘴里越来越可爱,越讨论竟越喜欢起它来。后来只要有空,她们总要凑在一起,每次的话题都是猫,往往是以猫为开头,然后再以猫为结尾,中心思想还是猫。两个女人掉到猫眼里去了。

她嫌和黛小姐一个人说猫不过瘾,又跑到王太太家去说。她对王太太说:"唉,我像着了魔一样,我喜欢那猫喜欢得要命,可就是得不到它。我试了各种方法都不能将它引到家里来,它只认那所破房子。在那杂草中钻来钻去,钻得我都心疼,怕它把那身雪白的毛弄脏,你说它多傻,它若是到我家里来,我得对它多好!"她有些神经质地说个不停。

"既然这么想要一只猫,要不,让周先生给你买一只一样的来得了!"王太太说。

"可是，我就是喜欢那一只，邪了门了！"她说，"我也想不通为什么，就像被鬼附了身一样！"

那天晚上，丈夫从外面回来，推开门，便看到了那只猫，它站在地板上，看到有人来"喵"地叫了一声。他惊讶极了，知道妻子到底把它弄了回来。他看着被拴着绳子的猫，看着它那无助的表情，看着它的蓝眼睛，看着它那被囚禁的可怜的眼神，便动了恻隐之心。他弯下腰去，为它解脖子上的绳。

"别动，它会跑掉的！"妻子从房间里出来叫道。

"你怎么把它捉来的？"丈夫仰着头问妻子。

妻子冲他得意地一笑说："只要想要的东西，我自有办法！你不帮我，自有人帮我。"说完，她旋转着身子像个女王一样在沙发上坐了下来。

看着她那得意的样子，他真想掐死她。恋爱时，他觉得女孩子有一点儿霸道无伤大雅，新婚时，他仍觉得女人有一点小霸道仍无伤大雅。随着时间的推移，随着缺点的暴露，随着琐碎的生活，随着情感的摩擦，随着感情的降温，他开始厌倦、厌恶这种习以为常的生活习惯，并越来越讨厌她的霸道与那强烈的占有欲，那些欲望就像一种疾病在蔓延。丈夫说："我觉得它在外面更好，自由自在。"

"还是养在家里好，我可以随时看到它。"

"你将它拴在家里，它会失去它的可爱。"

"我不拴住它，它就会跑。"她说，"等养一段时间熟悉了，我再给它自由。等它习惯了人的喂养，那时候，你让它跑，它都不跑了，这就是猫。动物和人一样，都有惰性，只要把它的惰性养成了，它就会习惯那惰性。"

"如果把你关在笼子里，你会开心吗？"

"当然不开心！"

"那你为什么关它？"

"因为它是一只猫。"

丈夫说："我还是宁愿它在后面的老房子上自由地来去，而不是像个囚犯一样被你囚禁在这里。"说完这句话，他忽然意识到，其实每个人都是囚犯，都被囚禁在自己的生活内。他看了一眼妻子和那只可怜的猫，无奈地走到阳台上，看着窗户的灯光，以及那所在灯光下昏昏暗暗的老房子，不禁叹了一口气。

猫被囚禁起来，头几天，它很悲伤，不吃不喝，总是用忧伤的眼睛不停地看着窗外。有时候，它也会打量房间里的人，如果你看它，它也看你，那眼神十分的柔弱、无辜、忧伤，让你不忍去看它。它很少叫，当你不去看它的时候，它偶尔会用那尖细的嗓子叫几声。

抵抗了一段时间，后来，它饿极了，开始吃起女主人给它准备的食物。开始只吃一点点，吃得很拘谨，后来吃得多起来，越吃越自然。

它对她的态度也有了转变。刚把它捉来时，它对她很凶狠，不是去抓她，就是虎视眈眈地看着她。之后，它习惯了她的喂养，习惯了她的膝头，习惯了她的怀抱。后来，它得到了自由，可是它离不开这个房子了。

除了在女主人的怀里腻歪，它也经常爬上男主人的膝头，慵懒地躺在他的怀里看着他，像是他的情人。他也常常抚着它那雪白的、柔软的、细腻的、光滑的毛发，抚着它那匀称的、骨感的、迷人的、优雅的身材，看着它那蓝色的、清澈的、明亮的、动人的眼睛，听着它那尖细的、柔美的、甜腻的、撒娇的声音，并体会到它那与众不同的姿态。有时，他望着它那清澈忧郁的蓝眼睛，会忽然一惊。他总觉得，这不是一只普通的猫，它是一个化身，韦琳的化身。

# 四

那只猫越来越离不开这所房子了，它优雅自得地在这所房子里走来走去，心安理得地吃着女主人给她准备的食物，心安理得地爬到女主人的膝盖，心安理得地躺在男主人的怀里，心安理得地享受着主人对它的爱。不管怎样，这只高贵的猫总能摆出一副优雅的姿态，有时它优雅地站在窗台上，好像一位探寻者；有时它优雅地躺在沙发上，好像一位沉思者；有时它优雅地端坐在书柜上，好像一位老学者。

丈夫不时地观察着这只猫，越是想着它是韦琳的化身就越是觉得它的神态像极了她。它的优雅就是她的优雅,他开始一遍遍地回忆起韦琳的模样来,回忆起她的神态来,回忆起与她交往的每一个细节来。韦琳有着一双清澈的、忧郁的、迷人的大眼睛,他当初就是被她那双大眼睛所倾倒。随着接触,他发现,她身上有着一种迷人的气息,她安静、优雅、知性,浑身散发着迷人的魅力,他被她的魅力吸引了。与她在一起,即便她不与他说话,她那精致的面孔,独特的气质也能吸引他。

他仍记得他第一次在河边吻韦琳时的美好。他拥着她,吻她那如小调一般精致的面孔,吻她那清澈的眼睛,吻她那凉润的嘴唇,吻她那唇齿间的蜜甜。那些甜蜜的吻让他很长时间都难以忘怀!那时,他陷入她迷人的气质里,陷入对她的迷恋里,陷入她那如小调般的精致里。他长久地迷恋她。什么时候开始对韦琳的爱发生了变化的呢?是在她最亲密的朋友告诉他,她并不如他想象中那般理想、美好时!在此之前,他从未想过,她在中学时就曾做过一些不堪的事!

他一度不信这些诋毁她的话,去找她更多的朋友打探消息。他从她朋友的嘴里听到许多有关韦琳不堪的过去。她们说:"她啊,表里不一。"

"她表面上看着是天使,内心实际是魔鬼。"

"韦琳,是个虚伪的人!"

"听说她交往了许多的男友,但是不知道她到底喜欢哪一个。"

他听到这些,心里十分难过,难过她对他伪装得太好,让他从不知道她有不堪的一面。而且,那些不堪的往事完全破坏了他曾对她一往情深的美好。

一次,他不得不去质问她:"你到底和我隐瞒了什么?"

韦琳被他问得丈二和尚摸不着头脑:"你这话是什么意思?"

"你心里清楚。"他说,"因为,你伪装得太好了!"

"我伪装?我为什么要伪装?"韦琳伤感地看着他说,她不知道他怎么了,说这些莫名的话让她难过。

"你清楚!"他说。

"我不清楚,到底怎么回事?"她问他。

他还是那句话:"你清楚!"

她看着他那疑惑的眼神,陌生的眼神,她不知道哪里出了问题。

他始终没有向她挑明那些他难以启齿的问题,只是开始疏远她,越来越远。

那段时间,韦琳走到哪儿,总能看到一些举止异常的人,本来几个要好的朋友在一起说着什么,突然看见她来,大家便散了。原本对她客客气气说话的人,突然对她不客气起来。

而且,她总能听到一些关于她不良的话,听到有人在背后造一些她的谣言,传一些诬蔑她的话。她还听闻,她先前的朋友,同学,以及与她相熟和不相熟的人,在私底下,在网上传一些诋毁她的消息。她们传得绘声绘色、活灵活现,好像她们都亲眼看见了某一桩传闻的艳情一样。而且她们传的时候,传得心花怒放,似乎那艳情刺激了她们的想象,刺激了她们的感官,刺激得她们兴奋不已,为能够窥视到别人的隐私而喜悦。

她觉得那些喜欢传播八卦与艳情的人总有一种感觉,她们不以传播八卦,或道听途说的谣言为耻,反倒引以为荣、沾沾自喜,因为那一刻她们会觉得自己才是世上最纯洁无瑕、唯我独清的人,对那些已入"八卦阵"和落入陷阱的人怀着幸灾乐祸的心,她们比揭露和挑起事端的人还更可恨些,因为她们都怀着可以落井下石的心理,个个都跃跃欲试。

韦琳得知自己被人造谣诽谤、落井下石,她是又气愤又伤心。当她看到,她的男友和她最亲密的朋友在一起的时候,她什么都明白了。

此后的两年里,韦琳在莫须有的谣言里,在指指点点的生活中受尽了屈辱,但她没有为自己辩解、辩护、证明。她总想着:清者自清、浊者自浊。她沉默地看着人们那不辨是非、不辨丑恶、人云亦云的行径,她不恨她们,而是同情、可怜她们,同情她们喜欢同流,可怜她们喜欢合污。那时,别人看她是小丑,她看别人亦是小丑,大家只是在各自的生活里扮演着各自的那一角。

他与韦琳分手后,曾偶然相遇过几次,每次相遇,他们都向对方投去极其复杂的一瞥,但从没说过话。

那几次相遇,他看她的眼神里仍有着说不清的感觉,哪怕她做错过什么,他仍觉得她身上有迷人的魅力,有着令他无法释怀的东西。可是,他没有勇气再和她说话,哪怕是眼神交流,他害怕那种交流。

直到他结婚的那天,有人附在他的耳边说:韦琳跳楼了!

有人告诉他,韦琳就像一片叶子一样从 25 楼飘了下去,什么都没有留下。

当时,他整个身子都颤抖起来。他没有参加她的葬礼,也不知道她埋在何处。从那之后,他不能听到有人提她,哪怕一丁点儿她的信息,就能让他浑身颤抖。他甚至刻意地回避去想这个人。

然而这个来历不明的猫,却让他不由自主地将它和韦琳联系到一起。因为,他记得,当年他曾和她开玩笑:"韦琳,你就像一只善解人意,少动好静,举止优雅的猫。"

"为什么把我比喻成猫?"她当时笑着问他。

他说:"因为猫性格温顺,喜欢与人亲近,是一种比较招人怜爱的小动物。"

记得当时,她没有回答,只是冲他温柔地一笑。

他看着猫,不止一次在心里感叹,唉,这只猫多像韦琳啊!越看越像,到了后来,他觉得它就是韦琳,韦琳就是它。他不停地观察着那只猫,怀念着它在老房子上的情景,并根据当时的情景给它写了一首诗:


一只优雅的猫


一只优雅的猫立在荒草中
它那高贵的气质宛若女王
一阵风打荒草中经过问它
你为何在此停留
它说,我为了看一阵风经过
看它往哪一个方向吹
风笑着吹拂着它细腻的毛发飘过

告诉它，经过是为了看不同的风景

一只优雅的猫立在雏菊旁
它那高贵的气质宛若女王
一只蝶打雏菊上舞过问它
你为何在此停留
它说，我为了看一只蝶舞过
看它往哪一个方向舞
蝶嗅着围着它优美的身姿舞过
告诉它，舞过是为了看更多的花丛

一只优雅的猫立在玫瑰丛
它那高贵的气质宛若女王
一只鸟打玫瑰上飞过问它
你为何在此停留
它说，我为了看一只鸟飞过
看它往哪一个方向飞
鸟唱着绕着它迷人的身影飞过
告诉它，飞过是为了看别样的玫瑰

猫没有回答远去的声音
只是默默地看着它们优雅的迷人的
经过、舞过、飞过
它依然优雅地伫立在
荒草中、雏菊旁、玫瑰丛
其实它明白风景各不相同
只不过有人在追，有人在等
区别在于从各自的角度看风景

# 五

猫没来时,妻子对猫的痴迷达到登峰造极的地步,人们形容两个相恋的人热恋时的情形常说:一日不见,如隔三秋。那时,她对猫就有着一日不见,如隔三秋的感觉。好像那猫是她的心上人,是她的毒品,她对它上了瘾,就要天天与它相见。得到它后,她对猫的瘾只维持了十天左右,突然就没了。

她是个不长久的人,对人总是三分钟热度,热度一过,她便与人形同陌路,所以,她从来没有一个真心相交的朋友。她的强烈的占有欲,也导致她没有真正的朋友。她总是想方设法得到她想要的东西,对没得到的东西,总是日思夜想地想要得到它,发疯一般,你不让她得到,她就念念不忘,一旦得到,她那种狂热的劲儿很快就消失了,慢慢地她就不珍惜,或放任它,但是,如若得不到,她宁愿破坏,也不轻易放过。

猫来的头几天,她围着猫团团转,近距离观察它的身姿、脸庞、眼睛、鼻子、毛发、四肢,它弹跳起来的姿势,吃食的姿势,睡觉的姿态。开初,它越是拒绝她走近,她越是走近它,直到它放弃抵抗,与她相熟起来。它刚与她亲密起来,她就对它失去了热度。慢慢地她不再理会它。

猫转移了与人亲近的目标。它开始围着男主人转,因为每天给它食物的是他,给它水喝的是他,逗它玩耍的是他,抱它入怀的是他,给它自由的还是他。它又可以到那所破房子上玩了,它在荒草中穿梭,它在雏菊中游荡,它在玫瑰下彷徨。但多数时候,它还是待在他们的家里,它喜欢在沙发上端详他看书,在桌子上看着他写字,在阳台上看着他抽烟,在他的怀里看着他温柔的目光。他也感受着猫在他周围的状态,有时,它绕着他的腿像麻花一样地拧着走来走去;有时,它躺在沙发上用它的小爪子去探他衣服上的扣子;有时,它在一张报纸上跳舞,将报纸推到他面前;有时,它躺在他的书桌上冲他优雅地甩着尾巴,他用手动一动它,它就继续甩下去,像一个调皮的孩子。有时,四周稍有风吹草动,它又警惕地东张西望起来。

只要他在家中，它总与他形影不离，他在客厅，它也在客厅，他在书房，它也到书房，他到阳台，它也到阳台，他到卧室，它也到卧室，他上床睡觉，他也嗖地一下钻进被子里去。不管那只猫怎么黏着他，他从不对这只猫厌烦，他总想着，这只猫是韦琳，它就是她。

　　可是，他妻子看着这只猫不停地黏着丈夫，最初只是觉得可笑，后来便变成了嫉妒，她先是嫉妒她丈夫将猫吸引过去，后来，她嫉妒这只猫将她的丈夫吸引过去，嫉妒它在他身边的优雅、娇贵、温顺，以及它对他诱惑的眼神。她不仅仅嫉妒它是一只猫，还嫉妒它身上美好的一面。她开始追赶它，破坏猫与丈夫在一起的温馨。

　　见猫在她丈夫的沙发边坐着，她走过去，一把将它推了下去；见猫在她丈夫的怀里坐着，她走过去，一把将它提起来，丢到一边；见猫爬进了他的被窝，她转过去，一脚将它踹下床去；见猫爬上高高的书柜，因抓不住它，她拿起一本书便朝它扔去；直到看到猫跃过阳台，跳到那所破房子上去，她才拍拍手回到房间。可是，夜间那只猫又悄悄地回到他们家里来。

　　看着妻子嫉妒的心与野蛮的行为，丈夫不动声色，他只是一遍遍地观察她，一遍遍地怀疑当初的审美、眼神、耳朵及鬼迷心窍。

　　在一个聚会上，丈夫偶然间又听到有人谈起了韦琳。

　　"那女孩死得有些可惜！"

　　"好像是有人在嫉妒她、怨恨她、诅咒她。"一个人说。

　　"可能是，我的一个朋友和她曾是高中同学，从来没听过有关她后来堕胎和乱交的传言。当我朋友听说有人传她是一个爱慕虚荣、追名逐利、恶毒如蛇的人时，我朋友就断定有人在忌妒她的优秀，因为在我朋友的印象里，她除了长得漂亮，成绩优秀，就是很善良，爱帮助人，从来没有什么不良的嗜好。"另一个人说。

　　"可是有关她的风言传得有鼻子有眼，大家都津津乐道，都信以为真。"

　　"这是中国人的劣根性，总喜欢传播道听途说的东西，尤其是情事，然后添油加醋，欢天喜地，落井下石地传播下去，唯恐天下不乱！"

　　"只是这传言太恶毒，它直接毁了一个姑娘。"

那天回来，丈夫陷入深深的痛苦之中。此后，他开始四处搜集当年有关韦琳的传言，寻找当初他找到的她的那几位朋友，当提起韦琳时，他们有的叹息，有的痛心，有的面无表情，有的只字不露，但也有的心直口快地告诉他，她们是从他妻子的嘴里得知韦琳不淑的行为，但没有一个人看见过，也没有一个人向她质问过、证实过韦琳对朋友有一些过分的做法。只在后来得知他与韦琳分手，与她要好的朋友走在一起后，曾怀疑过一些事情的真伪。

　　他还找到了当年极其崇拜、爱慕、暗恋韦琳的一个同学。爱慕者对他很抵触，问他："你为什么要找我？"

　　"我想了解一些事情的真相。"他说。

　　爱慕者哼了一声说："真相？韦琳早就以她的死告诉你了，可你呢，跟她一样恶毒！"

　　"谁恶毒？"他问。

　　"你心里明白，她当年口口声声说韦琳是毒蛇，是个虚伪、虚荣的人，实际上她才是。为了得到你，她还恶毒地诽谤她的作风，她的人品，让韦琳四处遭受白眼与恶言恶语，是她杀死了韦琳。"爱慕者说。

　　"这些你都知道？"

　　"我当然知道。"

　　"在谣言里，你有没有怀疑过韦琳的行为？"他问这个曾一直暗恋她的男生。

　　"从来没有，但是没有人相信我，他们说我被爱蒙住了眼睛，看不到她的缺点。"爱慕者说，"可是，我知道，她被人暗算了，先是被一个人暗算，接着是被一群人暗算。她们忌妒她的美丽，忌妒她的优秀，她们想要破坏她的美好！这就是人。每个人都有善的一面，也有恶的一面，许多时候，人要比想象的要恶毒得多。"爱慕者愤愤不平地说。

　　"她有没有和你说过什么？"他继续问爱慕者。

　　"她从来没把我放在心里，因为，她的眼里只有一个人，可是那个人最终背叛了她，他同她曾以为的最好的朋友一起背叛了她，而且他们联起手来将她逼到了绝境。她在临死前只剩下了沉默！沉默！沉默！"爱慕者恶狠狠地看着他说。

他痛苦地看着这个爱慕者，也沉默了！他晃晃悠悠地离开爱慕者，踏着沉重的脚步往回走。他不想回家，了解得越多，他越不愿回去，不愿踏进家门半步，生怕见到她，生怕自己会掐死她。可是在家门外徘徊了很长时间，他还是回去了。

推开门，他看到妻子敷着面膜，正悠闲自得地躺在沙发上看电视。他仇恨地看着她，觉得一个人如果内心丑陋与肮脏，无论外表多漂亮，都无法掩饰那种丑陋与肮脏。他觉得自己也很丑陋、肮脏，他居然被她的鬼把戏给骗了，而且骗了那么久，他的愚蠢让他与她一起同流合污，让他自己也变得与她一样的丑陋与肮脏。

# 六

转眼，春天到了，猫发生了异常，它那白色的毛更显得光滑、亮丽，在灯光下，在阳光下，更显得闪闪发光、流光溢彩，而且它变得更加温顺、黏人，它经常在男主人身上蹭来蹭去。白天，它温情脉脉，像一个怀春的少女；夜间，它忽然发生了与白天截然相反的转变，要么拼命地用爪子抓着玻璃窗，让爪子和玻璃发出令人发疯的摩擦声，要么不停地抓着沙发皮儿在那儿挠，挠着挠着，发出尖锐的叫声。每当它叫时，窗外也有一只猫在那里与它互相呼唤，此一声，彼一声。叫得人心里发狂。

听到它发出不同分贝的声音，他从床上起来，将它放了出去。他知道动物再优雅，到了发情的时候，谁也管不住，总是这么放浪形骸，就由它去吧。

门刚开了一条缝，猫便嗖的一声蹿了出去，它越过阳台，越过几道房顶，到了那所破房子上，在那荒草中徘徊。

荒草中有一只黑猫在等着它，两只猫在密集的城市里，在废弃的破房子里，在荒草中放荡不羁，极尽地狂欢，发出交合的欢快叫声。一连几天，这只猫都与一只黑猫互相呼唤，它们在荒草中会合，欢呼着疯狂地交欢。它们的叫声此起彼伏,在夜空里传得很远很远。似乎在向人们宣称,猫与猫发生了疯狂的爱情,似乎要让全人类都知道,这才是自然的、纯粹的、真正的爱情,不是欺骗的、虚伪的、压抑的爱情。

可是,猫的爱情惹火了女主人,她越听越烦躁。因为她丈夫已与她分居一个月了,他不再与她说话,不再正眼看她,更不再碰她。而猫的狂欢在她听来,像是对她的挖苦、嘲笑与讽刺,讽刺在春天,她不能享受这种爱情与交缠的甜蜜。

她开始忍着不听,可是猫在叫;她塞住耳朵,可是猫在叫;她蒙着被子,可是猫仍然在叫;她堵住耳朵蒙着被子,可是猫依旧在叫。她一忍再忍,忍到后来,忍无可忍了,她从床上爬起来,跑到阳台上找了几块石头冲那荒草丛扔了过去。她的恶毒一击,坏了猫的好事。猫凄厉地叫了几声,慌乱中彼此分开,跳着,叫着,蹬着荒草跑走了。

猫还是每天回来,男主人也还是每天回来,可是那个家已不再和睦,表面上看着平静,实际他们心里都藏掖着狂风暴雨。

妻子为丈夫与她分居,长久地不理她而生气,她不停地挑衅他,让他与她说话,丈夫对她的挑衅不屑一顾,变得越来越沉默。

那只猫怀孕了,骨骼变得越来越健壮,毛发变得越来越亮丽。即便大着肚子,它的行动仍十分敏捷,它的来去仍十分从容,举止仍十分优雅,有时它躺在窗台上,有时它躺在沙发上,有时它躺在花坛旁,它不管伏着,昂着,都显出极尽的高贵优雅,像一个圣洁的女王。它越来越依赖男主人,仍旧在他脚边绕来绕去,仍旧爬上他的膝盖,仍旧躺在他的怀里。

女主人对它越来越恨,她跑到黛小姐家说:"你还记得那只浑身雪白的猫吗?"

"记得,后来它很少在那里了。"

"它在我家里。"

"我想着也是。"黛小姐说,"你终于得到了那只猫。"

"可我现在后悔了。"她说。

"怎么啦?"

"那只猫的优雅都是装出来的,那是一只放荡的猫,它喜欢异性的追求。"

"你又不是猫,你怎么知道它放荡?"黛小姐笑着问她。

"你前一段时间听到猫的叫声了吧?"

"听到了。"

"那是它放荡的求偶的声音,我们把它关在房子里,它就拼命地抓玻璃,抓沙发,抓得人心里发狂,它一得了空便溜了出去。它与一只黑猫,或者更多的猫在那破房子的荒草中疯狂地交合。一连几天,它都跑出去与它们交合,它们像疯子一样嘶叫着,一声高过一声,我恨透了那声音。"她说,"一只放荡的猫,一只风流的猫,一只没有羞耻的猫。"

"唉,真是不要脸的猫。"黛小姐说,"那时候,我也那么喜欢它。"

"它是一只会伪装的猫,之前,它把自己伪装成可怜相、优雅相、高贵相。可是,畜生到底是畜生,它终于露出了它畜生的本相。"她恶毒地骂着那只猫。

她又找到了王太太,她和王太太说:"你还记得我和你说过的那只猫吗?"

"当然,记得,你那么喜欢它。"

"呸,我再也不会喜欢它。一只不要脸的猫。"

王太太问她:"出了什么事?"

她又将它求偶的事情说了一遍,她还告诉王太太,她的先生多么宠爱那只猫,多么温柔地对待它,他对猫的温柔都胜过了对她。她说:"幸亏那只猫不是女人,不然,准是勾引男人的好手。"

"那你打算怎么办呢?"王太太问她。

"我来征求你的意见,是不是将这只猫赶出家门?"她问道。

"对,将它赶出去,猫是阴险的动物,它永远没有狗忠诚。"

妻子不停地去征求别人对这只猫的看法,她一遍遍地向人叙述猫求偶的故事,说它如何如何放荡,如何如何乱交,如何如何不知羞耻,说到最后,添油加醋,无限地放大猫求偶的故事,更甚者,她说猫是个毒蛇,破坏了她们的夫妻感情，如果再放任下去，有一天，它就会成为一个隐形的杀人犯。

丈夫虽然总是默默的，但他观察着妻子的举止，他发现她的行为是可笑与阴险的。她居然嫉妒一只猫，四处破坏它的名声，让周围的人对猫恨之入骨，恨到要将猫赶尽杀绝。并想着，她当初是不是也这样对付过韦琳，故意弄坏她的名声，让她在闲言碎语里，在作风的攻击里无颜做人。

一天深夜，妻子在客厅里等着丈夫回来，可是等到了十二点，丈夫还是没有回来。最近，他回来得越来越晚，是避免与她相见的机会。他在思考是不是到了要和她离婚的时候了。

凌晨过后，她依旧没有等到她的丈夫，她看到那只因怀孕身体有些发福的猫，慵懒地蜷缩在沙发上睡着了，她走过去将它抱了起来，一直走到窗户前将那只怀有身孕的猫丢了下去。猫在夜空中凄厉地尖叫着，嘭的一声掉了下去。

刚巧这一幕被她的丈夫看到，却无法阻止她疯狂的、变态的行为。他以为那只猫肯定是完了！他走向它，它趴在地上哀伤地看着他，他也哀伤地看着它。他轻轻地抚摸它，抚摸它的脑袋、脊梁与身体。对它说："如果你还能走，走吧！不要再回到这个地方来。"好一会儿，那只猫才站了起来，它看了他一眼，蹒跚着向夜色里走去。

丈夫和那只猫一起，从那一晚，都离开了那个家。两天后，他寄出了离婚协议书，并附了一张纸条给她：

　　我之所以寄离婚协议书给你，是因为我已不想再见你。我终于明白了你卑劣的良苦用心，可是事到如今，你仍不知道自己在做什么！你是活在自己的空茫里，你让我感觉你是来自遥远的另一个星球。当那天我得知你所做的一切时，我无法容忍自己再看你一眼，无法容忍再和你说一句话，我想试着和你交谈，斥责你，打骂你，可是，我想到，选择与你走在一起，我也是同谋者。我们共同践踏了一位年轻的生命。我斥责你，打骂你，同样也是在回击我自己。

但我仍想告诉你我离开你的原因。每个人都有追求个人梦想，追求理想生活的权利，也容许个人有些小自私，小欲望，但是有些自私和欲望是可耻的。你就是用可耻的手段达到了你人生的目的。难道你不知道，这种手段其实是双刃剑，它在摧毁别人的同时，也在摧毁你自己。

我憎恨你的这种以损害别人名誉，将自己的利益与快乐建立在别人痛苦之上的卑劣手段。我认为这是一种十分下三烂的手段，非常卑鄙可耻。一个心理健康、健全的人，绝不容许自己使用这样的手段来达到自己凌驾于别人之上的目的。

虽然，我说不指责你，可是，我还是指责了你。我为自己的愚蠢和没有及时发现你所使用的手段感到羞耻，也让我感到我与你同样的无耻与卑鄙。正是因为这种种心理，我们之间的关系在我得知真相的那一天，已走到尽头。


寄出协议书后，他鼓起勇气走向了韦琳的墓地。走往墓地的路相当艰难，每一步都变得沉重，沉重得像一座山压得他喘不过气来，可是，他还是背着那座山去见她。

在韦琳的墓地前，他将一束玫瑰花献了上去。墓前，他默默地待了很长时间，始终没说话，只在他转身要离开的时候才说了一句："韦琳，对不起！是我不辨是非害了你！"他的话刚落音，一只白色的、优雅的猫看了他一眼，然后从墓旁飞快地跑走了。他又突然怀疑，那是不是自己的幻觉。

# 上尉与他的忧伤

　　动车到达上海时，是下午两点。当我们提着行李下车时，接我们的人迟迟没有来。由于上海的出站口太多，我们一串人竟像乡下人第一次进城一样，不知道由哪一个口出去才好，贸然出去，唯恐错过他们，只好站在动车站偌大的大厅里干等着。

　　等人的过程是焦急的，竟有着片刻的惶恐。感觉头顶上的天花板会突然倒塌下来，把我们压瘪了。

　　我直挺挺地立着，惘然地看着天花板，算着它这一刻落，还是下一刻落，久久，它没有动静，便懒得看它。于是，我将眼睛换了一个角度，开始看来来往往的人，盯着他们的身影看，盯着他们的面庞和眼神看。川流不息的身影越走越快，越走越快，那些身影有的高大，有的矮小，有的瘦削，有的肥胖，有的英俊，有的丑陋，有中国人、外国人，男人、女人，各式各样的人。离开大都市几年了，很少再到都市来，突然来了，看到那么多的人，我有些眼晕。眼前竟冒出无数的金星来！

　　不禁叹了一口气，人习惯了一个环境真可怕，当初在繁华的都市里，害怕去安静的地方，一旦习惯了安静却又害怕起这种繁华来。适应对于人来说，真是一个可怕的过程。这种突如其来，强加给人的一个全新的环境和人来人往的喧嚣让人觉得恐惧、不安，当我正为自己这种无所适从的状态而局促不安时，接我们的人来了。好像突然得到解脱了一样，我长长地舒了一口气，心想：这下好了！

来接我们的是一位年轻的军官和一名士兵。我都没仔细看他们，就跟着上了车。那是一辆挂着部队编号的军车。上车后，军车很快驶离了车站，往更宽的、更长的道路上驶去。

　　车上，年轻的军官不时地回头说着什么，因为逆着光，因为没戴眼镜，短短的距离，我竟看不清他的模样。而他说的最多的，是为他的迟到致歉。军人原本的守时让他自责不已。他一直为自己的迟到耿耿于怀，不肯原谅自己。他说他已提前了一个小时出来，还是因堵车来迟了。因此，他总想着为自己没把路上堵车的时候算好再提前出来个把小时而说着抱歉的话。照着他那种诚恳的道歉气势，我在心中早已原谅他的"不守时"五百次了。

　　汽车在上海的高架桥上盘旋着，旋转着，好像把我们这些没长翅膀的鸟人推到飞翔的轨道上，往上往上，飞翔飞翔，我们终归没有翅膀，终归不会飞，只能老老实实地坐在车上跟着旋转的车轮被甩上桥的顶端，然后再跟着滚动的车轮被抛入桥的底层。

　　车子旋转着，我一本正经地端坐着，耳朵有一搭没一搭地听着他们说着同样有一搭没一搭的话，双眼则望向窗户，看着车外一闪而过的风景。当那一窗户一窗户的风光由我的面前像春天的画卷一样，一张一张地展开时，随着车速，我感觉画卷不是在展开，而是一张一张地被撕去，然后往后狠狠地抛去，车速越快，抛落得越狠。

　　那些美丽的画卷是高楼大厦，是钢筋混凝土，是川流不息的车和停不下脚步的人，我不禁为上海大都市的繁华而感叹，这一切在我的眼里是那么漂亮时尚，是那么精彩绝伦，是那么生机勃勃，而又有着令人不屑一顾的可悲！所有的这一切都是为了人，而人又为了所有的这一切，永远停不下来，从来处来，到去处去。都市人永远没有空闲停下要休息的脚步，因脚步的后面有着催赶命运的鞭子。

　　到达上海的第一天，有一个欢迎的晚宴。晚宴时，我才看清年轻军官的军衔，一杠三星，上尉级别。我不禁惊奇地打量他。他长着高挑的身材，虽算不得十分威武，却也笔直挺拔。当我仔细地盯着他的脸时，却又不禁感叹：那是多么年轻而又英俊的一张脸啊！在他那张精致的还带着稚气的五官上，有着两道黑黑的眉毛，眉毛下端便是一双闪闪发亮的漆黑的眼睛。他的鼻梁也生得漂亮极了，高挺笔直，他笑的时候，嘴角微微上扬，那笑里虽带着份腼腆，却有着青春的羞涩美好的弧度。一旦不笑的时候，那双漆黑的眼睛里便蓄满了青春的忧郁。我估计他二十出头，多不到哪儿去。因为，他看上去实在太年轻了！

饭桌上，上尉坐在我对面，我不由得一次次地端详他。席间，他的话不多，稳重而又安静，有人和他说话，或者他要和人说话时，他就带着那羞涩的微笑，盯着你的眼睛看，眼神纯真而又无邪，而且你从他那双亮晶晶的眼睛里看不出半丝的忧郁。一旦安静下来，觉得无人注意他的时候，他就微蹙着双眉，那不经意抬头的瞬间，眼神里便有着一丝儿忧郁。

上尉身上那层忧郁的气质深深地吸引了我。直觉告诉我，这是个有故事的人，我向来对有故事的人感兴趣，总想挖空心思地从他们身上一探究竟。那一刻，我忽然觉得自己像个训练有素的猎犬，在那周围是人，不断喧嚣的世界里支起我的耳朵，打开我的视野，放开我的嗅觉，总想从他的身上倾听到什么，或者观察到和嗅到点儿什么出来。

席间，我不停地打量他。他那张英俊的脸堪称表情丰富，在人前，或者在众目睽睽下，你从他的脸上看到的是明媚，是阳光，是不知人间的愁滋味。一旦他有了自己的空间时，他就陷在自己的忧郁中，一副心事重重，若有所思的样子。当他在忽然间抬头发现了我在观察他时，好像受到了惊吓，然后挺直了身体，对我笑了起来，笑的时候，他那先前紧蹙的眉毛忽然展开，迅速得都让人有点儿措手不及。然而，我像个猎人一样，仍从他的脸上捕捉到那还未完全褪去的一丝儿的忧郁。

职业的习惯让我学会了观察、探索与追寻，让我不停地对一些新鲜的，新奇的，哪怕是恶心的、厌恶的人感兴趣，总想着为我的某些创作寻找一些可行的动机。

是的，年轻的上尉同我一样，有着军人的敏锐，他留意到我的观察，对我不时投来似乎是心照不宣的一瞥。然后微笑着冲我举杯。而他却不知，我想探寻的，不是他那英俊的相貌，不是他那略带羞涩的微笑，也不是他那略带忧伤的眼神,而是他那落寞的眼神、淡然的气质、忧郁的神情背后的故事。许多时候,我要的是故事,以及探寻故事背后的过程。我一直相信,只要给我时间,我能够探寻到我想要的东西。我唯一的担心,是给我的时间不够,让他不足以信任我或这群人而说出他的关于过去、关于未来的故事。

上海之行,我们是带着任务去的。第二天,我忙着我的任务。傍晚结束工作的时候,意外的是,上尉已等在了所采访部队的门口。

我看到他时,身着淡蓝色便装的他,正落寞地抱着胳膊倚在军车一旁,他那忧伤的眼神正不知落向何处,当猛然抬头间看到我们时,他迅速地咧开嘴笑了起来。他的笑像夏日清晨的荷叶,打着卷儿的羞涩,却有着魔鬼的魅力,感染着周围的磁场。我左右巡视着,探寻着周围那一个个微笑的嘴角和他的面孔,疑惑他那迅速转变的神态,更想探寻他那故事的背后。

上尉在和大家招呼之间,突然轻声细语地和我谈起了天来,他的声音低沉、磁性、温婉、柔软得不像一个军人,真让人沉迷。在他向我低语时,我观察着周遭那些关注他表情变化的目光,我为众人的变化而喜悦,为他们对他的关注而喜悦。那一刻,他的形象在我心里无限高大、美好起来。那一刻,我真的想以他为原型塑造一个人物形象来,不再是一个坏人,而是一个好人。尽管我相信世界上没有一个完美的人,但我仍想把他塑造成一个完美无缺的形象,并一遍遍地想着,一定得塑造那么一个形象出来。一想到他能在我的作品里发芽、成长、开花、结果,竟多少有些激动,似乎觉得他已在我的作品里生动、鲜活起来。

等人的间歇,上尉破天荒地向我谈起了文学,谈起了他的梦想来。"读军校的时候,我有三个梦想:记者、作家、主持人。可是到如今,这三个梦想一个没实现,只在偶然的空间里客串一下主持人,而你身上,却集中了我的两个梦想。"他说着,眼睛亮闪闪的,直看着我。我笑了笑看着他说:"我只是选择了一种职业,如果你能,你也可以;写作,只是一种爱好,如果你能,你也可以。"

"我希望我可以。"

"我相信你可以。"

"那么一群人当中，他们的欢声笑语，他们的吵闹都与你无关，我只从你的身上看出了人生的态度：冷眼看人生。"之后，他对我说过这样的一句话。

你瞧，我给了他这样的感觉了。这让我想起卞之琳的《断章》："你站在桥上看风景，看风景的人在楼上看你。"我知道我一意的倾听，我注视他的目光与那观察人的姿态博取了他的好感。我感觉，似乎能凭着这点儿优势，从他那儿得到我想要的东西来。想要什么呢，或者就是关于他的过去，关于他的未来。

谈了一会儿文学的话题，他谈起了我，又谈起了我的书，他谈到了上网搜索我的情况。我心里不禁一惊，觉得似乎能探到他心底的柔软处了。那本我一向不太满意的书像一个触角，似乎探到了他藏匿的心事。我再次望向他的时候，也似乎能读懂他那欲语还休的眼神。我渴望着他的故事，希望他能娓娓动听地向我倾吐。我等待着他的讲述。

晚饭时，上尉悄无声息地坐在我的边儿上，依旧和我低声细语地谈着，他的声音低沉、柔软且轻，哪怕不是与我低语，也变成低语了。我倾听着，注视着他的眼睛，从他那仍微蹙的眉头里，似乎意识到，他在寻找机会，向我讲那我期待已久的故事了，并感觉到他敏感的内心里有那么细细的一根弦，只要我轻轻地触动一下它，那弦就能扬起铿锵有力的节奏来。我希望自己能轻轻地碰一碰那根弦，而不致将它弄断。

终于等来了那故事，那是一段美好而又阴差阳错的恋情。而且是属于一个人的故事。

当年，还在读初中的上尉暗暗地喜欢上了班里的一个女孩儿，而且那女孩还和他住在同一条街上。那时青春年少，情窦初开的他喜欢和女孩一起上学、放学，虽然没说过几句话，但总是默默地跟着她一起走，有时在前，有时在后。那女孩不仅长得漂亮，而且成绩十分优异。他觉得女孩像个女神一样在他的心里茁壮成长，每每看到女孩他就心潮澎湃，每天，只要她能在他的视线里出现，他的内心就无限甜蜜。可是，当时的他成绩并不理想，与女孩的成绩相差甚远，在班级里仅排在第四十六名的位置上。

那时的上尉十分苦恼，照着女孩的成绩，将来肯定是上他们当地重点的高中,如果他不把成绩赶上去,中考的时候,他就无法和女孩考到同一所学校去。为了能经常看到她,痴情的他拼命地学习,渐渐地,他开始进步,半年时间,他从第四十六名冲进了前十名。那年中考时,他顺利地考进了他所期望的那所重点高中。正当他为自己考上重点学校而满心欢喜时,他得知了一个消息,那次女孩考得不理想,无缘进重点中学。知道这个情况,他很难过,为女孩难过,也为自己难过。他想,我想进重点,就是为了你,而你都不去那儿读书了,那我还去那儿干什么呢?尽管带着犹豫,最终,他还是放弃了那所重点中学。

一次,他妈妈曾十分不解地问他:"儿子,都考上了,为什么不去读啊?"

一向乖巧的他冲妈妈腼腆地一笑,上去搂着她的肩膀拉着长腔撒娇地说:"妈,那所学校离我们家有些远,我舍不得您啊!"

临近开学的时候,一次在路上,班主任问他:"哎,你这小子,我真不明白你,别人想去那所学校都进不去,你都考上了,为什么不去啊?况且我们班好几个同学都去了那所学校。"随后,老师点了几个同学的名字,在老师所点的名字当中,其中竟有那女孩。他顿时傻了眼。怎么可能,她明明没有考上的,怎么也可以?可是,他已经没有回头路了。从那个时候,他的内心就开始有一种苦涩的滋味升了上来。

虽然苦苦地恋着女孩儿,他并不想影响她的学习。他想着,她的成绩一直在班里名列前茅,成绩好的学生应该不会早恋,我再等她三年,等她考上大学后,我再告诉她我对她的一片心。每年寒暑假,他都想方设法地接近女孩,了解她学习的情况,希望和女孩一起努力,将来考上同一所大学。可是高二的时候,他却得知,女孩恋爱了。此时,他内心的苦涩又增加了一层。之后,他带着苦涩的心情考入了军校,读军校的时候,他仍希望有朝一日,女孩能知道他曾对她的良苦用心。之后,他又读了两年硕士。等他毕业后,当他是一名上尉的时候,他却得知女孩结婚的消息。

这是一段苦涩的单相思故事,一段感情没有开始,也没有结束。

上尉在讲完他的故事后,有些苦涩地笑了笑。他在讲故事的时候,我就一遍遍地打量他，别人听出的是什么，我不很清楚，或许是席间打岔的人太多，或许他选择讲故事的时候周围的气氛不对头，我只看到他们对他的笑闹。而我从他的故事里，听出的是他的美好，以及他的一段苦涩而又无奈的伤感。他讲的时候，我一遍遍地搜索着他那伤感的眼神，而他的目光似乎在躲避着每一个人，更似乎在躲避着我这个观察者，只是一片深情地讲。

在此之后，我似乎读懂了他忧郁眼神的背后。虽然我深信他骨子里仍有着阳光的一面，他忧郁的气质不完全是因为这一桩事情，但我仍坚信他是忧郁的，而他忧郁的气质与他苦涩的单相思有着不可分割的渊源。

三天后，当我们离开上海时，上尉忍着剧烈的胃疼，仍将我们送上了车。

道别的时候，他微笑着看着我，突然伸出右手来，我笑了笑也伸出了右手，握手的时候，他说："我等着你的故事。"是的，他答应帮我搜集故事素材。当他立在站台上，眼神忧郁地看着远去的列车冲我们敬军礼时，我不知道别人对他的感觉是什么，是黯然、是神伤、是冷漠、是无情，还是同样的胃疼？其实，对这些我并不想了解。而我却在急于酝酿出那一个无关他的故事来。

动车驶离上海后，繁华的大都市便被抛在脑后，越来越远，越来越远！

# 英雄归来

## 一

天还没完全亮,扶苏就突然醒来,她朝窗户的方向看了看,外面仍黑蒙蒙的一片,黑暗里传来她的丈夫与孩子熟睡时的呼吸声。那声音一重一轻,在空气里互相交替回应,像一支极有节奏的变奏曲。扶苏听了一会儿那曲子,觉得她得起来了,今天,她要到乡里去,欢迎由朝鲜战场上归来的英雄们。

扶苏讨厌战争,也恐惧战争,觉得那是一种破坏性的运动,它会让许多人为了战争的狂热而不断地死去,让成千上万的人死去。当死人达到一定的极限,战争就结束了。朝鲜战争结束了,谁敢说那儿没有死去成千上万的人?但这场战争总算结束了。

扶苏没有惊动床上的父女,而是悄悄地下了床,穿上衣服走了出去。

院子里,空气中飘浮着一股淡淡的花香,那是墙角的那株月季花飘来的气味。扶苏喜欢月季,她觉得月季的花香是一种十分诱人的气味,那香味不烈,不浓,香得恰到好处。她站在院子里用力地吸了吸鼻子,那味道便像游丝儿一样进到她的肚子里,在她的肚子里回旋,令她感到欣喜。然后,她朝院外走了出去。

扶苏到了乡里的时候,天已经完全亮了。乡政府门前的小广场上聚了许多人，老的、少的、男的、女的都有，她站在欢迎队伍中，显得有些格格不入。因为她看了一眼人群，似乎每个人都穿得比她光鲜、亮丽，她们的衣服倒像是刚刚做出来一样，不仅齐整，颜色也鲜艳，似乎那些衣服将她们也衬托得光彩亮丽。扶苏看了看她们，又看了看自己：蓝裤子，白色粗布上衣。这是她唯一一身看上去还算像样的衣服。可是有什么办法呢？家里的条件就是那样，总是吃了上顿愁下顿，大人孩子没光着算是好的了。想到这里，她心里不免一阵儿难过，轻轻地叹了一口气。叹完了，她又不安起来。她是来欢迎英雄的，怎么能在这儿叹气呢？难道她不希望战争结束，不希望英雄回来吗？无论如何，她得做出高兴的模样儿来。于是她扯了扯衣角，嘴角努力地往上扬了扬。

一会儿，有人过来分花了。扶苏也分到了一朵，她与许多欢迎的人一起，等英雄走过来时，将花献上去。

因欢迎的是由战场凯旋的英雄，所以大家都比较激动，当谈起英雄在战场上如何浴血奋战，如何九死一生时，每个人都好像看到了那惨烈而又生死攸关的场面，都激烈地争论着。人们边等，边激动着，从清晨一直等到中午。眼看快到吃午饭的时间，英雄们还没来，大家等得都有些焦急，不知道是什么导致英雄们迟迟不到。有人等不及了，便伸长了脖子往英雄归来的路上观望。一个人伸脖了，然后就引了一群人伸脖子，众人把脖子伸伸，不见人来，再伸伸，仍不见人来，伸来伸去，好像每个人的脖子上都安上了一个小弹簧，不停地在那儿弹来弹去，只要仔细地看看那些脖子，感触各种形状的脖子与伸展的幅度，便觉得十分滑稽。在这种滑稽中，似乎每个人的脖子都被拉长了。

一个小伙子伸了老半天的脖子，最终耐不住了，不禁在人群里喊了起来："怎么还不来啊？我的脖子都快扭断了，再不来，我们都快成鹅了。"

他的话音一落，人群里爆发出一阵儿笑声。正伸着脖子的人被他这么一说，也急忙把脖子缩了回来，然后用力地揉了揉脖子上扭酸的肌肉。

这时人群里有人冲小伙子喊道："伸个脖子你也叫，要是让你上战场，是不是枪一响你就吓得尿了裤子？"

小伙子并不生气，笑着回他："还没等尿出来，我就直接吓死过去了。"

　　"呸，没出息的家伙。"另一个人将话接了过去。

　　先前说话的那人又喊道："要是小日本打过来，你准是一个叛徒。"

　　一个人可以被别人嘲笑没出息，但谁愿意当叛徒，听对方说自己是叛徒，小伙子急了："你又不是我，你怎么知道我会当叛徒？"

　　"因为叛徒都是怕死鬼。你就长着一副怕死的样子。"

　　"我哪儿长得像叛徒，我哪儿长着一副怕死的样子，你得给我说说清楚。"小伙子觉得对方给他的模样下了定论，便较起真来了。

　　两个人正嚷嚷着，那边忽然有人喊："来了，来了，英雄回来了。"

　　接着人群里让出一条路来，由那边走来一队穿着军装的人。他们雄赳赳，气昂昂，就像当年他们跨过鸭绿江去朝鲜支援一样。但与那时不同的是，他们每个人的胸前都多了几枚军功章。站在人群里的扶苏也像众人一样，紧紧地盯着这些凯旋的英雄们。她发现，尽管这些穿着军装的人看上去个个精神抖擞，但细细观察，每个人脸上的表情却大不一样，有的兴高采烈，有的一脸凝重。比如中间那位比其他人都高出一截的高个子，不仅他的个子在一排人中显得鹤立鸡群，他的神情也比谁都凝重，似乎他那凝重的神情里能拧出一汪水来。尽管这人长得并不是特别英俊，但那五官里却带着一种刚性的线条。

　　她还在端详这个人的时候，许多人便高呼："欢迎中国志愿军，欢迎我们的英雄归来。"在指引下，扶苏也站到一位志愿兵跟前，刚好是那位高个子。他站在那里笔挺挺的，眼睛目视着前方，一脸的凝重。扶苏个子不高，她想看清他的脸，须得仰视他。看着他笔直地站立在那里，看着他那无比凝重的脸，扶苏的心里竟有些紧张。她走了过去，冲他鞠了一躬，然后站在他面前为他佩戴红花。因为他高，扶苏别花的时候，须得仰视，加上紧张，那别针别了老半天才别上，急得她脑门上的汗都出来了。别完了，她抬头看了他一眼，他仍无比的凝重，低头看她的眼神，也让扶苏心里一沉，那双黑黑的眼睛里没有一丝儿喜悦，里面装的全是哀伤，扶苏觉得，这眼神让人特别沉重。不过，严肃中，他还是冲着扶苏敬了个军礼。这一敬，把扶苏吓得往后退了一步。她不知道自己为什么会被吓到,会后退,总觉得他那沉重的表情令她不安。

戴完了花,场面变得混乱起来,英雄的家人与亲属便一窝蜂地冲了上去,有的与英雄寒暄,有的拉着他们的手,有的与他们抱作一团。唯有这个高个子,像个旗杆一样,孤零零地站在那儿。他看看扶苏,扶苏也看看他,两个人都显得有些无所适从,大眼瞪着小眼,都不知道说什么好。好在他们小沙村的领导来了,他带着几个年轻人也上前与这位高个子握了握手,寒暄了几句。

回去的路上,扶苏从他们的交谈中知道,他就是郑朗。就住在河边,离她家并不算太远。而且他家门前的那条路,是她出去的必经之路。那栋房子前两年还好,这两年一半塌了,一半是半塌。尽管那座房子已经破败不堪,但那所房子里却总是春光无限,夏天满院子的荒草,院中的那棵郁郁葱葱的大樟树上攀缘了一株得意的凌霄花。每到盛夏,樟树上都挂满了吹着小喇叭的凌霄花,那些橘红色的花看上去十分得意,似乎它们在为攀上了高枝向过往的行人炫耀。

为看凌霄花,扶苏去那院子里几次,院子里除了长满了荒草,还有几口废弃的大缸,她总觉得缸在凄凉的院中有着几分阴森。况且别人又告诉她,那房子你不要去吧,那家人因做了地下党,十余口人快被杀光了,那院中全是他们冤屈的不散的阴魂。

一次,经过那栋房子时,扶苏看着满院的凌霄问她丈夫:"你认识这家人吗?"

"嗯。"她丈夫轻轻应了她一声。

"听说这家十多口人快被人杀光了?"

"嗯,只有一个儿子逃了出去。"她丈夫说。

"后来呢?"

"听说他去找部队了。"

此时,扶苏想象着那满院的凌霄花,想象着郑朗惨遭杀害的十余口家人,想象着怀着新仇旧恨在战场上奋战的他,瞬间扶苏理解了他那一脸的凝重与那眼神里的哀愁。

扶苏回到家时，她丈夫正在院子里劈柴，劈得满头大汗，劈柴的木屑飞得到处都是。听她回来了，他头也没抬，扶苏问了声："海棠呢？"她丈夫这才停下来说了句："去妈那儿了，她让海棠在那儿待两天。"说完又继续劈他的柴。

扶苏没说什么，就直接进了屋。回来后，她原以为她丈夫会问她迎接英雄的事情，可是他一句也没问。她本来想要和他说说，看他根本不想关心这件事情的模样，她突然也不想说了。

# 二

那两天，扶苏满脑子都是郑朗凝重的神情与哀伤的眼神。她总想着，那么一个人，当他回到家里，看着一半塌了，一半快要塌了的房子时，他凝重的神情又要增加了；他在满是荒草的院子里想象以前大家庭的热闹，他眼神里的哀伤又要增加了；他在那开满凌霄花的树下，想象着家中曾是花儿一样的人，他的内心又要深受煎熬了。想着想着，瞬间对那无限哀伤的一个人生了温柔的心。

再经过河边那栋老房子的时候，扶苏开始留意起那房子里的动静来，一连几天，她总是看到郑朗在那儿忙着修房子。她疑惑那房子还能不能住人，总感觉它快要倒了。她也总想着过去帮他搭把手，可是，她知道，她没法儿去帮忙。几天以后，那所经过修整的房子看上去似乎牢固了许多。那天，扶苏经过时，正蹲在地上干活的郑朗抬头看到了她，他站起来没有说话，只是冲她点了点头。扶苏问他："要帮忙吗？"其实，她问了也是白问，她能帮他什么呢？郑朗摇摇头，他看着长得清新、端庄而又温婉的她，他也知道，她只是客气地一问，她到底不能帮他。

扶苏往那院中看了一眼，那株凌霄开得正艳，不由得指着正盛开的花说："那花很好看！"

郑朗也回身看了看那株几乎把樟树覆盖的凌霄说："要是喜欢，你就摘些去吧。"

"不了,摘了就谢了,它还是挂在那里更好。"

他的内心似乎受到触动,他看了看她,没再说什么。

回到家,扶苏突然问她丈夫:"你知道那天我去欢迎英雄时迎的是谁吗?"

她丈夫看了她一眼说:"知道。"

扶苏心想难怪他不问,原来他早知道是谁。随后她又说:"那么荒芜的一个院子,我看到郑朗一个人在那修房子,感觉挺凄凉的。"

"我过去问了,他说自己能行,我看他是不想求着人。"她丈夫说。

"你怎么知道?"

"家门遭不幸,那是被人出卖了,经过那件事情以后,我看他对谁都怀着警惕。"

"那是自然。"扶苏说,随后她又问了一句,"那时他家都有什么人?"

"爷爷奶奶,父母,兄弟姐妹,还有他嫂子,他媳妇。"

"一家人都是地下党?"

"不知道。"

"都杀了?"

"都杀了。"

"是谁出卖了他们?"

"不知道。"

尽管扶苏没有看到杀人的场面,但是那几天,她的脑袋里都是郑朗家人被杀的场面,她的想象里也都是一些十分恐惧而又凄惨的场景。爷爷奶奶,父母,兄弟姐妹,嫂子,妻子,或者他妻子的肚子里还有一个孩子。他们一个一个都倒在那些穷凶极恶的人手下。一想到那些场面,她就浑身颤抖,她都替他难过。

如今,他回来了,回到那个曾经热闹的家里,原本一屋的人只剩他一个,心里是何种孤独与痛苦。一想到他的痛苦,扶苏觉得自己也痛苦不堪。可是,每个人都在痛苦中,她又能帮他什么呢,她不是也在痛苦中度过吗? 每天都在饱受饥饿的折磨中度过，每天都要出去不停地找吃的，不然，就要挨饿。尤其最近，她更是饿得厉害。

扶苏想，这是饥饿的年代，不管怎么干活，都免不了饥饿。人们在田间、山上总是不停地找吃的，找东西吃的时候，扶苏他们与郑朗也会经常遇到，有时郑朗也会和他们打招呼，有时独自碰到扶苏的时候，他也会和她说上两句。但他的话不多，而且他的表情与眼神从没改变过。当人们和他说话的时候，扶苏发现，他有一个习惯动作，习惯性地向右侧着头。此后许多次，她又发现，与人说话的时候，他不仅向右侧头，他还习惯站在别人的左侧。扶苏常常为他的这一习惯而疑惑。右边侧头，左边站位，她不明白，这方位代表着什么。难道是军人的某种训练，让他遵循某种习惯？

那天在山上，扶苏寻找食物的时候，又看见了郑朗，他嚼着一根草躺在两捆柴上休息，看到她，他立马坐了起来。然后叫了她一声"扶苏"。

扶苏笑着问他："你不去找吃的，躺在这里偷懒吗？"

他"嗯"了一声。

扶苏像想起了什么一样问他："你每天都吃些什么？"

"吃草或者粮食。"

"粮食？"扶苏觉得有些奇怪，吃草能理解，粮食，连他们这些天天在家里守着的人都没有粮食吃，他哪来的粮食？但仍是疑惑地看着他。

他看出了她的疑惑，然后说："用身份买了一点儿。"

扶苏倒忘记了他的英雄身份。这个年代，凭着特殊的身份，的确能享受一些特殊的待遇。瞬间她为他能享受特殊的待遇而高兴，起码这比起他的许多哀愁令她高兴，但她也羡慕这特殊待遇，如果他们也能享受，或许就不会那么挨饿了。

第二天，扶苏在山上竟又遇到了郑朗。他依旧像头天一样，躺在柴堆上咬着一根草发呆。好像他头天就没有回去，而是在原地躺了一夜一样。他看到她，又叫了她一声："扶苏。"

扶苏又说他："你又躺在这里偷懒！"

郑朗没有说话，而是从柴堆下掏出一纸包东西给她。

看着那包东西,扶苏疑惑地问他:"这是什么?"

"粮食。"

"粮食?"扶苏反问了一句:"那为什么给我?"

"我一个人吃得不多,你们有几个人,说着他看了看扶苏那隆起的肚子。"顿时扶苏的脸红了,她是怀孕了,连他都看了出来。因怀孕,最近她饿得要死,家里总没有吃的。可是,她又怎么能将他的粮食拿过来,尽管有时候她饿得要死,但她仍觉得这里不仅包含着一种同情,还包含着一种施舍。似乎他用他英雄的身份向她进行施舍,她不喜欢别人向她施舍。她将那包粮食又还到他手里说:"谢谢你的好意,我不能要你的东西。"然后就走开了。

扶苏没有回头,如果她回头,就能看到郑朗那被拒绝后痛苦的表情。

# 三

自从扶苏拒绝了那包粮食后,很长一段时间,她再也没有看到过郑朗。她开始为拒绝那包粮食而难过。为什么要拒绝呢?难道那包东西里除了同情和施舍外,没有别的吗?比如说:关怀,或者友情。他是看着她挺起了肚子,看出了她比他更饥饿,才将他的粮食贡献出来,而她却辜负了他的一片好意。而这个经历种种痛苦、哀伤的人内心又是何等敏感,或许这让他生出多余的关心来,多余的好意来。

扶苏又生了一个女儿。尽管常常在饥饿中,但这个女儿比前一个还要漂亮。粉嫩嫩的小脸上一双大眼睛忽闪闪地看着你,她似乎一下就能认出她身边的那些人来。

小女儿出生后的一个多月后,扶苏在之前的那座山上找寻野菜是越来越难了,好像大家都集中在那一座山上,野菜都被挖得绝种了,连一株新苗都难以寻到。找不到吃的她就更难受,家里又多了一口人。大人们一餐不吃还能忍受,小孩子一餐不吃,就哇哇乱叫。每次一听到大女儿海棠那稚嫩的声音说:"妈,我饿!"再看着她那双饥饿的眼神,她的心都碎了。没办法,她只好到另一座山上寻找吃的,她希望在那座山上的林间与草丛中找到可食用的野菜,或者菌类。那天她在林中寻找食物的时候,竟又奇迹般地看到了郑朗。他坐在一块岩石上看着她。那一刻,扶苏的内心"砰"的一下,像有一根弦被拨动了。她还没张嘴,他就叫了她的名字:"扶苏。"扶苏应了一声说:"哎,郑朗,好久没看见你了,你躲起来了吗?"郑朗看着她没说话,那眼神似乎告诉她:说对了。他是在躲着她。

良久,扶苏又问了一声:"这么久没见你,你在干什么?"

他看着她说:"他们安排我在这个山上护林。"

"哦,那是再好不过。"扶苏说。

他本来想说,你还在找吃的吗? 还在挨饿吗? 但经过上次送粮被拒的事情,他不敢问她。

之后,扶苏再来这个山上找寻食物的时候,几乎每次都能看到郑朗。每次他都在同一个地点,似乎为告诉扶苏他是在等她,每天都在这个地方等她。扶苏也希望在同一个地方看到他。然后,她还明知故问:"啊,郑朗,你在这里?"他也答她:"啊,是啊,刚好在这里。"

"你在这儿干什么?"

"看林,你呢?"

"哎,我? 我来拔草。"

久而久之,他们都为这"巧遇"心照不宣。

有一天,他们说着说着,扶苏又注意到他那向右侧头,且站在别人左侧的习惯。当她把这个发现说给他听的时候,他深深地看了她一眼,觉得只有她发现了他的这个习惯,然后他告诉她:"我的左耳聋了。"

扶苏惊愕地看着他。

随即他向她解释:"震聋的。"

"在哪儿?"扶苏问道。

"战场上。"他说,"朝鲜战场上,一个炮弹落在我身边。"

"炮弹?"

"对,一个炮弹。就在我身边炸了。"

扶苏惊恐地看着他:"除了耳朵,别的没有受伤吗?"

郑朗仍一脸凝重地看着她,问道:"你想知道吗?"

扶苏点点头。

"想从哪一段听起?"他问她。

"从家庭变故之后。"

他没想到,她想他从更早的时候讲起,但他还是向她讲述了他的故事,就从他的家庭变故之后讲起。

"那年,家里突遭变故后,我觉得活着其实就如死了一样。可是我又不甘心就那么死了。总想着,就是死,也得做点什么才好,于是我就前去寻找部队,那时候打仗正需要人,很顺利地我就进了部队,经过一段训练后我做了一名炮兵,被编入了华中野战军一纵队炮兵二连。之后随着山东野战军和华中野战军的合并,我又被编入了华东野战军,华东野战军后又改为第三野战军。1949 年,部队进行调整,我又被编入 20 军炮兵团四连。先后参加了孟良崮战役、淮海战役、渡江战役和上海战役等多个战役。每一次战役,都有许多人死去,但让我永远难以忘记的还不是这些,而是朝鲜战场上的那些战役。"

讲着讲着,郑朗看了看扶苏。看着她十分专注的样子,他继续讲下去。

"1950 年,朝鲜战争爆发。那时候我们在上海,刚刚结束了上海战役,接到赴朝的通知后,我们 20 军由上海出发奔赴朝鲜,与 26 军、27 军组成第九兵团参加抗美援朝战争。当时我们所在的第九兵团的战士大多来自南方,所奔赴的地方是朝鲜北部最为苦寒的长津湖地区,夜间最低温度接近零下四十摄氏度,那年又是五十年不遇的严冬。当时我们穿的衣服都是华东温带的冬季服装。奔赴朝鲜时,原准备在中途换北方冬装,但由于朝鲜战况紧急,20 军的列车开进山海关时,中央军委'紧急入朝'的命令就下来了,十几列火车只在沈阳停了一会儿,就继续火速前进。尽管我们个个被冻得瑟瑟发抖,还依旧士气高昂,雄赳赳气昂昂地跨过了鸭绿江。朝鲜战场上,我们对抗的不是一般的军队,不是一般的敌人,而是以美国为主的联合国军队,他们的武器、装备都远远超过我们。由于装备差,白天不能硬战,只能夜间进行伏击,为了不暴露目标,我们的士兵常常几个小时十几个小时在山中原地匍匐不动,等待令下。可是,朝鲜的冬天太冷了!太冷了!冷得超出我们的想象。由于寒冷,战友死伤惨重,常常冲锋号响的时候,有的人和枪冻在一起,有的直接冻倒在地上没有起来。那时候,我们想把战友从地上拉起来都不能,我没法儿将他们拉起来!我没法儿将他们拉起来!我没法儿将他们拉起来!"说到这儿,郑朗一连说了几遍"我没法儿将他们拉起来",然后就停顿了。

扶苏看着他,在"我没法儿将他们拉起来"的反复回音中,他皱紧了眉头,紧紧地握着拳头,然后将目光投向远处。

好半天他才转过头来,他再看向扶苏的时候,眼睛里不仅仅是哀伤,还有泪光。他用颤抖的声音又说了一遍:"扶苏,我没法儿将他们拉起来。眼睁睁地看着他们与枪与地冻在一起,我宁愿他们死在与敌人的拼杀中,而不是这种死法。"听着他那颤抖的声音,看着他那痛苦的神情与哀伤的眼神,扶苏觉得不光他哀伤与痛苦,她心里也无限哀伤与痛楚起来,不由地,她的眼泪也跟着流出来。

接着,郑朗用颤抖的声音又继续说:"由于给养跟不上,我们不但没有保暖的衣服穿,也吃不饱,有时候一天就只有一个土豆,还是冰的,结了冰的。最苦的时候,我们甚至连鞋子都没有,没鞋子穿时大家就光着脚在雪地里跑,我们的脚常常被冻得毫无知觉,在那种没有知觉的情况下,我的双脚也被冻坏了,其中有三个脚指头被冻掉了一截。被冻的时候双脚完全没有感觉,就连脚指头什么时候冻掉的都不知道。好在我还保留了双脚,有的战友冻得特别厉害,整只脚都坏掉了。那时候不仅环境恶劣,我们还要打仗,我们连打得特别激烈的那天,一天冲锋了十几次,那次在与美军的对抗中,有颗炮弹在我身边不远处爆炸,当时我就昏了过去。当我从昏迷中醒来时,一个连仅剩下我一个人。"

说到这,郑朗再次停顿下来。良久,他哀伤地看了看扶苏又接着说下去:"我爬起来,摸摸四周,全是死人,那些战友全死了。当我从死去的战友堆里爬出来的时候才发现,我的左耳朵被炸聋了。"说着,郑朗的声音再次变了,这次他没有停,而是接着说下去:"很万幸,我活着回来了,然而却有那么多人死在了朝鲜。如今,那场战争虽然结束了,但我现在睁开眼闭上眼,许多残酷的场景还历历在目。战场上,我们的战友一个一个地死去,一个挨着一个,我的脑子里全是他们哀伤的脸与那僵硬的身体。"说着说着,郑朗的手又开始哆嗦起来。扶苏都觉得,战争在他的生命里留下的不仅仅是死亡,还有致命的哀伤,因此,他只要一想起那些画面,他就没法儿不哀伤。

# 四

自此以后,再次遇到郑朗的时候,看着他依旧哀伤的眼神,扶苏觉得自己也变得哀伤起来。每次在与他说话的时候,她也习惯性地站在了他的右边。郑朗似乎也留意到扶苏的这一举动。他常常默默地看着她,什么也不说。扶苏似乎也读懂了他那默默的眼神,也不需要他说什么。

实际上,扶苏在一点儿一点儿了解了郑朗的时候,她开始拿自己的丈夫和他比。尽管两个人都是言语不多的人,她觉得她丈夫总显得有些木讷,从早到晚除了干活,几乎很少说话,自从她嫁给他以后,她从他身上没发现一点儿生活情趣。他的木讷,常让扶苏觉得,他除了是她丈夫,除了在她身上实施她丈夫的权利,除了制造了两个孩子以外,她不了解他。当然,她丈夫自然也不了解她。尽管生活很苦,很穷,缺衣少粮,不停地挨饿,她觉得至少生活上得有一点点自欺欺人的情趣。

或许她丈夫也有情趣,或许贫困与饥饿让他丢失了情趣,或许他觉得情趣不能让生活好一些,不能让他填饱肚子,或者他羞于流露他的情趣,但至少,几年来,他从没有在她面前表露出来过。他与扶苏的交流总是在既定的一问一答中,多一句从来不说。自然,她丈夫也不知道她每天都在想些什么,需要些什么。他从不与她交流,每次说话,都是要她问,他才答,她若不问,他从不与她主动说话。况且,她也不是话多的人,大多数时候,他们都不说话,不说话的时候,家里总显得死气沉沉。开始的时候,扶苏还有一段时间的误解,她以为他不满意她,所以不屑与她说话,以为时间久了就好,当有了"海棠"后,他还是如此,始终不主动发言,始终沉默不语,她就觉得这不再是误解的问题,而是有关性格,有关木讷。

几年下来,扶苏给她丈夫对她的态度下了一个结论,她就是她丈夫一个类似于工具的妻子。因为,她丈夫除了干活外,对她只在一个方面主动,那就是那件事。但是那件事对扶苏来说也毫无意思。因为她感觉丈夫对那件事也始终沉默不语,每一次开始都在沉默中开始,然后在沉默中爆发。这种没有半点儿温存,便直奔主题的事令扶苏十分讨厌,并深恶痛绝。但事实是,他是她丈夫,她又没法儿拒绝一个丈夫行使他的权利,让丈夫享受妻子的权利,也无法不履行一个妻子的义务。每次想起这件事,想起那被动的配合,扶苏都觉得这真是一桩悲哀的事!

然而自从她欢迎英雄归来的那天,内心平静的湖面,好像被人扔下了一块巨石。她无时无刻不在想着那一个高大的身影,那一脸凝重的神情和那一双哀伤的眼。当那个身影伫立在某一处,即便不言不语,都能让她内心颤抖。而他那神情,他看着她的眼神却像一把利箭击中了她的心。可是,他们一个是伤痕累累的人,一个是他人妇,即便懂了一切,也只能黯然神伤。

他们的来往仅局限于一个永远在一个地方等,一个永远在一个地方找东西,然后彼此看着。他们甚至从未碰过对方手一下。

一月又一月,一年又一年。郑朗教了扶苏一些字。对,一些字。扶苏从没读过书。他教她认字,写自己的名字,写他的名字,写她丈夫的名字,写她孩子的名字。他还给她的小女儿起名叫凌霄,就是他家院中的那株花。每次叫着小女儿的名字,她就想起了他。她也觉得,他起这个名字也是这个意思,让她一喊起孩子就想起他。而且,她从那教她的字里似乎又看出了他所有的美好来。

有一次,扶苏问他:"你为什么要教我认字?"

他看着她,咬了咬嘴唇说:"这样你会觉得生活美好些,对生活充满向往些。"

"那你呢?"

他竟然难得地笑了,因为难得,那笑容就显得尤其珍贵,其实他笑起来还是比较生动的。笑完了,他对她说:"我也会觉得生活美好些,我也对生活充满向往些。"他说话的神态与表情常常让她不能自已。

有时扶苏在想,她不要有那么多顾忌就好了。可是,她偏要有那么多顾忌。

又是一年夏天时。一天,郑朗问扶苏:"你要一株兰花吗?"

扶苏笑着说:"能看到的兰花都被人挖光了,全吃了。"

"我在山上看到了一株不同的,开着奇异的花,你可以不吃它,把它养起来。"说着,郑朗又意味深长地看了她一眼说,"而且那花的味道很香,你一闻到它,你不用吃就饱了。"

扶苏似乎从他的话里又听出话外的味道,他话的意思是只要一看到花,闻到花的气味,她就想到了他,想到他的时候,不吃她也就饱了。她为了他这心思而甜蜜。

为了那株兰花,他们翻到了深山里去。哪想到,那株兰花生在又高又陡的悬崖上,悬崖下面便是一潭一潭的壶穴,那潭水幽深碧绿,似乎深不见底。那峭壁上几乎找不到通往兰花的路。望着那株纤细的花,闻着那奇异的花香,郑朗对她说:"我试试看。"

"我宁愿不要它。"扶苏看着那悬崖和壶穴说。

"我还是愿意试试。"他固执地说。

扶苏无法阻拦他。便担心地看着他从壶穴左侧的悬崖上往上攀,越攀越高,越攀越高,到达第一个壶穴后,他沿着峭壁往上爬到了第二个壶穴上。眼看一伸手就可以将那株兰花挖出来,结果他脚下一滑,整个人就滑了下去。扶苏吓得尖叫起来,以为他要掉进那深不可测的潭里去。郑朗也吓了一跳,掉到潭里去还好,大不了游上去,掉到石头上,他就完了,摔死也还好,不死,便生不如死。情急中他拉住了一根藤,那根藤有些年头,似乎是为了他这一滑而长的,藤的一端缠绕在悬崖顶上的大树上,一端披挂在悬崖间的古松上。这根藤不仅救了郑朗,还让他顺利地挖下了那株兰花。

当郑朗从悬崖上下来时,扶苏却给了他两拳:"谁让你去挖它,谁让你去挖它?"郑朗开始任她打,打了几下后,他彻底控制不住,一带就将她重重地拖进怀里吻了她。这是他们第一次拥抱,也是第一次亲吻,似乎在这之前,他们早就已经拥抱了,早就已经吻过了。现在他们不过是在重复以往的拥抱和亲吻而已。他紧紧地拥吻她,似乎想要将她的整个身体都揉进自己的生命里。

那天,郑朗将扶苏带进他护林的小木屋。木屋中,他轻轻地,一件一件脱去了她身上的束缚后,然后温柔地对待她,在那里,他们第一次完成了结合。他们结合的时候,他们也都觉得,他们已不是第一次结合,在此之前,在他们各自的心里,他们已不止一次地结合过了。这一次,不过在重复他们之前的某一次结合,某一些动作而已。

# 五

可怕的亲密之后,他们发现彼此都一发不可收拾了。他们都一刻不停地想象着对方,想象着那既陌生又熟悉的拥抱、亲吻与结合。扶苏一直在丈夫那里被动地给予,被享受,那一切似乎在这里被颠覆了。这是一个完全不同的人,完全不同的亲密方式,完全不同的给予,还有索取。他似乎打开了她那沉睡于瓶中的千年灵魂。

他们在林中的相遇,不再是那种相对两相看的情景,而是点燃彼此生命中的焰火,然后让那火花把彼此照亮。他们开始一次次地沉迷在难分难舍的情欲里,林中的小木屋一次一次地成为他们沉浸爱河的伊甸园。

有时候焰火点完,他会轻轻地唤她:"扶苏。"她应了他。他会问:"你心里是有我的吗?"

"是的。"

"那是什么时候的事?"

"我不知道。"

"你不问问我吗?"

"那你呢?"

"从你为我别花的那一刻,我的心里就砰的一下震动了。"

"这怎么可能?那时候我们都不认识。"

"有一种感觉不是因为我认识了你。"

"那是因为什么？"

"那是因为遇上了谁。"

"比如呢？"

"比如，第一次看你时，我看你因别不上花，额头上冒出汗，我似乎就读懂了你那颗同我一样敏感的心。再之后，你跟我说那株凌霄花好看，我似乎又读懂了你一些。可是，当我想要向你表达一下我对你的关心时，你拒绝了我。"扶苏想起了那次送粮的事情。到底是她误解了他。可是那时，单凭她一个斗字不识的人，如何那么敏感时，如何觉得那是他在用自己的优势施舍时，其实她心里也是有着某种东西在作祟。

当他们一遍遍地在解读对方时，他们觉得他们其实并不孤独，他们早就浑然一体，早就像读书一样不停地读过对方。他们不仅一遍遍地在解读对方的心，还一遍遍地解读对方的身体，直到把对方从头到尾，从内到外地读个遍。

扶苏在读郑朗的时候，她看到了他身上的伤疤，一个个伤疤触目惊心。她指着他右肩的一处疤痕问："这个伤怎么来的？"

"这是孟良崮战役时中的枪伤。"

她抚着那伤口处问他："疼吗？"

"不疼。"

她又指着他胳膊上的一个疤痕说："这个是怎么来的？"

"朝鲜战场上中的枪伤。"

她抚着那伤口处问他："疼吗？"

"不疼。"

她又指着他左腿上的一个疤痕说："这个是怎么来的？"

"也是朝鲜战场上中的枪伤。"

她抚着那伤口处问他："疼吗？"

"不疼。"

说着，扶苏说："翻过来。"郑朗老实地翻了过来。她又指着他后背上一个斜穿过来的伤口说："这个是怎么来的？"

"还是朝鲜战场上中的，这个是弹伤，炸弹的碎片斜着进去了。"

她抚着那伤口处问他："疼吗？"

"不疼。"

她也看到了他那被冻坏了的脚指头。左脚的小拇指冻掉了一截，那一截脚趾上没有脚指甲；右脚的无名指与小拇指各冻掉了一截，也没有脚指甲。她看着那断趾，心里无比难受，抚着那断处问他："疼吗？"

"不疼。"

"你是石头吗，都不疼？"

郑朗笑了，然后他将扶苏搂过来对她说："因为每次受伤，只是让我受些皮肉之苦，并没有要我的命，这是幸。人说，你得到越多，就是曾失去太多，你失去越多，就是你曾得到太多。这是平衡的。战场上让我受皮肉之苦，就是说明我前世享受了很多，皮肉上从未受过苦，所以让我皮肉上受受苦。当我在劫后余生中遇到你，得到你，那说明我前世并没有得到爱与爱人，这辈子上天就把你赐给了我，无论有没有生活在一起，你都是我的。"

扶苏坐起来，一下扑进他的怀里。可是，他们的结合，到底是不符道德。这让她特别难过。

几年来，扶苏总是一个方向的行踪到底还是让她的丈夫起了疑心。尽管他木讷，但他并不傻，木讷的人一旦犯起轴来，十头牛也拉不回来，他不再让她上山了，一次也不让。她问他："谁来找吃的？"

他狠狠地答她："饿不死你！"

扶苏被囚禁了。她丈夫不允许她踏出家门一步。

郑朗在山上一日日地等着扶苏，左等她不来，右等她不来，今天不来，后天也不来。他不知道出了什么事情，都快等疯了。可是他又没法儿打听她。他只好夜间下山去找她。无数个深夜，他一次次地在她家门前徘徊，可是迟迟也不见她。郑朗觉得自己真的要疯了。有几次，他都想闯进去看个究竟。

直到一天，扶苏悄悄从房间里跑出来，他才见到她。一见面，他就急急地问她："这到底是怎么回事儿？"

"他发现了,每天都将我锁在屋里不让我出来。"

"那我带你走,离开这里。"

"可是还有孩子。"

"把孩子也带走。"

"他会疯了似的找我们。"

"把孩子留下。"

"我怎么舍得。"

"扶苏,再这样下去,我真要疯了!"郑朗说。说着他将她紧紧地搂在怀里。可是他们怎么办呢?搂着搂着,郑朗一下子又推开了扶苏,然后看着她的肚子,一段时间不见,她的肚子又隆起来了。他问她:"你又有了?"

"是。"

"又多了一个,你更是走不掉了。"他苦楚地说。

"每一个孩子都是身上掉下来的肉。"说着,扶苏压抑地哭了起来。

他不想看她哭,见她哭,他的心都碎了。他帮她擦了擦泪,刚擦了,泪又流了出来,他再擦,泪再流。这样看着她不停地流着泪,他心里终归不好过,他沉吟了一会儿说:"好了,我不难为你了,这事还是你自己来做决定吧!你来不来,我都在那里,一直等一直等。"其实他还想说:"我已死过了一次,或者很多次,再死一次也没多大关系。"可是他没说,他觉得这话一出,那似乎又在给扶苏增加更大的压力。他是男人,他觉得自己的承受能力远远要比她好。

几个月以后,扶苏生下了一个儿子。尽管孩子还小,但一生下来小模样已经出来了,这孩子既不像扶苏,也不像她丈夫。她丈夫看了孩子一眼就明白了,狠狠地给了扶苏两个耳光。然后恶狠狠地骂道:"你这个贱人,看你干的好事!以后你让我的脸往哪搁?"说着,他去抱孩子。一看他过来,扶苏就紧紧搂住孩子不放,也发狠地说:"如果你敢动孩子一下,我立刻就死给你看。"

木讷人犯起脾气来也是一件恐怖的事。他还是玩命地和她抢孩子。眼看孩子就要被他抢走了,扶苏尖锐地哭叫起来。两人正抢着,有个人突然闯了进来，一把就将那发疯的木讷人按在地上。他想反抗，可是，他在那受过训练，在战场上摸爬滚打过的高大身躯之下，根本动弹不得。

尽管那次，郑朗和扶苏说让她做决定，但到底他觉得这件事让女人做决定总不是一件负责任的事。可是他又不想让她为失去孩子而受痛苦。于是他就夜夜徘徊在她家门前，似乎为了能听到她的声音，为见到她一面而在这里出现。当听到她生孩子时撕心裂肺的声音时，他露出了他从没有的恐惧。他常听说女人为生孩子而死的事，他总担心，扶苏会不会也因为生孩子而死。她每叫一声，他就异常惊恐。好了，孩子落地了，也听到扶苏的声音了，他的心也落地了。可是随后他听到她丈夫暴跳如雷的声音，听到他的叫骂声，听到他们争夺孩子的声音，他没法儿再这么等下去，他就冲了进去。

# 六

两个男人进行了谈判。谈判结果，郑朗赔偿扶苏丈夫一笔钱，海棠与凌霄留下，扶苏和刚出生的婴儿他带走。

扶苏的丈夫不依。他说他一直穷，一直穷，可他志不穷。他只要人，不要钱，但是小婴儿可以让他带走。

那一刻，郑朗又望望扶苏，他那哀伤的眼神让扶苏想死的心都有了。到了这个地步，得什么，舍什么，最终还得她自己抉择。最后，她忍痛将两个女儿留下，带着婴儿和郑朗走了。临走的时候，郑朗说他会遵守诺言，付给扶苏的丈夫一笔钱，让他将两个女儿抚养成人。

当看着郑朗带着扶苏和孩子走出家门时，扶苏的丈夫愤怒地大骂着："你们这对狗男女，你们这对狗男女，你们害惨了我，你们会不得好死！"

郑朗与扶苏也觉得他们合伙干了一件十分不光彩的事，令人不齿，也都觉得自己不得好死。可是他们是那么深爱着彼此，觉得在认识了对方以后，都可以为彼此而活，就是不得好死，又有何不可。何况，人不得好死也罢，得好死也罢，反正迟早都得一死。只要他们活着在一起，死了也在一起，他们都宁愿不得好死。

他们又回到了林中的小木屋，回到让他们梦回、缠绵的地方。他们都觉得小木屋是他们新的人生的开始，也将是他们最终的归宿。只要在这一片小天地里，再苦再难，他们都能忍受，夫妻只有相知相爱，才是最幸福的结合。即使这结合让人唾弃，他们仍觉得这是最不违背人的生命规律，是最生态平衡的结局。

此后扶苏与郑朗又生育了两个儿女，孩子多了后，郑朗将小木屋拓了又拓，并用自己的智慧与勤劳为扶苏制作了一切他能够制作出来的家具与生活用品，每做一件，他就叫她："扶苏，你看，这个怎么样？"在扶苏的眼里，这个男人的一切都好，不然，她怎忍心抛夫弃女，怎忍心背上那些千人所指、万人所骂的罪名。

此后的几十年里他们相濡以沫，直到死，他们再也没离开过那座他们有了开始的小木屋。他们是相继走的，扶苏先走了，她走的时候，很安静，她坐在那把郑朗给她做的摇椅上，静静地就走了。当郑朗发现她坐在那儿一动不动的时候，他整个人都僵在那里，他忽又想起他带扶苏走的时候，她前夫说的那句话：你们这对狗男女，你们害惨了我，你们不得好死！他说好吧，就让我们这样不得好死吧。他在她的额头吻了一下，然后搬了一个小板凳坐在扶苏的身旁，拉着她的手陪她一起坐着。他们死的时候，刚好子女都不在。第一个发现他们的是他们的小儿子。小儿子由外面回来，看着大门敞开着，他爸妈就在门口坐着，他叫了他们几声，没一个人应他。走近了，他才尖叫起来。

尽管郑朗与扶苏真心相爱，尽管最终他们生活在一起扶持到死，但他们的结合最终是让人诟病的。而扶苏到死都不知道，由于她爱上了一个抗美援朝军人，令她与前夫所生的两个女儿都痛恨军人。那个曾令她十分疼爱的小女儿凌霄更是演绎了另一段令人感慨万千的爱与恨的故事。

# 绿手镯

## 一

凌霄带着孩子风尘仆仆地回到小沙村时已是傍晚，望着笼罩在晚霞中的家，她胆怯地停下脚步。她想，见了他们，我该怎么解释呢？解释我死而复生？当年我从这里狼狈逃走的时候，没打算回来，然而仅隔六年我就回来了，比逃走时还要狼狈的是，还带回了三个年幼的孩子。

正当她左右为难的时候，她的身体重心前倾，那重量几乎要将她拽倒。是安和闪正紧紧地拉着她的衣服，因长时间赶路，两个孩子都满脸尘土。此时，闪瞪着一双大眼睛怯怯地对她说："妈，我饿。"说着，嘴巴一撇，眼泪流下来了。泪水划过脸颊，在那满是尘土的脸上留下两道痕迹。安倒没哭，只是望着她，紧咬着嘴唇不说话。

看着又累又饿的孩子，凌霄很难过，眼泪也在眼眶里闪烁。他们的父亲死了，她因养不活他们，迫不得已才回来。路上，尽管她将食物都分给了他们，但她知道他们没吃饱。她将怀里的小女儿放下，搂着他们说："妈知道，马上就到家了，到家就有吃的了。"她知道饥饿的滋味，此时，她也饿得非常虚弱了。

安慰完孩子，她疲惫地站起来，竟有些头晕目眩。她担心自己倒下去，缓了一会儿后，才牵着他们的手向那座被晚霞笼罩着的房子走去。快到门口的时候,一层悲哀涌上来,随即她的脚步变得沉重起来。这道门,无论跨进跨出,都让她觉得悲哀。先前她还有借口逃避,如今已别无选择。

推门的时候,她的手似有千斤重。没想到门轻轻一推就开了。院子里没有人,她带着孩子往里走,正当她想着一会儿如何向他们开口时,一位身材微胖的女人从房间里走出来,看到她,那女人"妈呀"叫了一声转身就跑,手里的篮子也掉在了地上。凌霄和孩子也被她吓了一跳。

一会儿,一个瘦弱的男人从房间里出来,看到她,男人也惊恐地瞪大了眼睛。

凌霄往前走了走,苦涩地冲那男人叫了声:"爸,我回来了。"

男人后退了一步,惊恐地看着她说:"你是人是鬼?"

凌霄为当初自己做的孽感到羞愧,红着脸说:"爸,我没死,也没跳河,那年我只是想要逃走,把鞋子脱在河边骗了大家。"

她的话刚落音,男人突然吼起来:"你为什么要这么做?"当年得知小女儿跳河后,他们疯了一样在河里找她,可是,除了岸边的那双鞋,什么也没找到。当时,他比谁都伤心,那是他一直在心底疼爱的小女儿,只有他知道自己为什么那么疼她。生不见人,死不见尸,几年过去了,他们都以为她死了。得知她没死,他的惊讶大于惊喜,尤其在得知她演戏骗人时,他无法不愤怒。

看着怒气冲冲的父亲,凌霄更是为过去所做的事感到愧疚,可还是说:"就算所有的人不知道原因,您知道,因为她给我找了一个好人家。"这句话半是讽刺,半是挖苦,也说到了他的痛处,他顿时无语,随之黯然起来。他的身材本来就十分矮小,此时又好像矮了一截。当年他原本可以为她的亲事说上几句话,却因性格软弱,什么也没说。

之后,他才说:"我知道你生我的气。"

凌霄沉默着,她在生父亲的气吗?不,她在生自己的气。原本她有两条路可走,可她却选了另一条,她不知道先前的那条路是不是断头台,她却将自己推上了另一条路的断头台。

没得到回答,父亲仍不甘心,他想知道死而复生的女儿当年经历了什么,问她:"那年你是怎么走的,这些年又是怎么过的?"

他不问还好，这一问凌霄悲从中来，她想倒在他怀里大哭一场，但她忍住了。望着父亲，她知道无法回避那个问题，缓缓地答道："青槐带我走的。"

"青槐?"父亲有些意外，"他不是早就不见了吗?"

"在我出嫁的头一天他突然回来了。"她答。

"你怎么可以和他走?"父亲厉声问道。

"那时除了他，我觉得没有可说话的人了。"

父亲更生气了，愤怒地反问她："我们不是人吗?"。

"但你们都不听我说，我动不动还要挨打。"想到往日的处境，她的眼神凌厉起来。

父亲仍不依不饶地问道："他带你去了哪儿?"

"到处挖煤，哪儿能活就去哪儿。"

"跳河也是他的主意?"

凌霄惶恐地望了一眼父亲，她越回避这个问题，父亲越是揪着它不放，她只得答道："他说反正我就是一个姥姥不疼，舅舅不爱的人，这样大家以为我死了，就没有人会找我。"

一向懦弱的父亲突然咬牙切齿地说："混蛋，他凭什么做这决定。让他过来，我要问问谁给他的胆!"

"他不能来了。"凌霄审视着父亲，淡淡地说。

"为什么不能来，没胆来?"

"不，他死了。"她说"他死了"时很冷静，就像在说一个跟她毫不相干的人。

"死了?"这结果让父亲有些意外，他重复了一句，然后看了看躲在凌霄身后的三个孩子又问："怎么死的? 孩子又是怎么回事儿?"

"淹死的，孩子是我和他生的。他死后，我养不活这么多人，就厚着脸皮回来了。"凌霄答道，说着她的鼻子发酸，但她仍强忍着。

说到这，父女两个都黯然了。父亲本想指责她几句，但看着疲惫不堪、瘦得皮包骨头的凌霄，他将到嘴的话又咽了回去。他在想，她虽没死成，但已把自己折磨得像个鬼了。

当凌霄请求父亲给孩子们弄些吃的时,先前那个尖叫着跑走的女人出来了。她是凌霄的继母。之前她从房间里出来乍看到凌霄吓得半死,以为撞到了鬼,尖叫着就往回跑。进了屋,她诡异地告诉丈夫:"凌霄的鬼魂回来了。"

丈夫半信半疑地看着她。她又补了一句:"不骗你,就在院子里。"

丈夫出来后,她跟在后面。听清事情的前因后果后,她冲到凌霄面前,"啪"的就是一巴掌,然后说:"你不是死了吗?怎么又活了?还以为看到鬼了呢!既然装神弄鬼地出去了,还回来干什么?"

看到母亲被打,孩子们吓得哭起来。凌霄不语,只是无奈地看了父亲一眼。她不愿让孩子看到这场景,希望父亲将他们带走。

父亲连哄带抱地将孩子带走后,继母仍继续骂道:"不要脸的东西,走时一个人,回来居然还带回三个野种。都有汉子养你了,你还回来干什么?"说着,又给了她一巴掌。

"没见过你这么不要脸的人,把你放在金窝里你不待,偏要到粪坑里去跳高。居然还有脸回来,你还不如你妈,还敢假死,害得我们又是哭又是叫,拼命在河里捞你,把我们当猴耍呢?"说着,气又不打一处来,"啪"又给了她一巴掌。她越说越气,越气越打,手劲儿下得也狠,一巴掌是一巴掌。

一会儿,凌霄的脸就肿起来。被打骂,她始终不语,她觉得自己活该受罪,便直挺挺地立在那里,任继母打骂。她甚至为她的打骂叫好,巴掌落下来,她也感觉不到疼,却有一种淋漓感。她甚至希望苏家也来人打她,更希望英赫来打她,以还当年她对苏家,对他造成的伤害。她几乎带着求死的心理,希望被活活打死。站着站着,突然她什么也看不到、听不到了,接着眼前一黑倒了下去。倒下去的那一刻她竟然笑了,她以为自己要死了!

可是,她没死。等她醒来的时候,她父亲坐在床边的一张凳子上看着她,一脸悲凄。见她睁开眼,他舒了一口气说:"你醒了!"

她没应。躺了一会儿才问父亲:"孩子呢?"

"吃了东西都睡了。"父亲说,"孩子说你一路上都没吃,我给你煮碗面去。"

她拦住了父亲："我不饿。"没挨打之前，她还有些饿意，经过一番折腾，她反倒不饿了。

父亲叹了一口气，然后对她说："她打你也是因为生气，当年她觉得给你找了一个好人家，没想到你这么回报她。之前大家还都为你寻了短见难过，如今你回来，才发现被你骗了，她能不生气吗？我轻易不发火的人也被你气得要命，她在气头上，你也不要怪她。"他说这些话本意是为了安慰她，但凌霄听来，就像他在为妻子辩护。然而凌霄觉得已无所谓了，决定回来的时候，她已想过了，她的命运已是这样，什么不堪都要忍受。即便是死，她也无话可说，因为当年她和青槐联手制造跳河假象后，她就该死了。还有什么比该死更难受！

当父亲继续问她以后有什么打算时，凌霄答："我不知道。"说着她闭上了眼睛。

望着瘦削的女儿，这个中年男子无限哀伤，他觉得当初不能保护她母亲，现在也无法保护她，之后，他低沉地说："你的脾气不像我，但是这脾气只会让你受罪。"说着长叹一口气。

凌霄没接话，她知道父亲所指的脾气像谁，但她不希望像那个人，除了血缘，她不希望与她有任何关联。

他们沉默了一会儿。随后父亲又说："我已让人给你姐姐捎信去了，让她先把你们母子接到她那儿去，在这儿只会活受罪，唾沫都会将你淹死。"

瞬间，凌霄的眼泪掉下来。经历那么多的磨难后，她不禁在心底问自己，我为什么会走到这一步？

## 二

凌霄开始回忆。七年前，她十九岁，那年秋天，继母去乡里听戏，回来便将她叫到跟前，并前后左右地打量她。平时她习惯被她使唤来使唤去，就是没被这么看过。她被看毛了，像被针扎了一样浑身不自在起来。老半天，她才说："这怎么像相亲一样。"

"对，今天我就给你定了一门亲事。"

她很惊诧，姐姐嫁出去不到一年，这么快就轮到她了？她看着继母没说话。

她的反应让继母不大高兴，她说："你就不问问哪儿的，干什么的?"

她才跟着继母的话茬问了句。

继母得意地告诉她："乡里的，当兵的。"

听到"当兵的"三个字，凌霄的眼睛瞪起来，嚷嚷道："我不嫁当兵的。"从记事起，她对军人就有一种成见。这成见来源于她母亲，在她与姐姐还年幼的时候，母亲便抛下她们及父亲跟一个抗美援朝军人走了，之后再也没回来。她由最初的思念，变成仇恨，长大后，她不仅恨母亲，更恨军人。她不止一次的和姐姐探讨这个话题。所有的话题到了最后汇成三个字：恨军人。现在要她嫁军人，那是门儿也没有。

见她如此反应，继母生气地道："由不得你。"

"看看由不由得我。"

见她这气势，继母很生气："你想造反啊？我可是收了人家一块布料了。"

这句话也让凌霄气坏了："合着为了块布料就将我卖啦!"

"什么也不为，这亲事也定了。"

"凭什么呀?"

"凭我是你妈。"

"我妈?"凌霄打鼻子里哼了一声，她既不承认跟军人走的那个妈，也不承认眼前这个。

"哼什么？没教养的东西。没生你，可养了你，比你亲妈好多了。"

"那也没权要我嫁谁。"

"反了你了，看我有没有。"说着，继母因生气给了她一耳光。从小到大，她因脾气倔没少吃继母的耳光。

挨了打后，更坚定了她的决心。为此她找到父亲，坚定地对他说："爸，你得管管这事儿，不管谁决定，反正我不同意这亲事。"

她父亲叹了口气说："这是你妈给你定的亲，说人家家庭不错，孩子也不错，在部队还当了什么领导呢。"

"呸，她不是我妈。既然人家条件那么好，为什么会看上我们这样的家庭？"凌霄和她父亲犟嘴道。她本希望父亲能站在她的立场上，站到母亲被一个军人拐跑的立场上替她说话，哪想到，父亲不但不帮她，还要为继母说话。

"他要不是军人，你就没有意见啦？"父亲问她。

"那也得看我愿不愿意，一块布料就把我卖啦，凭什么啊？我又不是她生的。还有就是我不嫁军人，死也不嫁。"凌霄和她父亲争辩道，最后还不忘给他一击，"您倒是忘记我妈是怎么走的了？"

她父亲本来性格就内向，遭遇家庭变故后更不爱言语。平时几天都听不到他说一句话，偶尔说一句，那声音也缥缥渺渺的，像从山谷里传来一样。他慢腾腾地刚说了一句，凌霄恨不得能说上一百句。看着这个从小就又犟又倔的女儿，他真一点儿办法也没有。尤其看着她的模样越长越像她母亲，心里似有百般滋味在撕扯他。

正说着，继母听到了他们的争论走了过来。尽管她的眼睛小，还是狠狠地瞪了凌霄一眼说："不要脸的东西，替你找了好人家，你还不愿意了，我们那时候的亲事都是父母做主，即便我跟了你爸，还是父母替我做主。我们不替你做主，难道你自己找个野汉子不成。"

"找个野汉子也是我的事，用不着你管。"凌霄毫不示弱地反驳她。

她的话音刚落，"啪"一个巴掌又甩在了她脸上："小贱人，还蹬鼻子上脸了，这门亲事就定下了，嫁也得嫁，不嫁也得嫁。"

再次挨打的凌霄捂着脸看了父亲一眼，他没有说话。凌霄觉得看他也是白看，什么也指望不上，便哭着跑走了。

凌霄非常委屈，觉得没有一个人理解，或为她考虑，便坐在河边哭泣。正哭的时候，一个人悄悄地坐在了她身旁。她侧头看了看，是青槐。

青槐姓孟，与她同岁，是从小一起玩大的伙伴。虽然长得不好看，但是很仗义。凌霄小的时候，村里的一帮孩子时常将她母亲的故事编成顺口溜对着她喊。

她越是不让喊，他们越喊，气极了的她便追着他们打。他们仗着人多，游击一样四处转着圈地逗她，她常常被他们欺负得哭起来。那个时候青槐总是挺身而出，将一帮坏孩子赶跑，然后坐下来安慰凌霄："你别哭了，我把他们都赶跑了，以后我们不和他们玩，走，去我家玩去，我家没人欺负你。"

青槐也是个可怜的孩子，幼年时，父母便已去世，他跟着年迈的奶奶一起生活。奶奶八十多岁了，又聋又瞎，什么东西找不到就找他。一个天真的孩子不愿意天天对着个老太太，便整天往外跑。没人管教的孩子常常弄得又臭又脏，加上没有规矩，好一些的人家不许小孩儿与他玩。有时候那些孩子还欺负他。

自从发现凌霄和他一样也是被人欺负的孩子，那种惺惺相惜的感觉就来了。他们的童年便在互相陪伴中度过。

长大后，青槐长成一个瘦瘦高高的小伙子，模样比小时候周正多了，人也变得干净了。凌霄呢，长得亭亭玉立，相貌端庄俏丽，身上有着一种令人难以忘怀的楚楚动人劲儿。

一个春日的下午，他们俩站在房檐下看燕子在那里飞来飞去做巢，他们仰着头看燕子。青槐先是看燕子，然后开始看她，她那仰起的长脖子以及玲珑的身段在阳光的沐浴下显得特别美好。趁她不注意，他在她的脖子上亲了一口。凌霄被吓了一跳，然后就追着打他。他故意往柴房里钻，待凌霄追到里面，他顺势将她拉到柴堆里彻底地吻她。

那是他们的第一次亲吻，初吻让两个情窦初开的青年觉得既甜蜜又美好。

不久，他想在凌霄的身上体验点别的，遭到她的拒绝。她觉得，不能什么都依他，不然她还有什么分量。一次，为了让他冷静下来，她还狠狠地踢了他一脚，问他有完没完！

她的坚持很有效，至少拒绝让他有些畏惧。这让她感到，有时候，你若是坚持某种立场，别人便不敢拿你怎么样。

# 三

凌霄正哭的时候,看到青槐坐在身边,便生气地对他说:"他们居然把我定给了一个军人!"

好半天,青槐才苦涩地说:"那不是挺好的嘛! 这年头,他们都说军人好,工人好,嫁个军人或工人,以后饭碗就有保障了。"

不知道他是故意气她,还是说风凉话。她狠狠地白了他一眼说:"我嫁谁都不嫁军人。"

"嫁谁都不嫁军人?"青槐苦涩地说:"那我早想娶你,是你不嫁吧!"

凌霄也急了,瞪着眼睛说:"你去我家提亲,他们同意我就嫁你。"

提亲,他倒是想呢,拿什么提? 他没有任何资本,过去不但提亲不成,还要挨一顿羞辱,他何苦呢? 他坐在那里老半天没说话。

见他不说话,凌霄又哭起来。他被她哭得手足无措起来,怎么办呢? 他想拯救她,也想拯救自己,可是他谁也拯救不了,这让他非常苦恼。后来,他坐近了一点儿,坐了一会儿,索性将她搂在怀里。他觉得这会儿,只能给她这个了。凌霄安静了一会儿,然后,又提起刚才的话题:"你去我家提亲吧?"

他不得不叹着气说:"你真天真,你父母会答应我吗?"

"这是我的事。"她赌气地回他。

"哼,是你的事,但是你的事你做不了主。"青槐也回击她。

这倒是真的,自己能做主的话,她就不会这样难过了。她又苦恼了一会儿,突然说:"我们私奔吧?"

听到这提议,青槐用审视的眼光看了看她,然后慢吞吞地说:"私奔,我们能到哪儿呢? 又没钱,又没地方,两个人去喝风吗?"

"随便哪儿都行,我们有手、有脚,只要勤劳,就不会饿死。"凌霄说。

青槐感到很茫然,他不识一个字,去哪儿呢? 如果在外面活不下去,他们还能回来吗? 他没有给她答复。

看他像个石头一样沉默,凌霄急了:"行还是不行? 说个话!"

"我不知道。"半天青槐才慢吞吞地挤出几个字,而且声音轻得几乎听不见。

瞬间,她对他生出一种鄙视来。觉得这是一个多么胆小的男人啊。于是,她站起来,气呼呼地走了。

似乎是为了和他置气,尽管不乐意,凌霄还是在家人的安排下见了军人。

这个叫苏英赫的军人比她想象中的要好。虽然小伙子皮肤黝黑,个子不高,但是相貌很英俊,军人的气质也让他显得与众不同,而且他的眼睛长得好看,像会说话一样,看人的时候闪闪发光。她刚对他产生了一点儿好感,想到他的身份,随即愤愤不平起来。

相亲后,军人对凌霄十分中意,归队前又来她们家几次,其间还教了她一些字。军人走后,凌霄发现,青槐不见了。开始她以为他在耍小性子,便也不见他。后来才知道,他真的不见了,像在人间蒸发了一样,谁也不知道他去了哪里。自从军人教了她一些字后,她觉得他不该叫青槐。因为军人在教她"槐"字的时候,是将"槐"字拆开来教的,所以她对这个字印象特别深刻。她就想着有一天,在青槐的面前气气他,气他,她会识字了,气他,名字里的鬼东西。现在,她就觉得,应该把他名字里"槐"字的"木"去掉,这样他就变成了青鬼,鬼自然说没就没了。

她庆幸自己识了一些字,现在她认识自己、姐姐、军人和青槐的名字。这让她感到自豪。

第二年冬天,苏家以儿子二十八岁为由,来赵家商量把婚事办了。继母也想把这桩婚事早点儿定下,便一口应允下来。

婚期定下来的那天下午,凌霄一脸悲戚地对父亲说:"爸,这事您得管。"

父亲正在门口修理一张凳子,听了她的话,他停了一下手里的活,望了望她,又接着修起来。边修边说:"你妈做的决定,我说了也没用。"

"我不能嫁给一个军人。"她继续重复着这句话。

"你先前不是同意,还见了面吗?"

"我那是为了气……"她没敢将话说完。

"气谁?"父亲抬起头问。

"气我自己。"

父亲没再接话。他不说话还有一个原因,就是他见过英赫,除了军人的身份,他对他没有挑剔。

最终凌霄见胳膊拧不过大腿,还是妥协了。

父亲虽然沉默,还是给凌霄准备了嫁妆。苏家则准备新房与婚宴。眼看第二天就是凌霄的大喜日子,青槐却在这个时候冒了出来。

那天上午,凌霄打河边经过,青槐出现在她面前。突然看到他,凌霄愣了一下,然后狠狠地打他,边打边说:"我以为你死了,我以为你死了!"

青槐先是不说话,任她打着,然后一把将她拖进怀里吻她。凌霄很生气,用力推开他,瞪着眼说:"你疯了!"

青槐这才说:"对,疯了!"

"你还知道回来?"

"再不回来,你就是别人的人了。"

"晚了,明天我就嫁人了。"

"没嫁过去就不晚。"

"不晚还有什么办法?"

他突然低声下气地说:"凌霄,我真的想娶你。可我没钱,这一年多我去外面赚钱,就是想回来娶你。钱很难赚,我刚存了一点钱,回来就听说你要嫁人了。"

凌霄着急地跺着脚说:"早不回,晚不回,现在怎么办?"

"现在就算我拿钱放到你爸妈面前也没用了!"青槐看着她说,"但是有一条路可走。"

"哪条路?"

"私奔。"

这话之前凌霄提过,当时他不同意,现在竟轮到他来提了,她不禁问他:"你确定?"

"确定。"

于是,他们商量着私奔的方案。商量时,青槐俯在凌霄耳边给她出了一个主意。

起初凌霄为这个主意感到兴奋,转念一想觉得不妥,便说:"若这么着,以后我就永远不能回来了。"

"你还想回来吗?"他以为她变卦了。

凌霄想了想,觉得父亲对她并不关心,姐姐出嫁后也很少回来,便答道:"不想。"

"那好,你把鞋子脱到水边去。"

凌霄瞪着眼睛说:"我还得回去拿些东西。"

"你不能回去,家里的东西也不能带。"

"我总得带几件衣服和要用的东西。"

"东西出去再买。为了让他们相信你跳河,你什么也不能带,不然就露馅了。"

凌霄犹豫了一下,还是听了他的话,将鞋脱在了河边,便跟着青槐悄悄地离开了村子。

这一去就是六年。

想到这儿,凌霄闭上了眼睛,她觉得这六年像一个噩梦,她时刻都想从梦中醒来,可是总也睡不醒。直到青槐意外死去,她才像从噩梦里突然惊醒。

# 四

天刚蒙蒙亮,海棠就来了,见到失而复得的妹妹,她喜极而泣,抱着凌霄痛哭起来。边哭边说:"你为什么这么做?为什么这么做?这几年我难受死了,就是走,好歹和我说一声也好过些。"

昨天被继母打骂时,凌霄没掉一滴泪,后来在父亲面前哭了,此时跟着海棠又一起哭起来。可是,她和海棠哭的不一样,一个哭她回来了,一个哭的是自己的命运。关于出逃,凌霄没有解释,因为她不想解释,觉得任何语言都无法解释她的荒唐行为。

凌霄和孩子被海棠接到了她们家。

姐夫是个憨厚的人，总是未语先笑。见到凌霄和孩子们时，他还是被凌霄的瘦惊到了，从没见她如此瘦过，一层皮包着一架骨头，似乎用一根指头就能将她戳倒。因为瘦，她的眼窝深陷，眼睛尤显得大，下巴也尖得像个锥子，简直不忍直视。可他仍不动声色地笑着对凌霄说："你可回来了，你姐想你都快想坏了。"

安顿下来后，凌霄发现，姐姐家并没有比先前改善多少，住的依旧是两间不大的阁楼。楼下烧饭和堆放杂物，楼上住人。她们的到来，让房子显得更加拥挤。

住了两个月后，凌霄总觉得不大自在，她们来后将姐姐家的房子占了一半。她三个孩子，姐姐家三个，六个孩子总让她觉得房间里有几十口人似的。而且人多粥少，吃饭成了问题，每天看着姐姐为一天的吃喝忙碌，她就心塞。

每天她也和海棠一起抢着干活。那天洗衣服时，看到海棠那双布满茧子的手，她竟难过起来。过了一会儿她说："姐，我想带孩子走。"

"去哪儿啊?"海棠诧异地问。

"哪儿都行，我不想这么一直拖累你和姐夫。"

顿时，海棠明白了，瞪了她一眼："你能去哪儿啊？在这儿吃的住的虽不好，但总比挨饿受冻强吧。"

"我知道，可我不是一个人，是四个人，也不是一天两天，我不想成为你和姐夫的累赘。"她说。

这些海棠和丈夫也都考虑了，一个没有收入的女人，带着三个年幼的孩子的确很难生存。他们也不能帮她一辈子，时间久了，总是问题。便对她说："不管怎么说，为长久打算，你还得嫁人。"

凌霄苦笑起来，然后苦涩地说："嫁人？谁会要一个带着三个孩子的女人？"

"先不急，我和你姐夫先打听打听，看看有没有合适的人家再说。"

她竟祈求地看着海棠说："姐,其实我不想再嫁。"

海棠疑惑地看着她问："青槐和你动过手吗?"自从她回来后,海棠还没敢和她探讨过这个话题。

"没有,但一直吵架。"停了一下,她又说:"日子过得不好,他很烦躁,把气都撒在我身上。"

"这几年你怎么过的?"

"像做了一个噩梦。"说着,她苦笑着看了看海棠。

海棠看着她,意识到她任性选择的路并不如意。可是当错已铸成时,已无法回头,只能浑浑噩噩地生活。如今回到家,她仍看不到希望,就更加消沉起来。海棠常常看着她一个人坐着,或倚着窗户发呆。作为姐姐,海棠既同情这个妹妹,可在某些问题上,她又帮不上妹妹。之后,她叹了一口气说:"你若是不嫁可怎么活?三个孩子!"

"我能活。"

"嘴犟,能活还回来?犯倔也是自己吃亏,你亏吃得还不够吗?况且我们那个家,你还能回去吗?"

"姐……"凌霄叫了一声,没再说下去。她能说什么呢?她自己酿了杯苦酒,谁会替她喝呢?

三个月后,凌霄嫁到姐姐村子隔壁的丰颂村。那男人比她大了二十二岁,老是老了点儿,让凌霄欣慰的是,他没有嫌弃她带着三个孩子。

晚上,他们独处时凌霄感到非常尴尬。此前他们仅见了一面,甚至都没有仔细看过,更没有说过几句话,现在却要与他同床共枕,这让她很忐忑。此时,她仔细地打量他。这是一个饱经风霜的壮实汉子,皮肤黝黑,长相粗犷,沧桑得都快赶上她父亲了。他先是低着头,抬头时见她看着自己,他冲她笑了笑。又坐了一会儿,他才对她说:"你还这么年轻,跟着我有些委屈了。"

看看他,凌霄默不作声,她能说什么呢?

接着他又说:"你还这么年轻,可我又老又丑。如果不是因为孩子,你恐怕不会选择我了。"

听到他话里的自卑,似乎为了安慰他,凌霄这才回道:"年轻有什么用呢?又不能当饭吃,只会犯一些无法挽回的错误。"

他看着她,嘴巴张了张,没再说下去。

婚后,对这个丈夫,凌霄没有什么可说的,他很老实,又很勤快。每天天一亮,他就起来到田里去干活。有时,他还会把早饭烧好。回来,他也很体恤她,对她什么都不挑剔,无论吃的、穿的,凌霄给他弄什么,他都很乐意。对孩子,他也很疼爱,常常给他们带些吃的、玩的回来。

但是,他们之间的交流并不多,每天也说不了几句话。对此,凌霄认为,差了二十多岁,就像差了一个爹一样,而且他的话不多,即使能说,他们又能说什么呢。她的话好像在某一天说完了一样,现在已轻易不开口。但每天,凌霄都将家里收拾得井井有条。每天,天一亮,她就起来忙活,烧饭、洗衣,为大人孩子准备吃的、穿的。有时,她也带着孩子跟他一起到田里干活。

有时村里也有人和他们开玩笑,他们叫着他的名字说:"李壮,艳福不浅啊,人到中年娶到这么一个漂亮媳妇,你前世烧了什么高香啦?"还有人附和:"那是,这村里我就服李壮,婚不结就不结,结了就老婆、儿女全有了。"然后一群人就笑成一团。

听大家逗他,李壮也不说话,总是一笑而过。凌霄呢,更是不言不语。私下里,他还会安慰她:"村里人爱说笑,你别往心里去,他们没有恶意。"

虽然两人没有共同语言,但她很感激他的体贴与善良。

那天海棠过来看她,两姐妹坐在房间里聊天。

海棠问她:"他对孩子好吗?"

凌霄答:"好。"

"那就好,我还怕他对孩子不好,毕竟不是他生的。"海棠说,"对你呢?"

"也好。"

"粗鲁吗?"

"不,话不多,也很温和。"

"我很担心你受苦。因为此前他娶过一个老婆,后来不知什么原因老婆走了,我还担心他是哪儿不好。"

"我们很少说话，一天下来说不了两句，如果不是孩子，我们能把日子过成哑巴。"凌霄苦笑着说。

想着曾心高气傲的妹妹，再看看她现在的处境，海棠还是为她难过，她说："真是难为你了，年龄差这么大，怎么能说到一起去呢？"

"其实也还好，你不用担心，因为我也不是以前的我了。"似乎是为了让海棠放心，凌霄故作轻松，说着，她还搂了搂姐姐的肩膀。

两姐妹聊着聊着，就聊到了军人的身上。"还记得他吗？当初要娶你的那个当兵的。"海棠问她。这还是凌霄回来后，海棠第一次和她聊他。

乍听到提他，凌霄身子一抖，然后回道："当然。"说着，她略微抬起头，竭力带着洒脱的神情。

海棠说："虽然因为妈的原因，我们从小恨军人，但你那一步走得的确欠思考。"

凌霄望了望海棠，心沉落下去。她没有说话，在这件事上，还说什么呢。当初在她固执的心灵里，除了对军人存有偏见，没有其他。

"当年，得知你跳河的消息，他很快就来了。大家在河里找你的时候，我看到他的脸惨白惨白，像白纸一样，他不停地在哆嗦。后来，他向我打探你，问我知不知道你为什么要这么做。"

凌霄望了望海棠，依然不敢说话。作为她耻辱的部分，她一直在回避这个人，甚至不敢想起他。此时，姐姐提到这个人，她既想知道，又怕知道。

"我和他说了，说因为某种原因，你从小恨军人，是迫于无奈，才和他相亲订婚。他就什么都不说了。之后，他们去他家里闹时，听说他什么也没说，不管问他对你做了什么，他都不说。"

"去他家里闹，谁去闹？"凌霄疑惑地问。

"还有谁，继母和她的兄弟呗。"

"即使跳河也是我的事，和他有什么关系，为什么去他家里闹？"

"他们故意说他对你做了什么，害你跳的河。你知道，其实他们醉翁之意不在酒，他们就是借着闹事去抢东西，一帮人将他家里值钱的、大件的东西统统都搬光了。"

凌霄眼睛瞪起来："他们就这么任人闹，任人搬？"

"反正没有人阻拦。"

"后来呢？"

"婚没结成，家里又被折腾得不成样子，他很快就回了部队。听说因为这件事，他一直都没有成家。"

听到这，凌霄愣愣地看着海棠。她的手握紧了松开，松开了又握紧，她的心里充满痛苦与绝望，像有一张无形的大网罩住了她。

# 五

凌霄失眠了。这一夜，她的脑海里一遍遍地闪现着一个人的面孔、眼神、声音以及其他。

相亲会上，是她第一次见到苏英赫。那天下午，他们在家人的催促下曾一起走了一会儿。当时，他们沿着一条小溪直行。溪边的路很窄，仅能容一人通行，由于刚下过雨，远处的青山笼罩在一片白茫茫的雾中，近处路边的小灌木上，草丛上则挂满了水珠，他们一边走，一边被路边的小灌木摩擦着。走了一段路，两个人的裤腿和鞋子都湿了。但是他们全不顾，还是一个劲儿往前走，两个人一前一后，光走路却不说话，气氛显得有些怪。一路上，由于静，他们似乎都能听到彼此的心跳声。

他边走边揪着路边灌木丛上的叶子，揪着揪着到底忍不住，叫了声："凌霄。"

她停住脚步却不回头。他说："你不回头看一下吗？"她这才回过头来。他将手里刚摘的一朵山茶花递给她，雪白的花上还挂着晶莹剔透的水珠，十分俏丽。他说："你看，多清新的花，像你。"凌霄抬头看了看他。他冲她笑着，露出一排雪白的小牙齿，那牙齿像贝壳一样。怀着对军人的偏见，她对他视若无睹。为了不看他，她又低下了头。

缓了一会儿，他又说："其实之前我见过你。"

她认为他是没话找话，便故意问道："见过我，在哪儿？"

"小沙村,我姑姑嫁到了你们村,上一次探亲回来我去看她,那次在河边上见过你。当时,你穿着一件白衣服站在雨里淋雨,就像这朵山茶花一样楚楚动人。"

凌霄没说话。她想起来了,那次因为一件不值一提的小事,她被继母打了,父亲又不向着她说话,她感到委屈,便赌气似的跑到外面淋雨,希望自己生病死掉。此时听到他将自己比喻成山茶花,她没觉得那是夸,却觉得像是奉承。忽然她想到了母亲,是不是当初她遇到的那位军人,也是这么奉承她,便打动了她。她可不是母亲,三句好听的话就将她哄得团团乱转。

那天她回到家后,已经很晚了,继母与父亲还没睡,看上去都很高兴。继母还向她打探情况,似乎觉得她的这件亲事成了后,会给他们家带来无限荣耀。赵家的女儿,老大嫁个和赵家一样穷的农民,到底没有什么好炫耀的,如果老二嫁了个军人,那就不一样了。军人多有保障啊,最起码吃饭不愁了。他们说出去,有个女儿嫁了个军人,脸上也有光彩。

看到他们高兴的样子,她怎么也高兴不起来。想到一连几天青槐连个影子都没露,她就很生气。当初他对她可是说着许多甜蜜的话,并说要娶她,如今真要他娶了,他却吓跑了。现在他居然把自己藏起来连头都不敢露了。她越想越生气。

这天,她正在房间里生闷气,小杰站在门口笑嘻嘻地说:"二姐,那个人来了。"

小杰是继母所生,长得像她母亲,长脸,小眼睛,一笑起来,眼睛眯成了一条缝。因从小就常常由凌霄来带,他对这个姐姐很亲近。

她问他:"哪个人?"

"还有哪个人? 你未婚夫呗!"

瞬间她就知道是谁了,还吓唬他:"去,再敢说一句,看我不打你。"小杰冲着她一吐舌头跑走了,在门口还差点和英赫撞在一起。

英赫站在门口,腼腆地冲她笑了笑,问她:"我能进来吗?"

人都来了,她能不让他进吗,便说:"进来吧!"

"你看,我不请自来了。"他说着,为自己的不请自来不好意思起来。

让英赫进到房间里后，她又有点不耐烦，无理的话差点脱口而出。她沉默了一会儿，因生青槐的气，竟赌气似的对英赫温和起来，并主动和他说话。

见她态度有了转变，英赫也很高兴。房间里他们轻轻地交谈着。后来他聊起了军队，聊起了自己的兴趣爱好。当听到他在部队闲下来的时候喜欢看书、写字时，凌霄不再说话了。他以为她生气了，并寻思到底哪一句说错了，可是找了半天，也不知哪句没说好。好一会儿才问她："我说错什么了吗？"

她没好气地说："我没读过书，也不识字，自然没有你那兴趣爱好。"她说这些话，一半是因为羡慕他会读书，一半是因为自卑。

他顺口就问，"为什么不读书？"问完他就后悔了。

她瞪了他一眼，气呼呼地回他："你以为什么人都能读书？"说着她有些难过地低下了头。

英赫觉得真不该提这个话题，在农村，多少人家的孩子才有机会读书，他告诉她看书、写字，难道是为了炫耀自己比她优越吗，还是故意让她难堪？他绝对没有这个意思。他只是想多找些与她聊天的话题。

见她半天不说话，英赫想挽回这种尴尬场面，便说："没关系的，我会教你的。"她没有表示什么，只是忧郁地看了他一眼，又将头低了下去。正是这眼神，让英赫情不自禁地握住了她的手，握了一会儿，然后将她的手拉到唇边吻了吻。这一吻，凌霄又抬起头来，她的眼睛竟红起来。

凌霄是为自己没生在好的家庭里难过，她倒是想读书呢，可是当年在她提出读书的时候，她父亲断然拒绝了。她母亲走的时候，那军人倒是给了她父亲一笔钱，可是那笔钱全被他娶妻用了，即便没用完，也轮不到她来花。而且那笔钱无论怎么用，都让他感到沮丧。凌霄想的是，如果她能读书，也不会像今天这样，任他们摆布。凌霄竟越想越难过，想着想着，眼泪不争气地出来了。

凌霄含泪的模样竟让英赫柔情万千，他再次对她说："没关系的，我会教你的。"然后轻轻地将她搂进了怀里，并吻了她。凌霄没有拒绝，那一刻她需要一个依靠，并仰着头，任他吻着。她竟觉得那吻与青槐的不一样，他的唇间有一股男性的清新气息,像清风一样在她的齿间回荡,竟让她感到特别美好。而且在那美好里,她多少有些慌乱。

随后的几天,英赫又来了几次。他提议教她识字,她竟同意了。他还细心地带来了笔记本和笔。当他将本子和笔放在她面前时问道:"你想从哪儿开始学起。"

凌霄想了想说:"从我的名字吧。"

他便教了凌霄几个她想知道的名字。并手把手地教她写字,从笔画到写字,一笔一画都教得非常认真。等他归队的时候,她学了将近二十个字。

再次见他,是在第二年的冬天。那次英赫被父亲催回来办婚事。他到家的那天晚上,就马不停蹄地来看她。

他来时,还带来一大堆的礼品,从大人到孩子的都买到了,有吃的有穿的。继母看到一大堆的东西,高兴得脸都发亮,她一边将礼物收下,一边还客气道:"来就来了,还拿什么东西啊?"说着,赶紧叫凌霄出来。

当见到凌霄时,他竟有些腼腆,并为自己的心急不好意思起来。回来的路上他计划着见到她时,要给她一个热烈的拥抱和吻,可是,在见到她后,军人的节制,又让他担心过于粗鲁与疯狂会吓到她。他站在房间里先是看着她笑了一会儿,然后才将她一把搂进怀里,随后陷入那甜蜜的吻里。

凌霄接受着那像风一样清新的吻,内心里却有百种滋味。她很矛盾,她一面抵抗军人,一面又接受着他所给予的亲密。潜意识里她觉得是青槐加剧了她与军人的接触,他走了一年多,至今没有消息。她在半赌气,半迷惘的情景下接触了军人,表面上她接受了军人,心里仍顽固地对军人存有偏见。

因为一提起军人,她就条件反射地想起母亲。当年,母亲和军人走了后,父亲为了照顾她们姐妹,又娶了继母,她们对母亲的恨又加深了一层。因为自从继母到了他们家,两姐妹的日子就没好过过。她不仅常常让她们饿着肚子干活,还常常无缘无故地打骂她们,不仅如此,有时候她还在她们的父亲面前搬弄是非,鼓动父亲再教训她们一顿。

从那时起,她在痛苦的煎熬中,对母亲埋下仇恨的种子。尽管母亲走后多次向她们示好，她们也不肯原谅。她依稀记得，母亲走后，曾托人送了几次东西给她们，由于恨她，父亲当着她们的面就把东西扔到了河里。母亲也曾让人送信，说要见见她们，也被阻止了。父亲还扬言："就算她死了，你们也不许去见她。"

这么多年来，她一直恨着军人，自然不想嫁给身为军人的英赫。虽然在他的拥抱里，山泉般的吻里，温柔的眼神里，她也有着异样的感觉，但她觉得那不是爱，仅是迷乱，她对军人的恨没有停止过。现在青槐跑了，她感到孤立无援。她的不反抗，仅是委曲求全，为的是不被继母的巴掌挥来挥去。

那天晚上，英赫一直在她的耳边说着绵绵情话。他一再地告诉她，他非常思念她。"每天在机场看到飞机在头上飞，我就想着，飞机把我带走，带到你的身边来。"说着，他捧起她的脸吻她。在他的拥抱与吻里，凌霄则始终默不作声。要不接受着他的给予，要不就端详着那张欢天喜地的脸。她怀疑他怎么能这么高兴。走时，他将揣在口袋里的一只绿色玉手镯给她戴在手上，并问："喜欢吗？"

当时她望着他，没说话，只是点了点头。那是她人生当中收到的最正式也是最贵重的一件礼物。他走后，她曾试图摘下它，可是手镯太紧，她把手都弄疼了也未能摘下。后来，她便一直戴着它。

凌霄想，如果不是青槐在她结婚的前一天回来，她可能就嫁给他了。可是，命运就那么安排了，青槐回来了，而且她听从了他的安排。离开小沙村时，他们又上演了一出让所有人都相信的蠢戏。她是在几年之后，才体会到自己的愚蠢。

有了这种感觉后，她一直在回避这个人。有时，她会在恍恍惚惚间想到那张英俊的脸，那双发亮的眼睛，挺拔的身躯，腼腆的笑，贝壳一样的牙齿，还有那些拥抱，那些如山泉般清新的吻，以及他温和地教她识字的模样。多年之后，她才意识到，几乎从开始她就没有拒绝他。可是那时，除了对军人有成见，她像瞎了一样，什么也看不到，什么也感受不到。所以此后她将自己所遭遇的一切都归为报应。

# 六

凌霄仍陷在回忆里。当年，当无知的她以假跳河的方式离开小沙村时，曾沾沾自喜。她觉得自己终于解放了，终于离开了那个一直不自由的家，不再被继母挥来挥去。

她跟着青槐先是去了河北，后来辗转去了山西、内蒙古，然后又去了河北。他们像狩猎一样，哪里有猎物，就往哪里迁徙。在四处迁移的过程中，他们生下了一个儿子、两个女儿。

刚离开家的时候，她还沉浸在不知天高地厚的喜悦里，像出笼的鸟儿一样，觉得自由了。为了让自己的小家过得像样，开初，她也勤奋地打理着自己的家。但为了生活，他们过的始终是一种颠沛流离的日子，总是从这个煤矿到那个煤矿，从那个煤矿再到下一个煤矿，像耗子搬家一样，拖家带口，不停迁移。青槐呢，为了养家，天天在地底下掏煤，常常弄得像个黑鬼。随着孩子一个一个出生，他们的日子越过越艰难。

身体好的时候，她还能忍受。有几次她病了，其中一次病得特别厉害，她软绵绵地躺在床上，怎么也爬不起来。孩子没人管，饿得哇哇地哭，她也跟着哭。很多次她想家，想父亲，想海棠，可是她回不去了。她觉得她与青槐一起干了一件十分缺德的事儿，他们不仅把自己害惨了，也把许多人都害惨了！有时，她也会想到英赫。她的作死的出逃，或许对他的伤害最大。他对她怀着一腔热情，可她却那样对他。一想到他没有错，她却将对另一个人的恨强加在他的身上，让他承受过错，这种认识让她感到非常沉重与难过，有时，她被这沉重压得喘不过气来。

她曾不止一次地想，这是一条我自己选择的路，我幸福吗？我们幸福吗？或许应了那句话，"幸福的家庭都是相似的，不幸的家庭各有各的不幸"。

她与青槐时常为了生活琐事争吵。每一次吵架，青槐总要赢，吵不赢的时候，他的粗俗就暴露出来。他常常拿话挖苦她，刺激她。每到吵不赢的时候,他总是愤恨地说:"你现在和我吵得这么厉害,后悔了吧,是不是想着嫁了军人,会比跟我到处流浪好过些?"

她不愿听他说这些话,也不想听到他提军人,便提醒他:"这是我和你的事,我不希望你提起过去和扯到别人。"

这句话又惹到他了,他更来劲了,"为什么不能提?你肯定常想着那个人。"

凌霄已努力回避英赫,青槐屡屡提起,这让她很生气,他每提一次,就好像她的伤疤被再次揭起。凌霄便每次向他声明:"我再告诉你一遍,这是我们的事,不要把别人扯进来。"

可是青槐不听,还是要说,"哎呀,凌霄,你真是可惜了,那是一个军官啊,跟着他多好啊,不仅吃穿不愁,还能教你识字,现在倒好,什么也没落着,你是吃大亏了!"

"你名字里的那个'木'真该去掉。"见他没完没了,她生气起来,也故意气他道。

果然,这句话戳到他的痛处,他扔下手里的东西,瞪着眼睛叫道:"赵凌霄,我告诉你,别识了几个字就在我面前显摆。还居然叫我青鬼、木鬼,对,我迟早会变成鬼,你也会变成鬼,我们都会变成鬼,变成一堆臭肉。"

她不理他。说着说着,他好像还不解恨,竟又把她母亲搬了出来:"其实你妈比你聪明,她知道找个军人,那军人一定给了你爸给不了的东西,所以你妈就抛弃了你们。"

她最恨别人在她面前提母亲,以及母亲跟一个军人跑了的事。那比揭她的伤疤还令她难受,顿时,她被气得眼泪流出来,她问他:"你能不能像个男人一样,对女人包容一些,忍让一些,不要这样斤斤计较?"

看她流泪,他一点都不心疼,总觉得女人流泪不是软弱,而是博取同情,便说:"哟,男人就不是人啊,为什么男人要让着女人?我让着你,包容你,谁让着我,包容我啊?都是人,为什么一定要我让着你,这没道理!"

一次,青槐盯着她手上的那个绿手镯看了半天,问道:"镯子是你当初的定情物吗?"

她没理他。

"问你呢,镯子是他送的吗?"他提高了声音。

"对,他送的。"她也不甘示弱地看着他说。

"为什么不摘下来?"

"摘不下来。"

他冷笑道:"没听说有戴上去摘不下来的东西,是不想摘吧?"

她也生气道:"行,你来摘。"

他当真冲过来要摘。他抓住她的手,使了半天劲儿也摘不下来,把她的手都攥肿了。于是他生气起来说:"我就不信摘不下来。"说着,他出去捡了一块砖头,要将那镯子敲下来。

见他如此,凌霄更气了,她觉得他分明敲的不是镯子,而是她。一砖头下来,镯子断了的同时,她的手腕可能也断了,便阻止他敲,为此两个人又吵了一架。

天长日久,她终于明白了一个道理,粗俗的人就是粗俗,你没法儿让他不粗俗。可是怪谁呢?当初倒是有一个不粗俗的人在那儿等着她,她偏要不知死活地和一个粗俗的人在一起,这是她自找的。明白了这个道理,她便不再与他争论。

青槐有时候觉得自己占了上风,便扬扬得意,还要说一些更加恶毒的话出来气她,为他那没日没夜掏煤找一个发泄的出口。

偶尔,青槐也觉得自己太得意了,念在凌霄为他生了三个孩子的份上,有时候怀着愧疚的心对她说:"凌霄,我觉得自己太窝囊了,不管怎么干,都不能让你和孩子过上好日子,有时候还要故意说一些恶毒的话来气你,可是怎么办呢?不拿你出气,我拿谁来出气。有时候我累得像条狗一样,还喂不饱一家人的肚子,想想我就生气。有时候我和你发火,你也不要太放在心上。"可是过不了几天,不知因为什么,他又眼睛不是眼睛,鼻子不是鼻子地闹起来。

他们总是在吵吵闹闹中度过。青槐的死毫无征兆。那天,他从矿上回来,弄得又脏又黑。洗手时他对凌霄说:"天很热,我得到河里洗个澡。"说着,进屋拿了毛巾和衣服就出去了。可是,天黑了他还没有回来,凌霄担心起来,便叫了他的工友到河边去找。

在河边,他们只看到他的鞋和衣服。凌霄的心顿时凉起来。那天晚上,许多人都来到河边。他们拿着矿灯、手电筒在河里找着,水性好的还下到河里,等将他从河里捞上来时,人已经硬了。

看到他僵硬地躺在那里,凌霄痛哭起来,为他,为孩子,也为自己!以后他们永远不再吵了,但她成了寡妇,孩子也失去了父亲。尤其想到,她在失去倚靠的同时,甚至连家也不能回了,她感到悲哀。对于家里的人来说,她已经死了。略显戏剧的是,当年她离开小沙村时,青槐让她制造跳河假象,可是现在,她没死,青槐却死了,她觉得这或许就叫报应,是命运对她的报应。她越想越悲哀,哭得快晕了过去。

青槐溺水后,凌霄去矿上要钱。三番五次地要,也仅拿到他在矿上未结算的工资,多一分都没有。工友们看她带着孩子不容易,帮她将青槐葬了。

青槐被葬在一片荒野的小树林里,等工友们走了后,她在坟头又坐了一会儿。她不知道以后该怎么办,他死了,倒是无牵无挂,可她呢,葬完他以后,手里的钱已所剩无几,她带着三个孩子,又没法出去干活,几个月后,她们就会山穷水尽,到那时怎么办?她真后悔当初听了他的话,并有些恨他。

很快,凌霄就沦落为乞丐,他们常常过着饥一顿、饱一顿的日子,看着常常饿得哇哇大哭的孩子,她的心在滴血。后来随着消瘦,先前戴在手上摘不下来的手镯竟自己掉了下来。有一天,她将手镯拿到店里想要卖掉,价格谈好后,一种复杂而又矛盾的心理又促使她将手镯拿了回来。

小沙村是她最后的一根稻草。她决定回去的时候在想,不管我做了什么,最终那里才是我的家,哪怕所有的人都不能容我,只要我的孩子能活下去就行。

就这样,她回到了小沙村,几乎是带着就义的决心回来的。回来后,她的命运有了转变,虽然不是她理想中的一种,但她已接受了这个现实。

当从海棠那里听到英赫的消息时,这又触动了她的心事,让她陷入了更深的悔恨中。当年她不计后果实施了计划,只想着不让他们找到,却未想到其他。

这天晚上，当她从头到尾将往事回忆了一遍后，在想到英赫曾为她跳河悲伤后，她坚强的外壳被强烈的悔恨压倒了。她哭了，眼泪像一道无法控制的泉流顺着她的脸颊流下来。

# 七

此后，凌霄常常在悔恨中度过。一想到过往的愚蠢，她就痛苦不堪。有时，为了孩子，她又不得不强颜欢笑。

第二年，凌霄又生了个儿子。她丈夫很高兴。先前，他对她并没有期望太高，他娶她，帮她养孩子，只是想要有个家，想着将来有人养老。意外得了个儿子，让他喜极而泣。他眼里含着泪，想要向她表示感谢，却因嘴巴笨，不知说什么才好。憋到最后他才说："我很高兴，从来没有这么高兴，只要我活着一天，我就不让你们娘几个饿着，受屈。"这是他能说的豪言壮语了。

新添了一个孩子，凌霄谈不上高兴，还是不高兴。前些年，她跟着青槐，那是她选择的，可是他们整天吵闹，后来她厌倦了那样的日子。现在，她跟着李壮，这是她为活着选择的，他们从来不吵，但是她厌倦了自己。两年来，在隐秘的心灵深处，她清楚地认识了自己的过去。为她的愚蠢，她总是深沉地，不露声色地怨恨自己。

孩子未出生之前，她常常陷在一种无法自拔的悔恨与悲伤中。觉得青槐与英赫的不幸全是因为她，孩子的不幸也是因为她。越想越罪孽深重，越想越抑郁，有时候，她觉得自己病了，想要解脱，甚至想到了死。

一次她在河边坐了很久，那种死亡的欲念又来了。她无法摆脱。后来她在口袋装满了石头，并往河里走去，她觉得应该以这样的方式死去，不是为做戏，而是向所有受到伤害的人谢罪，只有如此，她才能解脱。她一步步地向河里走去，河水漫过了她的脚踝，漫过了她的膝盖，漫过了她的腰，漫过了她的胸部。就在此时，李壮跑过来将她拖了上去。

他问她为什么要这么做。

她沉默着不说话。

"你怎么能这么做，你有没有想过孩子？"

她依然沉默着。

良久，他又无限悲哀地说道："我知道我很老了，配不上你，如果你不愿意和我一起生活，我也不会勉强你，但你不能这么做。"

最后，她才哭着告诉他那段往事与所受的折磨，想通过死来谢罪！

"可是孩子呢，他们不能没有母亲。"他说，"而且你连死都不怕，你为什么还怕活着？"

一句话惊醒了她。是啊，一个人如果连死都不怕，还怕活着吗？此后，她再也没有想到过死。

家里又多了一个孩子，她明显忙了很多。从早忙到晚，忙着烧饭、洗衣、喂奶、收拾家务，到田里干活。大的孩子玩着玩着，有时还会打起来。那天，闪把安的脸给抓破了，她把闪叫到跟前教训起来："为什么抓哥哥？"

"妹妹把他的东西丢到水里，他说是我！"闪跺着脚说。

"那也不能抓他啊。"

"谁让他冤枉我。"

"你看哥哥的脸都流血了，要是你怎么办？"

"嗯，嗯，我就哭！"闪摸了摸头，想了想说。

"哭没用，赶紧向哥哥道歉。"

这边打架刚调解好，那边小的从床上掉下来了。

小儿子稍大一些的时候，凌霄常陪他在门前的空地上玩。这天，小儿子在地上捡石头，她也陪他一起捡。头天夜里刚下过雨，大雨冲过的沙地十分光洁。她拿起一块石头在地上画起来。画着画着，陡然发现，她画的竟是字，是海棠和她的名字。她没写青槐，她认的字中，青槐两个字她记得最牢，却是她最不想写的两个字。突然她想起英赫，不由自主地在地上比画了一下，发现已不会写他的名字。越是想要知道，越是想不起来。想到最后，她开始发慌起来。为什么要写他？她感到一种不可名状的恐惧，仿佛有一股迷雾从四周笼罩上来。她看着地上画下的一堆乱七八糟的线条，迷茫起来。

晚上，她翻箱倒柜地找一样东西，在箱子的底部，她找到了那个用手绢包着的绿手镯。拿着镯子她往手上套了套，发现戴不上去。但她不敢使劲，怕戴上去又摘不下来。她不想天天对着这个物件发呆。看完后，她又将它塞到箱底。

安去读书了，从她看到孩子书本的那天起，她竟生出强烈的求知欲。每次孩子放学回来，她就迫不及待地问他学了什么，然后让安教她。她不但要问，还要写，一字一字地问，一笔一笔地写。她先是跟着安学，学会了拼音后，她就自己学，如饥似渴地学。

几年下来，她已认识了不少字，字写得也很端正。

看她如此好学，她丈夫也很支持她。有时很晚了，见她还在写字，他也会站在旁边看她。她写字的时候，却不喜欢他站在身旁。这会让她联想到另一个人，这种联想让她觉得不好受。

因为每当认字的时候，好像总有一句话在她的耳边响起："没关系的，我会教你的。"这句话好像成了她学习的一种动力。有时在深夜，她伏案写字的时候，写着写着，总感觉有个身影站在旁边不声不响地看着她。她会突然转头看去，可是周围什么也没有。自然，她不喜欢写字的时候丈夫站在身旁。

一晃十年过去了，凌霄本一个不认几个字的人，竟然可以阅读一些书籍了。当她从书本上获得一些知识后，她才觉得自己年轻的时候是如何无知和愚昧，再回头看看自己走的那段路，似乎又觉得这一切都成了"来世不可待，往事不可追"的梦。

厄运再次降临，凌霄三十八岁那年，她的第二任丈夫因病去世了。她第二次成了寡妇。这次，她不像第一次成为寡妇时那么无助，她已接受了自己的命运。可是，她还是没少遭人议论。

在村子里，时常听到有人背后议论她：

"听说她死了两个丈夫了。"

"嗯，第一个和她过了六年就死了，留下三个孩子，这个也就十来年。"

"真是克夫命。"

"唉,谁娶了谁倒霉!"

凌霄并没有将这些议论放在心上,什么命就什么命吧!人生不过一阵风,刮过,又能留下什么呢?

尽管凌霄已近四十岁,嫁了两个丈夫,生了四个孩子,但她仍是一个十分耐看的女人,比起年轻时的美貌,她的美中有着更多成熟女人的韵味。这时候,一边有人议论她,一边又有人前来为她做媒。无论做媒的怎么苦口婆心,她总是对媒人说:"让您费心了,只是我不想再嫁了,四个孩子,不仅拖累人家,还担心谁娶了谁倒霉!"

而且,她还掰开、揉碎了,和媒人解释不再嫁的理由。等媒人走后,她想着,我的人生已毁在自己手里,现在不管东风西风,也休想打动我了。

为了养活自己和四个孩子,凌霄接过了丈夫的锄头,没日没夜地劳作。但她从来不叫累。夜深人静的时候,偶尔她也读读书。她读书不是为了长多少知识,而是为了让内心安静。有时她伏在桌子上读,有时躺在被窝里读,读书的时候,她所有的积郁都随着时光慢慢消融了。而且读书让她有种感觉,自己在与自己交谈:交谈人生,交谈经验,交谈她复杂的经历与难以捉摸的心理。

时间一晃,又两年过去了。一个秋日的下午,凌霄去镇上给儿子买书,在书店,她从书架上抽出《悲惨世界》看了一会儿。看书的时候,感觉总有一个人在注视她。她将目光投射过去,那人正看着她。那是一个表情严峻,瘦瘦高高的男人,她并不认识他,也不明白他为何看自己,带着疑问,她又低头看起来。但还是被那人看得紧张起来,又不好直接去问。等她从书店走出来的时候,那人竟跟了上来,跟着跟着,他竟叫住了她:"您好,请留步!"

凌霄转身问道:"你认识我吗?"

那人说:"不,我不认识你,但你真的真的很像一个人。"

她很好奇地问:"像谁?"

"我妈妈。"对方说。

凌霄的心怦地跳起来,她紧张地问:"你是谁?"

"我叫郑泽,我妈叫叶扶苏。"那人特意提了提母亲的名字。

瞬间，凌霄呆住了。她不知道郑泽是谁，但她知道叶苏扶是谁。她还小的时候，母亲就走了，她不记得她，但大家都说，她长得像她母亲。看着面前这个男子，她知道这是她从未谋面的同母异父的兄弟，他们从来没见过。而且这么些年，他们所有的人都没有想过要去打听一下母亲离开这个家之后的情况。哪怕两年前，她听说母亲走了，那个抗美援朝的军人也跟着她一起走了，她的心还是木木的。那么些年，心里对母亲全是恨了，从未想过要去了解她，了解一个女人为什么会走到那一步。而且那时候，她也刚死了丈夫，也没有心情打探她。

　　前几天，在看书的时候，她忽然觉得一个女人的精神世界是多么重要。她似乎理解了她母亲当初的选择，或许那个人真的给了她无限的精神支柱，她在他的面前是精彩的，是闪光的，而这一切是他父亲所不能给予的。他默默无言的父亲似乎只能让母亲黯淡无光，她为什么不能去要自己想要的生活。当她在那个人的面前闪光时，当他们在彼此的精神世界互相吸引时，别人对他们的不解与恨，或许并不重要，或许他们也受着别人难以理解的折磨。他们既活在快乐中，也活在痛苦中。她觉得自己也可以更深层次地了解母亲，可是她已没有勇气去了解她了，因为母亲已走了。

　　此刻看到眼前的这个人，这个和她有着某种血缘的一个人，她的内心五味交杂。无论此前，她是多么恨母亲，但是她不得不承认她母亲的血在她的体内流淌，而且面前的这个人是她弟弟的事实。久久她才说：“我是你姐姐，同母异父的姐姐。”

　　两个人互相看着，寻找他们的共同点，想着彼此共同的一个母亲，都伤感起来。

　　恰在此时，另一个人也来了。他和郑泽约好，在书店相见。那个人见到他们时，有些诧异，当他认出了凌霄时，更是有些不知所措。尽管二十年过去了，但她的变化并不大。除了脱去了年轻时的稚气，她的模样还是那么迷人。他想到年轻时对她的痴狂，竟又不安起来。他僵硬地站了一会儿，才缓缓地问道：“是凌霄吗？”他在问话的时候，声音里仍有些颤抖。

　　没错，那个人就是苏英赫。他恰好与凌霄这个同母异父的弟弟在部队相识，又先后回到地方，两个人因性情相投，常聚在一起。今天他们约好先去书店看会儿书，然后去喝酒。巧合的是，他们人生的这一站在这儿相遇了。

他们找了个地方坐下聊了起来。郑泽和凌霄说起了母亲，在他的叙述里，凌霄对母亲才有了更深一步的了解。她并没有人们传言得那么不堪，只是在情感方面，她遵循了自己的内心，但在道德上她一直在谴责自己，并没有过得特别开心。有一样让她欣慰的，就是她所选择的那个人一直用心地呵护与爱着她，甚至与她一起走完人生。联想到自己，她觉得自己比母亲悲哀，就像他们多次提起她不如母亲聪明一样，她觉得自己的确很蠢。

他们姐弟两个在说话的时候，英赫一直没有说话，他仍不时地打量她，看着看着，那种莫名的感觉又涌了上来，他觉得非常苦楚。等他们的谈话到一段落的时候，他调整了自己的情绪，居然和郑泽开了句玩笑："郑泽，有件事你还不知道。当年，我差点儿成了你姐夫，可惜你姐不要我。"说完这些话，他的眼睛若有所失地看向凌霄。

凌霄没想到他会当着郑泽的面提这个话题，顿时羞愧和痛苦布满全身，她在颤抖中感到无地自容。接着，她握紧了拳头，脸也一阵儿红，一阵儿白起来，因感到愧疚，就更加红了。随后她茫然地望着他，向他道歉："对不起，对不起，对不起！"她一连说了好几声对不起后又补了一句："我给你造成很坏很坏的影响，自己也遭到了报应。"说完她的神情凝重起来。他也沉默了。想起往事，瞬间，两个人都不知说什么好了。

看着他们神情都凝重起来，郑泽识趣地走开了。

郑泽走了以后，他们的话也没有多起来，都陷进了对往事的回忆里。

# 八

当年英赫与凌霄相亲时，是从部门请假回来的。那次的假期并不长，来回仅有十天，去掉路上的时间，他在家中只能待一周。相亲时，他一眼就认出了凌霄，三年前，她穿着一件白色的衣服站在河边的雨里淋雨，他对那画面印象深刻。如今,他们在相亲时再次相遇,他觉得这就是缘分。

尽管第一次见面,她对他冷淡,在有限的假期里,他还是又见了她几次。因为相亲的那天晚上,他就翻来覆去没睡好,一想到她,他的心里就像夏日的空地长满了荒草,让他感到慌乱。好不容易等到天亮了,他是坐也不是,站也不是,心里总是慌慌的,他被苦苦折磨了一整天。第二天又被折磨了一天。第三天他忍不下去了。他这次回来统共就没有几天假,再这么苦等下去,真是受罪。他觉得军人不该婆婆妈妈,于是,他就主动去见了她。

第二次见面,他就情不自禁。当他小心翼翼地吻她的时候,曾担心她会拒绝。她的接受,让他非常喜悦。回来的路上,想着那些甜蜜的吻,想着她,他仍没法儿安静。于是接下来的两天,他总是要找些时间,找些借口走一走。临归队时,他对她仍恋恋不舍。还没走呢,他就计划着下次什么时候回来。

回到部队,他被相思折磨得苦不堪言,想着给她写信,可那几天,与她在一起的时候,他教的字太少,想让她读懂的内容一样没教。如今他知道她不识字的难来,现在就算给她写了信,她也没法看懂。他后悔没教她"吻"字,如果认识这个字就好了,他在信里只消写这一个字就够了。她看着这个字,或者就会想起他来。可是,偏偏没教她。知道这个结果,他还总是想着她,总觉得有话要对她说。他也想到找人代读,可是转念一想,那怎么行,他要与她讲的话,都是只与她才能讲,又怎能让别人听到,自然这种代读的想法行不通。想来想去,他还是没法儿以鸿书解相思之苦。但那相思的信,他还是写了,每写一封就存起来,他等着自己回去的时候,慢慢读给她听,或者用其他方式让她知道所写的是什么内容。

第二年冬天,在父亲的催促下,他欢天喜地请了长假回来与她完婚,做梦也没想到的是,在他结婚的前一天,却得到她跳河的消息。他不知道她为什么要这么做,只是悲伤地看着人们围在河边,拼命地在河里找她。因想不通,后来他问了海棠才了解了一些情况。虽然海棠没告诉他她为什么恨军人,但他已从别处打探到,是缘于她母亲。不管什么原因,他仍为她的跳河悲伤不已。

正当苏家为未过门的儿媳妇跳河感到沮丧时,赵家却来了一批兴师问罪的人。他们来者不善,一再地质问他对她做了什么,害她跳了河。他还在想不通的痛苦中,见他们前来问罪,更是百口莫辩。他对她做了什么呢? 无非是两个恋人间的拥抱与接吻,他并没有侵犯她。而且,那时候,她在他怀里的时候,并没有不乐意,可是他想不通,她为什么要跳河。如果她不愿意,他虽喜欢,也不会强娶她。如今她却以这种方式拒绝,这让他非常痛苦。现在,她的家人来向他讨要说法,他对他们怎么说呢? 难道说,他只是抱了她,亲了她,没做别的? 他觉得什么都不能说,她既然选择了死都不和他结婚,他又怎能把他们之间私密的东西亮给别人,让别人来评判她和他呢!

　　他们一遍遍地问,他一遍遍地不语。

　　最后,人就变得无理起来。赵家偏要苏家赔人回来。东西没有了,还能想想办法,凌霄是活不见人,死不见尸,拿什么赔? 他们前来问罪似乎也不是为了人,而是为了让苏家赔什么。苏家赔什么呢? 除了赔不是以外,人是赔不了了,家里的东西只好任他们搬。赵家人一走,苏家像被打劫了一样,家里值钱的物件都被搬光了。

　　他以为他们走了后,母亲也要追问他到底对凌霄做了什么? 可是母亲什么也没问,只是用无限哀伤的眼神看了儿子一眼。好好的喜事弄成这样,一家人都感觉悲哀。他还听到姑姑对他父亲说:"我当初说什么了,赵家人,上一代名声就不好,这一代谁也保不起,到底被我说着了,可是你们都不听。唉,都不听!"

　　当初,英赫也听到了一些关于凌霄母亲的事情,他认为这和凌霄没有关系,没想到问题出在他军人的身份上。可是,他仍想不通。从小沙村回来后,他始终不说一句话,不吃,不喝,不睡。一家人看着他心疼,可是没有办法。让他们担心的是,这样的事情闹了后,今后他的婚事怎么办。

　　婚事没办成,英赫提前回到了部队。当战友知道他是因为未婚妻跳河婚没结成时,都惊呆了,可是没有一个人敢问他原因。归队后,他始终沉默寡言,不到必须开口讲话,绝不开口。而且休息的时候,他不再和大家待在一起,常常一个人躺在机场边那片草丛里看飞机从头顶飞过。战友们都为他担心，都小心翼翼地看着他。

此后他慢慢地接受了这个事实。多年来，想起这件事，他仍如鲠在喉。直到多年后，他在无意间听到，凌霄没死，当年只是演了一出戏。有一段时间他很痛恨这件事，痛恨对她多情，甚至将当年给她写的信翻出来准备一把火烧了，当火柴擦着的一瞬间，他又放弃了，那是他对一个人仅留下的一点儿念想，他不想这么一把火烧了。后来，随着时光流逝，他又慢慢理解了，人生有多种不如意，各人有各人不得已的苦衷而已。他也不再像当年那样，发疯一样地想她了。而且，他也没有当年的勇气。有时他还会想起她，因为他的人生因她改变。有时他也想，如果我的人生没有遇到她，我现在的生活又是什么样？

戏剧的是，二十年后，他们竟以这样的方式相见。许久，英赫才说："当年，得知你跳河的那一刻我无法想象你为什么要那么做？当我从各种途径听说了一些原因后，我还是不能理解，因为，一些细节证明，并不像他们所说的那样，可你又为什么那么对我？"

凌霄低垂着头，根本不敢看他，跳河永远是她羞于启齿的一件事，她憋了半天才对他说："为什么？因为愚蠢，那是我人生中干过的最蠢的一件事！"

"可是，你知道，我永远无法忘记那一切，忘记那个让我在河边见了一次就再也念念不忘的人。哪怕她绝情地对我，我也无法忘记。虽然我也恨过，也尝试过改变。"英赫觉得他有必要向她说明这件事，而且军人的固执也让他觉得必须要告诉她。

她像受到突然打击，惶恐地看着他，眼神里闪过一丝儿悲哀，接着她将眼神望向别处。

沉默了一会儿，她才又愧疚地说："听说因为这件事，你一直没成家。"

他望望她，沉重地回道："不，在部队他们给我介绍了一个姑娘，只是羞于和家里人说，仅请了请战友，两个人就在一起生活了，只是不到两年就分了。"

"为什么？"她疑惑地问。

"我也不知道，大概是性格不合。"他望着她苦笑着说。

"有孩子吗？"

"没有。"他摇了摇头。

"都是我的错，罪该万死的人是我。"她再次充满歉意地说。

他望着她，嘴巴张了张，又闭上了。有些话，他觉得还是放在心里稳当。

"你听到过我的故事了吗？"似乎是为了安慰他，她问道。

"听到一点儿。"

她突然仰起头看着他，像接受审判一样："命运对你是不公平的，对我还是公平的，你看，时间、命运已经不断地在惩罚我的罪过与愚蠢了。"说着，她的眼泪再也抑制不住地流下来，"可是，这也不能为我当初的过错赎罪！"

英赫难过地看着她，想要说些什么，可是还能说什么呢？是指责，是批判，还是安慰？他觉得，他们都被命运玩弄了！

凌霄低头流了会儿眼泪，没有道别，突然跑走了。

英赫没拦她。他只是看着她的背影跑远。

半个月后，凌霄收到一个包裹，打开包裹里面还有一个包裹，包裹上面有一封信。当看到信封上的名字时，她拿信的手颤抖起来。多年前她无心去记的名字却在多年后一直深深地刺痛着她。她郑重地拿起信，信很短，只有寥寥数语，上写着：

凌霄：

恕我冒昧，给你寄这个包裹。包裹里是我与你订婚之后，我给你写的所有的信，那时因你看不懂，便一直没寄，本想等着婚后念给你听，或教你认，可后来没了这个机会，但信还在。其间，因恨，曾试图毁掉它，最后一刻还是留下了。上次见到你后，我将这些信从箱子里翻了出来，重读一遍后，有些庆幸把它留了下来。思来想去，觉得还是应该把它留给你，无论是二十年，还是四十年，无论你看得懂看不懂，这些信都属于你。这是当年一个想与你"执子之手"的人写的最真挚的语言。当然，如果你想听，也有人愿意读给你。

英赫敬上

一九九六年十月七日

　　看完信，凌霄又哭了，最近十多年，她已很少哭了，在见到他后，她连续哭了两次。哭完后，一种复杂的感情再次涌上她的心头。她想，他还不知道我完全可以自己读信了。当然，如果我想听，我也可以装着不会读。但是，我们还能回去吗？

# 第十个妻子与 A 原则

## 一

马春是林海藤的第十个妻子。在她成为第十个之前，她周围一圈儿的人都反对她的这个决定。那天，她们把她围在中间给她开了一个会议，像审犯人一样地审她。

起初马春也像个罪犯一样，坐在客厅的沙发里一声不响，等着她们向她发话。当她们开始问话时，她拧着手浑身不自在，就像一只待宰的羔羊。第一个发言的是她从小一起玩大的闺密，她认真地看着她，还未开口先叹了一口气，然后说道："唉！马春，你说，我该说你什么好？你都看上林海藤什么了？你说说看，我好帮你分析分析。"

她看着第一个发言的朋友，十分无辜地说："关键是我也不知道！"

这个朋友白了她一眼，回道："我真对你无语了！"

第二个朋友也一脸严肃地看着她，她盯着马春的脸，一副恨铁不成钢的样子，她看了马春一会儿才说："我同她的问题一样，你说吧，到底看上林海藤什么了？我们之前不是也讨论过许多次，你也不是不知道他的为人，可是，你竟然选了他。我不明白的是，这是为什么啊？"

马春看着第二个发言的朋友，依旧无辜地说："关键是我真的不知道。"

"那你知道什么啊？"朋友们齐声反问她。

马春向她们摊了摊手，似乎觉得这是个难以回答的问题。作为当事人，她觉得自己回答不上来的原因，就像许多人在许多时候做了决定一样，根本答不上所以来。

第三个朋友是个急性子，她看马春那个样子，实在看不下去了，她一张嘴就像机关枪开火一样，子弹没打完，停都停不下来："马春，你脑子被驴踢了，嫁谁不好，嫁给林海藤。你知道那林海藤是个什么鸟，你嫁过去又是什么吗？你是他的第十个老婆！啊！第十个，你知道这第十个的含义是什么吗？第——十——个——啊！"她一边儿说还一边强调那个"第十个"，那个"啊"。

看着这个急性子，马春当然知道这第十个的含义，她也明白急性子那个"啊"里包含的众多复杂的东西。当然，她也知道对她说这些话的都是关心她，对她极好的人，如若不然，这个时候，谁也犯不着与她闹掰了，说这些不招人待见的话。明知道是为她好，可是她已决定了的事，听着她们这一圈儿人反对的话仍觉得十分逆耳。她也不是不知道为什么要嫁林海藤，事实是她不想和她们争辩而已。她不争辩还好，一争辩，就会被群起而攻之。

朋友们疑惑的是，林海藤到底对马春施了什么妖术，让她这么死心塌地地要嫁他。马春觉得，妖术他倒没有，她细细地想过：其一，他长得是不难看的，找对象谁不想找个顺眼的。关键的时候，长相还是要紧。按秦奋的话说，找一难看的，整天就想着怎么越狱了。其二，他没有沾染上吃喝嫖赌的恶习，找对象谁不想找个没有不良嗜好的。倘若不在乎，一个男人无论摊上五毒里的哪一条，都够一个女人受的。倘若这个男人五毒俱全，但凡有点儿志气的女人都宁愿做个女光棍了。其三，是他那颗细腻的心，找对象谁不想找一个对自己事事细心的。她觉得倘若一个男人在乎你，对你细心，总坏不到哪儿去。当然，这些都是马春的观点。对女人，林海藤的确是够细心的，凡事做到事无巨细。他总是由吃的，到穿的，到戴的关心女人；从发型，到妆容，到涵养，然后到生活的小细节给女人建议。他不仅对女人细心，对女人他还有着许多经典语录。

他与马春交往的时候，他总是对她说："女人啊，一定要对自己好，而且不能做的千万不要做,不能吃的千万不要吃,不能穿的也千万不要穿,这就是做女人的原则。只有你坚持了自己的原则,别人才不敢轻易地冒犯你。"

初听此话,她十分惊诧,笑着问他:"还有呢?"

"女人一定要对自己好,只有你对自己好了别人才会对你好,只有你自己尊重自己了,别人才会尊重你。"

"还有呢?"她再问。

"女人要懂得用知识武装自己,因为一个人的内心比外表更重要,一个内心有魅力的人胜过十个只注重外表的人。"

"继续。"她如果鼓励他,他就会没完没了地说下去。

"你的一言一行代表着你的修养,代表着你的品味,代表着你在男人心目中的地位。女人在女人心目中可以没地位,因为你好,她会嫉恨你,你不好,她会小瞧你。在男人心目中好才是要紧的,因为你若是真的好,绝大多数的男人都会尊重你。"

在生活细节上,他也会给身边的女性一些建设性的小建议。

"你的脸型如果留那样的发型会更加适合你,那种发型会把你衬托得光彩照人。"

"这个东西太冰了,对女人不好,你要少吃。"

林海藤就是这么一个人,他对女人很有研究,也总有一套对女人的办法。某一天,马春就被他对女人的这些细节打动了。对此,她很受用,中毒一般,挥之不去。可是,她的那些朋友对他都没有什么好印象,原因是他像走马灯似的换妻子。婚,结了离,离了结,来来回回八九次,谁受得了啊!在与林海藤走近之前,马春也无法理解这样一个人。先前,她与她的朋友们也不止一次地探讨过他。一个人为什么要不停地换妻子,肯定有病,而且病得不轻,得治!然而有一天,她竟鬼使神差地要嫁给他。

此刻,她望着"审判席",知道她们是为了自己好,知道她无论说什么都无法打消她们对林海藤的坏印象。忽然,她豁了出去,歪着个脖子说:"唉,反正我已决定了,就是他了,管他是什么呢,况且能做这第十个也是不易的,而且我一想起这第十个就激动得不行，我就冲这第十个去的，如今我好不容易鼓起了这样的勇气，你们就不要给我泼冷水了。"

此话一出，众"审判员"简直不能理解，她们看了看马春，又互相看了看，觉得她是吃了秤砣了，这是铁了心要嫁给林海藤啊！可是第一个朋友仍不甘心地说："马春，我们可是为你好，我们都这么苦口婆心了，你还要嫁，还敢嫁？"

"是，我知道大家是为我好。可是，我已决定了，就他吧。"

那位机关枪一样的朋友此时仰天长叹："哦！马春，她的脑袋真的被驴踢了！"

等她感叹完，马春突然问了她一句："如果是你，你非常喜欢这个人，你敢做这第十个吗？"

听她问出这样的话，那一圈儿的人气都不打一处来，都直直地看着她，觉得她有些不知好歹，被问的那个朋友更是气愤地回她："我是不敢，不过我知道你是疯了，而且疯得不轻，得治！"

结果她又回了一句，又把这个机关枪气得够呛！她说："我知道你不敢，当我有了这头可断、血可抛的勇气，你们就不要拦我了。"

朋友见状，只得对她大摇其头，觉得马春不仅仅疯了，而且疯到无可救药的地步了，她们甚至觉得，认识马春这样的人真是没劲透了，并觉得谁和这种不知好歹的疯子交朋友，简直是自取其辱。然而，她们竟和她走得这么近，越想便越觉得受了侮辱。于是，众人便都不说了，婚姻大事，那是她自己的事儿，以后好受、歹受，是她自己受，与她们又有何干，她们只不过是狗拿耗子罢了！

为什么大家都这么反对她嫁林海藤？因为她们一圈儿的人都知道，不管是谁，嫁给林海藤，最终只是白白地糟践了自己，跟着他，再好的人也得疯了。

那林海藤是什么人？只要想一想他曾经的九段婚姻，那能是一般人吗？九段婚姻，九个妻子，说明这婚他已是结结离离，单不说别的，光证件他手里就得有十八个。十八个啊，这是一个正常人难以打破的记录。在贯彻一夫一妻制的国家与民族里,自始至终的夫妻,一生只有一个证,一个证才代表一段婚姻,而林海藤两个证才代表一段,十八个证是他的九段婚姻,而且这些证代表的还有他的九个妻子与他的不同寻常。

林海藤什么来头,难道出身名门,有着高贵的地位?不,他家祖祖辈辈没出过一个名人,自然谈不上名门之后。难道他是官二代,能轻易获得某种权利?不,在他之前,他家世世代代农民出身,跟官扯不上半点关系。难道他是娱乐圈中人,有着圈外人难以得到的资源?不,往上追十八代,他家从未出过能歌善舞通音律之人,他也从未涉及演艺圈半步,跟娱乐圈更是没有半毛钱关系。抛开这一切条件,让林海藤尤感自豪的是长得一副好皮囊。单说他的长相,棱角分明的五官与英俊的外表都令他自豪。五官上最出彩的要数他那高挺英气的鼻子,十足的一个西方人。你若从侧面去看,他的侧影尤显英俊,那雕塑般的面部轮廓堪称完美,简直无可挑剔。而且他爱笑,笑里充满了柔情,总显得十分甜蜜。他若痴痴地盯着一个姑娘,对她示好,那姑娘便有着随时都会沦陷的危机。他的前九个妻子一半是被他的相貌迷了去,一半是被他对女人特有的手段与甜言蜜语迷了去。一旦被他迷惑,甚至不提任何条件,她们都心甘情愿地被他笼络去。可是一旦进入围城,很快她们就会发现自己上当受骗了。她们从他的身上发现一个问题。尽管她们想从他的身上挑出更多的问题来,除了那一个,还真的难以挑出别的毛病,但是那仅有的一个问题也让他的九个妻子忍无可忍,纷纷逃离。

## 二

林海藤的第一个妻子是他在一个朋友的聚会上认识的,她就是被他的相貌吸引了,随即因他那多情的笑容沦陷了。

恋爱时,她常对他说:"海藤,你知道我最喜欢你什么吗?"

他甜蜜地看着她,挂着他那招牌式的笑冲她摇头。

她指着他的笑容说:"对,就是这个笑。我特喜欢看你的笑,你笑起来,这双眼睛真让人受不了。"

他歪着头对她说："不光是笑好，应该是人好，如若人不好，我一味地对你笑，你八成以为我是一个癫狂，你说是与不是？"

"那我哪儿知道啊？反正我是看着你的笑好。"她回他。

"你说哪儿好就哪儿好，我不与你争辩，反正情人眼里出西施，即便不好的东西，一旦到了恋爱人的眼里，什么坏的、臭的也都成好的了。"

听他这么说，她倒要问问他了，"那你到底是好的还是坏的，是香的还是臭的？"

"自然是坏的，臭的，但在你看来，那自然又是好的，香的。"他也和她耍起了贫嘴，"因为，只有如此，你在心理上才会更加平衡。"

反正恋爱的时候，他对她特别好，做到细心至极、体贴入微，让她挑不出毛病来。恋爱到了一定的火候，自然就到了谈婚论嫁阶段。

婚后不久，他妻子就发现了他的一个特点。她发现她的丈夫特别会过日子，特别爱记账，不仅在小事上细心、认真，家里的大小开支总要一笔不落地记上，而且他的账单都记得十分精细，精确到分、角。刚开始她看到他的账单，还暗自高兴，想他这么一个细腻的人在情感上也一定十分丰富，对家庭自然也会格外慎重、极其认真。偶尔她会为嫁对了人在她的朋友面前显得扬扬得意："我们家那位，是个过日子的人，心细得像头发丝儿一样。"那一天，她见他又在记当天的开支，便漫不经心地问他，"海藤，你什么时候养成这记账的习惯，每天把开支都记得这么清楚干什么？难道要与谁一起算账吗？"他妻子哪儿知道，已被她无意说中了，他早晚有一天要和她算账。

他告诉她："记账是读书的时候养成的，我觉得记账挺好，能把家里的开支掌握清楚，该花的花，不该花的不花，这样我们就会控制开销，不会乱花钱，也能培养节俭的习惯。"

他妻子十分赞同他的这个观点，觉得这倒是一个节俭的好方法。可是她还是为他提了一个意见，她说："你这个方法固然好，可是我觉得你的账记得过于精细，几角几分还记它干什么？有时我们到菜场买菜，一角二角没有，商贩也懒得要呢，若真要记，四舍五入不就得了。"

"那可不行，商贩也好，四舍五入也好，但还是没有这个翔实、准确，这记账就是记账,一定要准确。况且积少成多,慢慢积累起来,几角几分也能攒成大钱。"

他妻子大笑,觉得他太小题大做。可是到了月底,她就笑不出来了。那天,她正在梳头发,她丈夫拿着账本说:"这个月我们共花了1869.5元,电费98.5元,水费26元,你买了条裙子450元,茶叶75元,书架355元……"他读账单的时候,他妻子就认真地看着他,当他一项一项地报完账后,便一脸凝重地对他妻子说,"美琪,我有一个想法要和你探讨。"

他妻子为他的慎重感到奇怪,看着他说:"什么想法,说吧,还这么一本正经。"

"我觉得一个家庭,和谐很重要,夫妻互相尊重也很重要,为了让我们的家庭和谐,夫妻共同承担家庭义务,我觉得我们应该把家里的所有账务分清。"

他妻子听了心里咯噔一下,正梳着头发,梳子在头上也停留了一会儿。她想,刚结婚一个月,他就迫不及待地要和她分清账务,她以为婚前他就欠下了债务,他娶她就是为了等她来一起还债,便莫名其妙地看着他问:"什么账务,怎么分清,我不懂你的意思?"

于是,他就给她做了解释,他说:"我从读大学时就喜欢AA制,与同学在一起,大家都喜欢AA制,我觉得这种方法最科学,最公平,也最公正。我认为不管在外也好,在家也好,与别人也好,与家人也好,均应AA制。我们的家庭也应该实行这种AA制,就是说,我为你花的钱,你应该给我,你为我花的钱,我应该给你,共同生活的消费我们平摊。"

他妻子听了先是惊愕,然后大笑,笑完后说:"神经病!过日子这样算计,累不累啊?"

他一脸严肃地说:"这有什么累的,我觉得我们有必要这样生活,有必要认真一下,这样才能让家庭和谐,让社会和谐。"

"如果照你说得这么认真,算得这么仔细,那是不是我跟你睡也得收钱,你跟我睡也得收钱啊?那样,我们就可以互相嫖,你嫖我,我嫖你,只有这样公平才算和谐啊?"说完了,他妻子觉得好笑,又笑了一回。

然而,她的丈夫却不笑,仍是一脸严肃地说:"我是说真的,不跟你开玩笑,这个月家里的钱都是我出的,我花了559元,你花了1310.5元,按AA制计算,你得把你花的那部分给我,如果你嫌零钱麻烦,你可以给我1311元,或者1310元,那0.5元,我替你补上。"

　　他妻子仍以为他在故意逗她,仍大笑着回他:"瞎逗什么呀! 开玩笑没够啊?"

　　"我真没跟你开玩笑。我想了很久了,夫妻要想互相尊重,就要经济自由,你赚的是你的,我赚的是我的。而且家庭财政上就要支出公平,从开始的时候就要体现这种公平,只有这样,夫妻才会互相尊重,因为你花的和我花的都是一样的,我们都是公平的,这样就不会出现这个家庭谁付出得多,谁付出得少这种说法了。我们都是一样的,便没有负担。当然,除了钱之外,家务也得体现公平,我也会帮你分担。"他依然严肃地看着她说,然后又给她解释,他为什么要坚持这个家庭AA制的理由。

　　听完了他的解释,他妻子终于明白了他的意思,不过,她还是怔住了,不敢相信地看着他,看着那张特别英俊的脸,那张精打细算的脸,那张为精打细算做详解的脸,怔了,怔的是夫妻有必要这么认真吗? 怔的是以后他们夫妻是不是每一笔花销都必须分得清清楚楚?

　　开初他妻子以为这是丈夫偶发奇想的一个新花样,尽管她觉得这种家庭AA制的生活很别扭,也有违她骨子里的传统思想,但为了家庭和谐,她并没有和他多争辩。就这样,他们夫妻每个月都要算一次账,除各人花销的账之外,他们共同的账里少出的那一方要将差额付给多出的那一方,他们夫妻在算账的时候体现的最大友谊是将零头四舍五入。

　　夫妻俩有着这样精打细算的开端,此后,他们的日子也非常精打细算,每一笔,每一次账都记得清清楚楚。自然丈夫的人情,丈夫自己出,丈夫的衣服丈夫自己买;妻子的人情妻子自己出,妻子的衣服妻子自己买。偶尔丈夫也会尽一尽丈夫的义务,在法定与民间的某些节假日里为妻子买上一份节日的礼物,送完了礼,他也不忘向妻子索要一份:"美琪,这是我送你的节日礼物,你是不是也要送我一份啊?"

这个时候,他妻子总忘不了好好地看上他一眼,那一眼的内容十分复杂,她看完了他,总会回他说:"行,你等着,我会送你的。"他妻子若是忙起来忘记了那件礼物,他便三番五次地催她,生怕她忘记了不给他:"美琪,你还差我一个礼物没给我呢,你是忘了吗?"

他妻子若是忘了,有时也会对他说:"真不好意思,忙忘了。"过后,一般会把他的礼物补上。有时赶上她心情恶劣的时候,她会为他的斤斤计较而恼火,她悔之当初,东挑西选,挑来拣去,挑到这么一个货色,便咬牙切齿地一字一顿地说:"行! 你,等,着!"

他们结婚的第二年,美琪的父亲意外过世了。夫妻两个去奔丧,忙里忙外,刚把老丈人送走了,他看着仍一脸悲戚的妻子说:"你爸爸走了,我知道这几天你十分难过,所以有些话也没对你说,现在你爸爸的事情也忙完了,我们的账是不是也该算一下了,这次我共为你垫付了 5750 块钱,我怕自己忘了,也怕你忘记,所以等不及就先说了,回去后,你记得把钱打我卡上去。"美琪坐在她未出嫁前的房间里休息,她还没有从丧父的痛楚里缓过来,这个时候听到他又和她算钱,突然,她胃里一阵儿翻江倒海,似乎有东西由她的胸腔里涌出来。她强忍着那恶心不让自己呕吐,然后怨恨地看着他,觉得自己当初瞎了眼,嫁了这么一个人,整天的钱钱钱,好像这个人整个都掉到钱眼儿去了。而且她觉得,婚后,他除了和她不停地算账、算钱,他们之间好像也没有什么重要的事情可谈,什么爱情、亲情,全被钱冲得一无所有了。这种婚姻与她先前设想的婚姻完全是两样的,而且与其他人的婚姻也是两样的,她觉得他们的日子处处充满了铜臭,没有其他,并觉得日子过成这样,再好的物质条件,再多的钱对她来说都是粪土。她自认为,钱除了为生活提供方便之外,别无意义,但是他们两个人在不停地为钱算计中,他们都变成了铜臭,他们的人生除了铜臭,便什么也没了。越想越来气,急火攻心,她差点儿昏过去。她警告自己不能晕,但是,她的忍耐已到了极限,突然怒吼一声:"姓林的,明天我们民政局见。"吼完了,她浑身颤抖!

他妻子一向温柔,从未向他吼过,此刻,她这一声吼,把他吓了一跳。他瞪圆了眼睛,惊诧地看着她问:"你怎么啦?"

看着他那一副若无其事的样子，她火气更大了，继续吼道："我怎么啦？我再也受不了了，伪君子！"

"我做错什么了？"他觉得自己没做错事情，仍一脸无辜地问他妻子。

"从我跟你结婚起，你就整天整天的钱钱钱，我不知道，除了钱之外，我们还有什么？我真不懂，我是眼瞎了吗，找你这么一个只认钱不认人的人。或许我就是瞎了，居然会看上你，居然还忍受了你这么久，我不知道你怎么说得出口，我父亲刚去世，刚下葬，你居然在这个时候还要和我提钱。钱是什么？钱不过是为你提供生活保障的东西，难道比一个人的生命还重要吗？可你已完全变成了钱的奴隶，现在，我算是看透了，你这个人就是一个徒有虚表的柑，金玉其外，败絮其中，我再也不想忍受你了！"他妻子把她积压已久的怨恨全爆发了出来，竟越说越气，越气越说，滔滔不绝地说着她心中的所有怨气，一条一条，一件一件，整整说了一个小时。在她发泄怨气的时候，林海藤始终听着，也不打断她，等她说完了，他才慢慢悠悠地说："虽然你对我的做法不满意，可我还是得告诉你，我对你没有任何成见与不满，婚，我是坚决地不想离，你最好不要说这种气话。"

他妻子在气头上，看他那不急不躁的样子，她可没有那么好的脾气，仍气愤地说："我可没有和你说气话，这个婚我坚决要离。"老实人就是这样，一旦固执起来，无比要命。

无论他和她说什么，他的妻子就是那句话：离婚，坚决离。

第二天，他妻子在民政局门口等了他半天，并没有等到他。她窝了一肚子的火回去，推开门，看到她丈夫坐在阳台上看杂志，她肚子里的火又旺了几分。她快速走过去抢过他的杂志扔在地上，并质问他为什么不去。他望了望她，慢条斯理地说："别闹了，多伤感情！"

"别和我提感情，你的感情就是钱。"

"好，既然你提钱，我娶你的时候可是花了不少的钱，你和我过了不到两年就离了，那你可把我给害惨了。你走了，我人财两空，那以后我还怎么办呢？所以我想想还是不能离。"

他妻子顺口问道："你花了多少钱，我赔你。"她是想早点儿和他离了，她宁愿赔他损失都不愿意和他过了。

　　他看着她说："你还是不要说赔的话，你会吃大亏的。"

　　"我说赔就赔，吃亏也是我的事，反正我就是不想和你过了。"她是铁了心了，可他并没有一下子答应她。

　　那段时间，他们为离不离婚费了不少的口舌。最后他看她铁了心要离，倒也不想再难为她，便对她说："你要真离，我想我也是拦不住你了，你要是把我当初娶你的损失给我，我也就无话可说了。因为，好歹我还得再娶一个。"

　　虽然他妻子早做好赔他的打算，可是此刻听了他的话，还是感觉头疼欲裂，对眼前这个人她再也不想多看半眼，为早一点儿摆脱他，便气呼呼地问他："多少钱，算给你！"

　　接着他竟然回到房间里拿了一个灰色的笔记本出来。他妻子做梦都没想到，结婚时，他居然也记了一本。他把账本拿给她看，并说："你看，我为了娶你，一共花了这么多的钱，你是继续过下去呢，还是赔钱，你自己看着办吧！"

　　他妻子将那本账从头翻到尾，上面密密麻麻地记了十多页，账记得十分详细，一如他们生活中的账单一样，一笔一笔，一条一条，由千到万，由分到角，都清清楚楚。最后她看了看那分类的总账，上写着装修婚房花了 7.8 万，家具用了 3.26 万，婚纱及结婚照花了 1 万，宴席花了 3.35 万，结婚饰品花了 1.2 万，喜糖喜帖花了 0.76 万，共计花了 17.37 万元。看完了账，她倒抽了一口气，然后看看他问："你让我赔多少？"

　　"你知道的，这些钱可都是为你花的。"

　　"为我花的？这些钱难道都是为了我一个人花的？这两年，这些东西都是我一个人在用吗？"她指着房间里的一切摆设反问他。

　　"虽然我也沾了你的光，用了以上的房屋及家具，吃了上面的婚宴等，但是如果不是为娶你的话，这些钱可能都不用花，这你是知道的。"

　　"可是我赔了钱，这些东西可都在你这儿。"她觉得自己很冤！

　　当然，为了不显示自己那么绝情，他对她说："除了房子搬不走，其余的你可以付了钱全搬走。"

"那我不离了。"

"那是最好不过了。"他看了她一眼又说:"我本来也不希望你离。"

可她咬着牙说:"可我再也受不了你了。"

"这是你的问题,我觉得我并没做错什么,我与你的矛盾就是坚持的原则不同。我不明白的是,我们为什么就不能过一种 AA 制的生活呢?我觉得不仅是我们,所有的人都应该倡导这种生活。这种生活对我们百利而无一害,如果我们都执行这种生活规则,我相信,世上会少许多寄生虫。因为,每个人都知道没有人会养你,每个人都会想着养活自己。每个人在养活自己的过程中,都会想着做事,而不是像现在许多人一样变得无所事事。况且 AA 制并没有想象中那么难执行,在朋友与同事之间我们都能实行这种规则,为什么夫妻之间就不能实行?实际上,夫妻更应该执行,可是你却认为这种规则是毒药,那我也没有办法,无论我们是夫妻,还是朋友,诚然,我也要尊重你的意见。"

她知道,无论论口舌,论雄辩,她都不是他对手。她对他已受够了,无论他怎么说,她是铁了心的不与他过了。因为她预感到自己的精神已到了边缘,她宁愿用那昂贵的费用买她的早日自由。

三

四个月后,林海藤娶了第二个妻子。第二个妻子是一位同样招人喜欢的姑娘,而且对他一见钟情。婚前,他并没有与她实行 AA 制,婚后,他便像对待第一任妻子一样,在财产上对她也是丁是丁、卯是卯了。开始的时候,第二个妻子也甘愿接受他的这种丁是丁、卯是卯的生活规律。久了,她才觉得这种锱铢必较的行为有违常理,简直不近人情。她甚至认为,她丈夫就是一个典型的守财奴、吝啬鬼,他只愿意为自己花钱,为别人,他就一百个不乐意,在家庭上同样自私,不愿意多出一分钱。

可是,不得不说,她爱着他这个人,爱他挺拔的身材,爱他英俊的外貌,爱他潇洒的举止。她爱着他，并站在他的立场上为他辩护。谁的身上都有闪光点，谁的身上又没有缺点呢，就容他有这个锱铢必较的缺点吧。况且她也有自己的收入，她完全不在乎他的钱，她也完全愿意为他花一些。是的，花一些。只要他对她是一心一意的，为家庭是一心一意的，她愿意为他付出。

不久，他的第二任妻子怀孕了，看着自己的肚子日益大了起来，她一边儿为自己即将做母亲而高兴，一边儿盘算着，等他做了父亲，或许会改了对钱斤斤计较的毛病，他再计较，再算计，总得爱自己的孩子吧。

他们的孩子出生了。他妻子观察他，的确，他对孩子特别的疼爱，每天只要有空，总是将孩子抱在怀里，给孩子换尿布、洗奶瓶、喂奶，凡是他能干的，样样都干，从不抱怨。可是一到花钱的时候，他的原则又来了。他总是对第二个妻子说："孩子的奶粉没了，孩子的尿布没了。"他妻子说："去买啊！"有时他也去买，有时他就和她认真起来："这个月，我可是给孩子买了两次东西了，两罐奶粉，一箱尿布，接下来是不是该你买了。"他妻子和他理论："林海藤，这可是你的孩子，你养自己的孩子也和我这么较真？"

"这可不是较真，这是原则。孩子不是你一个人的，也不是我一个人的，是我们的，抚养他是我们共同的义务，你不能让我一个人承担一切，我的这种 AA 制的生活方式已形成了模式，无论和谁都是这样，已无法改变，况且我也早已告诉你了。"他见妻子为了养孩子要打破他的生活规律与原则，好像由他制定的某条法律被人践踏了一样，为了捍卫自己的法律，捍卫自己的尊严，他据理力争。

见他依旧坚持自己的原则，他妻子不愿意和他啰唆，便也妥协地说："好吧，你还是记账吧，月底的时候我们一起结账。"他当然是要记账的，他花的每一分钱都在账上，都要算清。

随着孩子的成长，他们花钱的名目越来越多，他也越来越认真，包括家用。有一天，他竟对她说："这个月我明显吃得少了，你吃得明显比以前多，每个月我和你出同样的钱真是有些亏了。"

他妻子白了他一眼说："我真怀疑你是什么做的了？"

"反正这是事实!"回答这个问题,他的语气里似乎都带着哀怨。

看着他那认真的样子,他妻子真想抽他两个嘴巴,她不是怀疑他,而是觉得他就是现代版的夏洛克、阿巴贡、葛朗台、泼留希金,尽管在守财上有所区别,但她就是觉得他在步他们的后尘,在慢慢地向他们靠近。

没错,他正在向这个方向走。

有一天,他妻子在收拾家务的时候看到桌上放着一套沐浴用品。她拿起来看了看,是外国的,上面写的并不是英文,她看了半天也没看懂上面写的是什么。看的时候,她还打开其中的一瓶闻了闻,顿时一股香草的气味飘了出来,还挺好闻,后来她便将沐浴用品拿进了浴室。一会儿,她丈夫从外面进来,看到桌上的东西没了,便东找西找,最后他问她:"哎,我放在桌上的东西呢,你看见了没有?"

"拿浴室里去了。"他妻子坐在沙发上一边逗着孩子一边应他。

他说:"你怎么没问问我就拿进去了?"说着,就走进浴室将那套沐浴用品又拿了出来。

看他将东西拿出来,他妻子觉得奇怪,便问他:"真是怪了,我拿进去你又拿出来干什么?"

"你怎么问都不问就拿进去,这可是我单位发的福利。"他拿着那一套洗浴用品瞪着眼睛说。

"你单位发的怎么啦,那不是也要用吗,又没花你的钱。"

"这是我单位发给我的福利,其实就是我的钱。"

他妻子眼睛也瞪了起来,生气地问他:"哦,你这是什么意思?你单位发给你的福利,是钱,那意思是这福利不是给我的,我就不能用了是吧?"

"也不是不能用,你要用也行,那你就付一半的钱。"他振振有词地说,"这可是外国的,挺贵的洗浴用品,听说不便宜呢,这两瓶套装,价格比我们平时用的贵多了。"

那一刻,像有一把火点着了他妻子,让她熊熊燃烧起来。她放下孩子,怒不可遏地冲过去,将那两瓶福利抢过来"啪啪"两声摔在了地上,还觉得不解恨,又上去用力跺了几脚,直到将里面的液体跺出来为止,她才觉得解了气。跺完了,她踩在那些滑溜溜、香喷喷的沐浴用品上,还差点儿摔倒,孩子也被吓得哭起来。

她丈夫看着她,都看得傻了!因为此前,尽管他们有时候也吵架,可她在他面前从未如此暴力过,她今天的举止完全颠覆了她之前的形象。看完了,他才说:"哎呀,你这是何苦呢?你本来用起来只花一半的钱,这下你得全买了,而且还没得用。"

他妻子刚觉得为暴力对待他的福利解了气,这一句等于火上浇油,又把她的火给撩了起来,熊熊大火再次将她燃烧,烧得她不能理智思考任何东西。她觉得自己实在是忍无可忍了,冲他怒吼起来,而且一遍遍地重复着一个要求:"我要离婚,我要离婚,我要离婚……"

看着妻子情绪激动的样子,他倒不急,只是对她说:"你不要一时冲动说这种气话,这是很伤夫妻和气的。"

听他这么说,他妻子更是气得不行,觉得他是在倒打一耙,居然还有脸说伤夫妻和气,在每月一次的算账中,他不知道伤了他们夫妻之间的和气多少次了。她怒冲冲地说:"姓林的,我可告诉你,我可不是和你斗气,我受够你了,你就是现代版的葛朗台、阿巴贡。"

听妻子将他比喻成他们,他特别的不爱听,便向他妻子指出:"你可不要随便乱比喻,我可没有做出他们的事情来,我只不过是在家庭上奉行了 AA 制。因为,我觉得每个家庭都应该实行 AA 制,这种制度不仅提倡了节约,也提高了我们的生活品质,同时也能促进社会稳定发展,社会如果能够坚定地实行 AA 制,我们人类就可以迈出一大步。事实上这个道理许多人都知道,大家心里也都想这么做,但我们的教育与传统约束了我们,让每个人对这个制度怀着鬼胎,却都不敢付之行动,而我与大家的区别是,我这么想,也这么做了。你不能接受,那只能说明你仍受着传统的约束,你不能理解我。"

"是啊,在这一点儿,我们的确是志不同,道不合,因为我觉得,当我们在不停地围着钱转时,我不知道,我们还能做什么,还如何提高生活品质,还如何迈出一大步。总之你奉行的人生原则,我是不能理解了。因为,你的原则,有违我的人生标准,有违我的传统思想,有违我奉行的家庭道德标准,我是无论如何也不能理解的。"他妻子也不示弱,与他据理力争。

他看着妻子,像传教士一样地对她说:"我觉得你最好还是理解的好,站在婚姻的角度,在道德上,在伦理上,在家庭应尽的责任上,我并没有违背一个丈夫和一个父亲的原则。你不能指责我做人的失败,也不能以你的人生标准来要求我,更不能以你的想法来侮辱我的人格,哪怕你不能接受我的某些决定,你也不能否认我为这个家所尽的一切义务。"

"是的,你的一切都是正当的,但是我看不上你的这种在金钱上斤斤计较的行为,我看不上!可以吗?"他妻子说,"因为你一再奉行的 AA 制或许在某些地方,某些场合是无可厚非的,可是你把它用在家庭中,用在夫妻与子女之间,这不是坚持原则,而是在粉碎,粉碎爱情与亲情,这种原则让我们看到的不是一个家庭的温暖与温馨,而是利益,是在维护个人的利益不受侵犯。我维护家庭的想法与你的恰恰相反,不是在不停地维护个人利益、算计金钱,而是付出,维护家庭和睦。一个家只有和睦了,才有爱,才有温暖,否则,家庭就不能算是一个真正的家庭。而你在这个家庭充当的是什么角色?你一直认为你是一个丈夫,是一个父亲的角色,实际上我认为,你两者都不是,你只是一个时刻在维护个人利益的自私鬼。"

"尽管我坚持的这种原则看上去比较自私,但是总有一天你会看到,这是最不违背人们意愿的一种原则。"

"可我已等不到你所说的那一天了,我受够了,我要离婚。"

"为了孩子我不离,而且我也劝你三思而后行。"

"你会离的。"

"我不离。"

他妻子不理他,他跑到房间找出他们结婚时,他记账的那个笔记本。同样,与上一任妻子一样,这个账本上也一笔一笔地记着他们结婚时所有的费用,倒没有娶第一个妻子时花的多,共计 9.7 万元。他妻子知道他有这个账本,当她认真地看着这个账本时,还是边看边怒,然后说:"我就知道你肯定记着这本账,果然。只要你同意离婚,我和你上任一样也会把这账本上的钱全给你。"

这次，他们之间多了一个孩子，他们再次为了离不离婚的事纠缠了一段时间。最后，他看她也是铁了心要离，而且他妻子不要他出孩子的抚养费，便也不坚持了。于是，林海藤的第二次婚姻也结束了。虽然婚姻不是儿戏，但从这以后，他发现，这婚结结离离，虽然最终都是女人选择了逃离，但他并没有损失什么，从中他似乎还赚了一笔。当他在深思两段失败的婚姻时，突然他的脑中灵光一闪，似乎从中悟出了点儿什么。

## 四

此后，林海藤每隔一段时间就要结一次婚，离一次婚。陆陆续续到了第十任。他的前九任婚姻最长的没有超过三年，最短的竟不到一个月。家人、同事、朋友都对他的这种结婚离婚的高频率感到震惊。许多人也耳闻了他的每一桩离婚背后的原因。对他谈论最多的是他的同事们，尤其是那些女同事。她们常常在他不在的时候围成一堆八卦他，八卦他那不停变更的女人们。

"听说，林海藤又离了？"在他第七次离婚时，同事小A对办公室的人说。

小C答她："刚离，他这频率可真够快的，也就半年，人家恋爱还没谈完，他这一任就过到头了。"

"我有时候特别好奇，他换老婆这么快，那些女人他都是从哪儿弄来的？"小A问。

"他办公室的人说，他整天就在电脑前聊天，QQ挂了十来个，专加女网友，他能同时和十来个女网友在电脑前聊天，并在她们之间不停地转换角色，而且，他和对方聊不了几句，就会申请开视频，对方有没有视频不要紧，他有就行，因为他觉得自己外形不错，总想把自己的优势展示给对方，那些女网友也多是看他的外相，他那一多半的老婆都是被他的长相给骗了。"小C说。

小D听她们在八卦林海藤，唯恐八卦没有她的份，也赶紧凑过来说：

"哎,我告诉你们啊,你们别看林海藤在单位人模狗样的,在网上聊天可是没有底线的。"

"你怎么知道?"她们反问她。

小 D 笑说:"我当然知道,而且你让他干什么他就干什么。"

小 C 觉得她话里有话,便问她:"在网上能干什么啊?"

"这你就不懂了!"小 D 神秘地回她。

她们听出了味道,便都催她快说。

小 D 说:"他会脱。"

"你怎么知道?"她们齐声问她,然后又互相看了看。觉得有故事。

然后,小 D 就讲开了。那次她和几个朋友谈起了林海藤,说他频繁地换老婆,每任老婆和他过不下去的原因,倒不是因为他有别的恶习,而是因为他的 A 原则,这种 A 原则让每任老婆过到最后都受不了他,但他从来不主动提出离婚,等女方忍无可忍提出离婚时,他都说离婚可以,但得赔他当初娶她时的开销,否则就不离。最终的结果都是,每一任老婆为了早日摆脱他,都宁愿赔他损失。虽然有些人为了少赔或不赔,通过法律途径离婚,但最后,他受的损失最小。如今在单位里,大家都叫他"专业户",无论结婚,还是离婚,都是专业户,每结一次,离一次,他很少受损失。如今她们都猜测,他是为了不停地换老婆,故意弄那么一个原则,逼得他的妻子都和他过不下去,然后他好趁机再娶个新妻。或者,他在娶新妻的过程中还有其他打算。小 D 还告诉朋友,他喜欢网聊,他的老婆多是由网上钓来的。朋友就起哄说:将他加进 QQ,与他聊一聊,看看他用什么方法勾引女孩子。

果然,她们一加他,他立刻就同意了。小 D 她们为逗他,在网上故意刁难他,无论她们怎么折腾,他都不气馁。而且,她们让他说什么,他都会老实地回答,哪怕是一些令人恶心的甜言蜜语,他也不假思索,照猫画虎地说一遍。到了后来,她们想看看他在网上到底有没有底线,便恶作剧地问他,敢不敢脱光衣服,敢不敢让她们看看他的身体。他当然不知道电脑那端与他聊天的不是一个人,而是一群人,居然答应对方的请求,果真在视频里脱起衣服来,而且越脱越少,越脱越少,最后只留下一条内裤,他才收手,说只能到这里了。尽管他还留着一点儿，小 D 她们还是被他的举止给吓着了，之后再也不敢主动和他聊了，可他还三番五次地问："唉，上次都照着你的吩咐去做了，能做的我也都做了，你到底是个什么意思啊，你倒是和我说一声啊！这几日你总也不理我，我就不明白你的意思了！你能否告诉我这是为什么？"她们怕被他缠上，便将他拉入了黑名单。

小 A 和小 C 听了这一段笑得前仰后合，为林海藤的无底线简直笑疯了。

在林海藤第九段婚姻结束后，他就遇到了马春。马春倒不是他在网上认识的，而是他表弟的一个同学。在他们还没有认识之前，马春先听说了他这个人，对这么一个长相高端，却又频繁结婚、离婚的人有着无限好奇。总想着：这是一个什么人，一个什么样的人？

在见了他之后，她觉得他的相貌的确符合她内心择偶的标准。接触后，发现他十分博学，无论聊什么，他总能侃侃而谈，他们在一起，总有着一拍即合的默契与十分投机的话题，而且他对她也很贴心。当提起他的那些妻子，他也并不回避，也不因为离了婚，而说她们的坏话，他只说："大家性格不合！合则聚，不合则散。"这颠覆了以往她对他的印象，怎么也不能将他和以前她们讨论的那个人对上号。渐渐地，她对他竟有着莫名的好感。想与他拉开距离，却又莫名地走得很近。尽管她知道他的一些令人难以理解的人生原则，发展到后来，她觉得她可以接受；尽管知道他一离再离，她觉得她仍可以接受，况且，她也是离过婚的人了，自认为很懂得他的那句"合则聚，不合则散"的意义；而且她还认为自己做的可是他的第十任，一想起这第十任，她就激动得不行，第十任，她觉得这是个吉利的数字，并觉得他的前九任或许都不适合他，自己才最适合。或许冥冥之中，他等的就是第十任。她又觉得，或许她也有着与众不同之处，她的这种与众不同，可能会改变他。不得不说，在恋爱这个问题上，她同多数女人一样都怀着一颗能改变世界的凌云壮志的心。

婚后没多久，马春便知道这第十任的滋味了，她不得不慢慢地，慢慢地体会着这个位置的每一个细微之处，慢慢地体会着自己给自己下的毒。当她在与她丈夫不断地坚持家庭 A 原则的时候,她觉得她的神经也在不断地接受挑战。因为,一向讨厌数字,讨厌分角必争的她,在这个围城里,她也不得不学着喜欢数字,不得不学着分角必争的算计。可是,在这个过程中,她觉得这一切显得非常滑稽而又毫无意义,尤其在她丈夫要和她计算他单位发的那些购物卡时,她总觉得她拧着劲要嫁的这个人,纯粹是人间一个怪胎。她恨透了那些数字,可是,她又不得不坚持,坚持那种分角必争的家庭制度。

一个人在一个特定的环境里可能会适应那个环境,也可能会越来越反感。马春在这个环境里,就是一边适应,一边反感。可是一想到,她当初力排众议,为的是这第十的位置,她怎能刚到了这个位置就轻易地反感它?就算可以反感,谁都可以,但她不能。她在慢慢地品尝着自己给自己下的那份毒。

在她坚持自己不能说不的日子里,她开始细心地观察与研究他。

研究她丈夫为什么要坚持这么一个 A 原则,难道是他内心有着女人恋爱时的那种壮志凌云,要改变什么,要坚持什么,要实践什么吗?她看未必。当初,他与前几任妻子交往的时候,他从来不提他的 A 原则,他也从未向她们任何一个灌输过他婚后所坚持的这种 A 概念。那时,他花的每一笔难道不是他自愿花的吗?甚至他娶她们的时候,他也没有让她们为那一笔而分摊上一份,然而一到了围城里,他开始有原则了,他开始要坚持他的原则了。若说这是一种病,你在他身上再难找到其他病,在每一段围城里,他既不嫖,也不赌,也没有其他不良嗜好,他对每一任妻子都一心一意,即使到了他的每一任妻子和他大吵大闹,要和他决裂,要离婚的时候,他都依然要坚持他的原则。让每一任都以为他的这种原则就是他根子里带来的一样,是不容打破与改变的,她们要么忍受他,要么离开他,而且是不计条件地离开,逃他就像逃离魔鬼一样。可是当他结束了前一段婚姻,到下一个未进门之前的这个时段里,他的原则又在哪里?这就不得不说,他并不是一心一意地坚持他的原则。她在百般分析后认为,他的每一次婚姻都不是他想要的婚姻,而是他要执行的 A 原则与 A 计划。

她开始分析他这么做的目的。他的目的是什么?她前思后想,觉得他不是为了做一个不受批判的嫖客。嫖客要想嫖,是要出资的,可是他在婚姻里从头到尾似乎并不用出钱,这自然就不能算嫖。姑且算嫖,那这个嫖客实在够狠的,他不用出钱,就光明正大地、理所当然地嫖了十任。在这过程中,他不单单是当一个可恨的不花钱的嫖客,而且他还以他的每一任妻子与他志不同、道不合为由,强行离他而去为由,甚至她们为了离开他,甘愿花钱买回自由为由做解释。不管他的每一次离婚理由解释得如何冠冕堂皇,但不可否认的一件事是,他为每次离婚,每次赔偿早有所备。为什么每一次离婚,他都会提出让对方赔偿?难道每一次婚姻都是女人消费,都是女人该死,瞎了眼要嫁给他,然后再花钱摆脱他吗?不,或许是他别有用心制造了错觉,让错觉戳瞎了她们的眼,为了治好自己的瞎,哪怕怨恨,她们也愿出昂贵的费用来治疗自己的病。

分析到最后,她为分析的结果感到后怕。至此她才意识到,她不过是他预谋中的一个,与他的前九任没有任何区别。可是当初,她为什么被他吸引?在与他接触之前,她不是也反感这个人吗,并怀疑他的行为与品质,他们的剧情又是怎么发展起来的?

马春接触林海藤是在后来。那时单位要拍一个短剧,便给了她一个创作剧本的任务,并要求她在剧中塑造一个鲜活而又与众不同的男主人公。就像条件反射,瞬间她就想到了林海藤,他不就是活生生的素材吗?

通过同学介绍,马春见到了林海藤。

第一次相见,她对他充满了复杂的心理。尽管她不讨厌他那张西式的面孔,但想到他的一段一段过去,她仍感到不快。与他的接触,她既厌恶,但又违心地讨好他,仅仅是为了从他身上挖到素材,或得到启发。交流了之后,她重新认识了他,并不是因为他长得好,口才好,而是因为他知识渊博,有着独到见解,但他并不卖弄自己,也愿意聆听他人意见。对他的过去,他也不避讳,并客观地讲了他与那些妻子之间的分歧,直到无法融合,分道扬镳。从头到尾,他未讲过前妻们的一句坏话,他们的分手仅仅是因为性格不合。甚至,他与她探讨了他的原则。他告诉她,这是他第一次和一个未婚女性探讨他的原则。

在她听来,他的每一句话都非常真实、可信。婚姻中,两个来自不同环境的人,会各有各的棱角,长处与短处,磨合与不能磨合。而且他对女性的尊重,竟让她有些意外。她的前夫就从来不尊重女性,婚前他没有表现出对女性的偏见,婚后,他的观点就一点点地暴露出来。他认为女人是弱者,多数时候都没有是非观念,而且喜欢人云亦云。生活中,他几乎不听女人的意见,他认为女人的意见都是无用的意见。在家中,他也想主导一切,甚至要主导她的思想。她若表现得稍有不满,他便极力地挖苦与讽刺她!

马春不喜欢这样的男性,并认为无论男女,都是平等的,都是独立的,谁也别想左右谁。假若一个男性不尊重她,她便也不尊重他,无论这个人是她的父辈、兄弟,还是丈夫。反之,她会尊重那个同样尊重她的人,不管对方的身份。她认为人必须建立在互相尊重上。至少她认为,林海藤对女性是尊重的,他尊重女性的意见,而且不诋毁她们。哪怕在婚姻里,他的原则也是在征求了她们的意见后,共同执行的,他并没有强迫谁,仅仅是他的坚持让她们受不了。他的观点甚至让她产生了共鸣,像戏剧一样,以致后来她逐渐被吸引,陷入恋情。现在,她在品尝了自酿的苦酒后,也不得不思考,最终她将何去何从。

就在马春思前想后的一天晚上,她做了一个梦。梦中,她来到一片森林里,林间幽深而宁静,她被林中向前延伸的一条小径吸引。走进去,映入眼帘的是各种奇怪的树木,不时有薄雾在林间穿梭,越往前走,前面越明亮。渐渐地,林间开始有动物出现,它们见了她,对她都很友善。可是那些动物都神奇地会算账,它们每对她友善一次便向她收取大小不等的费用。开始的时候,她也向它们付费,可是当她的钱都付光了后,那些动物便举起一张张牌子,上面写着她所欠的债,它们边走边举着牌子向她示威。后来,示威的动物越来越多,越来越多,它们一边示威,一边将她团团围住,不停地向她发出警告,可是她的口袋里没有一分钱,她为不能付钱而惶恐,并觉得如果不付钱,它们将不再对她友善,会向她露出它们的兽性,然后将她撕成碎片。她越想越急,越急越惊恐不安,好像五脏六腑已被那些动物撕碎了一般。

这时她突然醒来,感觉脑门上全是汗,汗水冷冷地挂在脸上很不舒服,她想抬手将汗水擦去,可是,竟觉得浑身无力。在黑漆漆的夜里,她听着身边人那均匀的鼾声,那声音似乎像梦中动物对她发出的鸣叫声一样,于是她惊恐地瞪大了眼睛!

# 失语者

一

那是一件由醉酒引发的强奸案,当得知受害者是谁时,我的脾气变得暴躁易怒。案件的发生,直接导致了我和小彤的离婚。在我刻意回避和自认快忘记这件事情的时候,一个电话又将我拉回那不堪回首的往事之中。

电话打来时,我正在吃饭。当拿起手机看到来电显示时,我皱起了眉头。电话是小彤的母亲打来的,自从我和小彤离婚后,我们再也没见过,也没通过电话。出了那样的事情之后,无论见面还是电话,都显得非常尴尬。他们如是,我亦如是。所以我们拒绝一切接触或接近彼此的机会,免得彼此难堪!

手机响了一会儿,我才磨蹭地接起。磨蹭,是在考虑电话接通的那一刻,我该怎么称呼她。是继续叫她妈呢,还是别的?我和她女儿离婚三年了,别说和她没通过电话,甚至和她女儿也没有通过。

可能是惯性,电话接通后,我还是忍不住叫了一声妈,然后问她:“您找我?”

这称呼让她有些感慨。她应着:“钟源,难得你还能叫我妈。”虽然我看不到她,但能从她的声音里听到一丝儿颤抖。

其实叫了后,我却觉得难堪。我与小彤都离婚了,再这么叫她,总觉得名不正、言不顺。但还是回她："习惯了，您找我有事啊？"

　　她叹了一口气说："不知我上辈子做了什么孽，让我们家小彤摊上这倒霉的事，可是又有什么办法呢？这几天我思来想去，觉得还是要打个电话给你。"电话里，她的声音透着凄凉与无奈。当然，我知道，她所指的那件事就是强奸案。

　　想起强奸一事，我又一阵儿的厌恶。强奸无论对于强奸犯还是受害者，都是一件令人恶心与耻辱的事。因为厌恶，三年来，我一直回避与抵触它，每当我觉得已忘记这件事情的时候，总有一些莫名其妙的人在一些莫名其妙的地方，莫名其妙地提起它。有时，一些不知哪来的混账还要问我："你知道卡西镇那起因醉酒引起的强奸案吗？"每当这个时候，我并不以为那个人不知底细，而是觉得对方是有意的，明明知道我是当事人的丈夫，还要来问我，为的就是让我难堪。每当这时，我总想一个巴掌抢过去。强奸案带来的耻辱及系列关联让我有苦难言，就像走在大街上，被人莫名其妙地泼了一盆污水，而且这盆水带着记忆，无论怎么清洗，都洗刷不掉它给我带来的痕迹，以及别人给我戴上的烙印与嘲笑。我想早早结束和她的对话，便对她说："什么事？您说吧。"我能感受到自己语气的不好，每提这件事，都让我失去耐心。

　　似乎感受到我态度的变化，她迟疑了一下才说："我们家小彤不见了。我打电话来，就是想问问，她有没有来找过你，或和你联系过？"

　　我发现，我并不关心马小彤的死活。她的在与不在，走与不走，都与我无关。但凭着我对她的了解，她不可能来找我。她一向好强，受了那样的耻辱，恨不得找个地洞钻进去，甚至想到了死。那天她站在楼顶，倘若不是我的一巴掌，她或许已经死了。但我知道，她不会主动向人示弱。即使出了那样的事，她未流一滴泪，至少她在我面前没有流过。但不得不说，她陷进了绝望。不仅她，还有我，以及与她至亲的人都陷进了空前的绝望中。当人们说她自作自受、咎由自取时，我也未能幸免，说我作为丈夫，对她没有尽到保护的义务。

　　到目前为止，在那件事上，我只想诅咒，诅咒众人及她。该死的！那场饭局不是我逼她去的,而且自始至终,我不知道她到底赴的是一场什么宴。更加可恨的是,她不告诉我为什么,为此,我曾不止一遍地对她怒吼:"马小彤,你能不能告诉我这到底是怎么一回事儿?即便是死,你也让我死得明白。"她像灵魂已不在体内,那件事情出了后,她变成了哑巴,无论你对她说什么,她既不看你,也不理你。要不,她就长久地躺在浴缸里,从早躺到晚。躺在那里的时候,你甚至听不到水声,也听不到其他声音。我总觉得有一天她会将自己泡死在浴缸里。果不其然,一次她躺得身体僵硬起来,身体慢慢地往浴缸里滑去。但她并不呼救,似乎在等待着这神圣的一刻到来。那天不知什么指引我进去拿一样并不重要的东西,倘若我不进去,她或许已经死了。那时候我是希望她死的。她死了,至少得到了解脱,我也解脱了,而且多少能挽救一些我们已损毁的名声。当我进去时,她正在浴缸里喝水。虽然我希望她死,立刻死!但那一刻我还是迅速地将她从浴缸里拽了出来。就像她试图跳楼时,我给了她一巴掌一样。我不知道为什么要将她从浴缸里拽起,或者在她想要跳楼时给她一巴掌,她死了不是更好吗?我不是希望她死吗?可是,我为什么又要多此一举?而且这是何苦呢,我们已无法面对彼此,将她从死亡的路上拉回,仅仅是为了互相折磨吗?这种折磨对于我们又有什么意义呢?

此时,我告诉她母亲,离婚后,我们再也没见过,连电话都没打过。突然,话筒里传来一声压抑的哭声。我被这哭声弄得慌乱起来,也不知道如何安慰她。

我的脾气又开始烦躁起来,想将电话狠狠地摔下。可是话筒的那一端不是马小彤,而是她母亲。我不想伤害她,因为我母亲去世得早,此前我一直把她当作自己的母亲,她也给了我或多或少的一些母爱,对此,我是感恩的。好一会儿,我才对她说:"您先别难过,和我说说什么情况,看我能不能帮上什么忙。"此时我的语气已比先前柔和起来。

她没有立刻停下来,而是又哭了一会儿才说:"钟源,你和小彤都离婚了,按理我不该再找你,你也没有义务管她了。"

见她又想我帮忙,又不直接说话,我又有点儿不耐烦,僵硬地说:"不管什么情况,您说吧,要不我不知道怎么回事儿。"

在我烦躁的语气里,她迟疑了一下,然后才说:"那件事情出了后,我的痛苦并不比小彤的少,我替她难过。看着她整天将自己关在房间里,我和她爸爸总担心她的健康,担心她会做傻事,经常劝她出去走走,或到一个新的地方重新开始。我们是希望她能换一个环境,改善那件事对她的折磨。开始她对我们的建议置之不理。有一天,她突然说想去青海看看。见她想通了,我和她爸爸都很高兴,但她拒绝我们陪同,说想一个人静静,然后就一个人走了。行程是她自己定的,前后共定了一个月。她走的时候,还是我和她爸爸将她送上的飞机,可这一去,她再也没有和我们联系,此后没有任何音信,我们不知道发生了什么,她到底去了哪儿。"

"走了多久了?"当她停顿时,我问道。

"三个月。"

听到这个数字,我心里竟然抖了一下,觉得小彤是凶多吉少了,问她:"报警了吗?"

"报了,只查到她从卡西到成都的消息,后面的行踪便没有了。我和她爸爸急坏了,到处去找她,可是一点儿消息也没有。我是实在没有办法,才想到了找你。"

我告诉她,离婚后,我们真的再没联系了。事实是,那件事出了后,我与小彤已无法面对彼此,也无法再交流,哪怕一句话。

"我打电话给你主要是想问问,她之前有没有和你说过成都或青海有什么朋友?或者说过这两个地方的其他信息没有?"她母亲又继续问道,小彤失踪后,他们遍寻无果,竟把我当成一根救命稻草。

我只得告诉她没有,此前从未听她说起那边有什么朋友或认识的人。

接着她又说:"我和她爸爸都快急疯了,担心她出了意外,我们就这么一个孩子,遇到那样倒霉的事也就够了,难道还要……"她的话没说完,声音再次哽咽起来。她边哭边说:"我真后悔让她出去,那时还能天天看着她,现在连死活都不知道了。"

我想早点儿挂了电话,可又不忍心,好一会儿才说:"您也别太着急,我帮着打听打听。"

二

晚上,我回到橡树路的家。推开门,房间里一股久未有人居住的气息迎面扑来,门口的拖鞋乱七八糟地躺着,因长久未穿,上面布满了灰尘。我没有换鞋,径直走了进去,走过后,地面留下一串脚印,像走在刚刚被雪覆盖的地面上。走动时,晃动的身影甚至将桌上、沙发上的尘土扇起来。我怀疑上次离开这儿的时候窗户没关好,不然尘土不至于积得这么多。多久没来了?我甚至想不起上次来这儿的具体时间,两年前,还是一年前?记不大清楚了。

那年离婚后,我便搬回去和父亲一起住了。我母亲去世得早,为了不让我受到委屈,父亲一直没再婚。我很理解父亲的苦楚,从小到大,我没让他操什么心,读书时成绩一直优异,毕业后,又顺利进了一家企业,收入还算可以。为了让父亲过得好点儿,结婚时,我买了新房,希望父亲和我们一起住,搬出那间简陋而又清贫的老屋。父亲拒绝了我的要求,他说,他更喜欢住在老房里,里面多少还有一些我母亲的气息,若和我们住,他会不自在。我很尊重他的选择。我和父亲都没想到的是,结婚没多久,我便离婚了。等我再搬回去住时,我父亲虽然为我和小彤的遭遇感到痛心,但我能回去和他住,他还是很高兴的。他的生命里,我的分量可能超过了我母亲,他在我身上倾注的情感也远远超过了我母亲。我能感受到这一点。有时他对我的事也唉声叹气,或许是怕我伤心,或者觉得帮不上什么忙,在我面前,他从来不主动提我婚姻的事,除非我和他谈起。两个男人谈一件因强奸而离婚的婚姻,也着实让人难堪。所以我们都回避谈这个话题。

只在有一次,我与父亲一起看球赛,看得好好的,他突然冒了一句,像是自言自语,又像是对我说,要是有个孩子就好了。那一刻,我感觉非常对不起他。有时候我想和他好好聊聊,聊聊他,聊聊我,聊聊我过世的母亲。未成年时,我并未觉得父亲为了我没再婚有什么不妥,成家后,我才觉得这件事对他有失公平。自我搬回以后，我总想找个机会和他聊聊他的生活，希望他能找一个老伴，能和他说一些我不能说的体己话，照顾照顾他的生活。我呢，也会走出来的，只是目前我还需要一些时间。要命的是我经常不知如何开口。不善表达是我的弱点，这大概和我的成长有关。

强奸案发生后，我觉得自己陷入了沼泽地，越想走出来，就陷得越深。由此我痛恨与小彤的婚姻，总想找一个能与她撇清关系的机会，我以为离了婚这件事就和我掰清了，事实是，婚离了，关联并没解除。更要命的是，我觉得自己也被强奸了，我无法面对这件事对我的冲击，觉得自己变污了，污得一塌糊涂。随着事件的发展，我的内心变得幽暗，性格也变得复杂与不可捉摸。我常常回避与人的接触，总觉得每个人看我的眼光有一种敌视情绪，这种认知让我变得狂躁，常常莫名其妙地发作。有时前一分钟还好好地和某人说着话，后一分钟就和他翻了脸，这常让周围的人不知如何与我相处。

上个月我就让一个朋友很下不了台。朋友邀我去他家做客。饭后我们坐在客厅里聊天，他好心地对我说："钟源，你可以重新成一个家了。"莫名其妙的我就将手中的杯子扔了出去。朋友很惊讶，我也很难堪，他妻子则待在那里，看看我，看看她丈夫。我不知道为什么要发火，成家也好，不成家也好，为什么要扔杯子？脾气的变化让我无法与别人正常交往。为了避免冲突，我常常将自己封闭在自己的小圈子里。我的这种变化，外人是无法理解的。我想即便我父亲也不能理解，他只说我的脾气变坏了。

和父亲一起住后，为了找一些资料我曾回橡树路一两次。来了，没有停留，仅是取了东西就走。搬离这里主要是回避，因为那种耻辱感让我不想再与马小彤有任何关系，以及与任何有关联的东西接触。搬离只是想将有关她的所有东西都从我的脑袋里抠出去。我不希望，她在我的生命里阴魂不散。离婚后，我一直想将这套房子卖掉，因手续问题，房子迟迟未出手。

我在客厅徘徊了一会儿，才走进卧室。房间里依然和走时一样，只是多了层丧气，阳台与桌上的绿植早就干枯了，仅剩下一些枯枝败叶，我觉得这和我颓废的心境十分合拍。我没有进厨房和卫生间，因为能想象到里面的情况，不是铁器生锈，就是器具落满灰尘，或许水池与下水管道里爬满了蟑螂。我不想看到那些因受到打扰而惊慌得四处乱窜的身影。那些身影就像我们生命中的某个阶段。

打开所有的门窗后，我走到了阳台上。在那儿能望着小区门口的灯光。那些灯并不明亮，一如三年前，或上次我离开这儿时一样。因光源关系，树下的叶子在灯光的照射下显得昏黄。先前，我喜欢站在这里抽烟，或者等着小彤由外面回来。知道我经常待在这里，每次她由灯光下走过的时候，会抬头向上望，一旦看到我，她就像只猴子一样，拼命挥手或跳起来。有时我喜欢她的活泼，却又不喜欢她那些不沉稳的举止。她的活泼让我死气沉沉的性格里有了一点儿光亮，她的不沉稳又显得与我死气沉沉的性格不匹配。那时，我还是挺在意她的，她在的时候，至少我的生活很充实。突然，小彤的形象从灯光下走了过来。我以为看花了眼。没错，是她，就像此前，她不止一次地打那昏黄的路灯下走过一样。我以为她会像之前那样抬头往上看，拼命地向我挥手，或跳起来。但是，没有，她没有看一眼，就径直走了过去。而且再没有出现。

## 三

我与马小彤是相恋七年后结的婚。婚前我们的关系已到了七年之痒的临界点，那时曾一度想要放弃彼此，主要是觉得性格不合。她性格外向，骨子里有种不受约束的自由。我性格内向，为人拘谨，做事保守，性格里又有一点儿奇怪与矛盾的东西，有时我表现得有些懦弱，有时又表现得非常刚强。两个性格反差大的人在一起开始觉得挺好，能取长补短，互学互补，久了，问题便来了，觉得这种反差互相矛盾，且不能融合。倘若遇到问题，谁都不想迁就谁，摩擦、矛盾随之而来。到了后期，我们经常闹别扭，常常因为一句话，或一个判断，一个观点就闹起来。闹完，谁都不想主动和对方说话，谁若主动，就觉得是在向对方示弱，像失去阵地一样，是一件耻辱的事。有一段时间我们曾彼此冷落，她不来找我，我也不去约她，觉得挺没劲的。后来也试过分手，可一旦要分，又觉得不舍，爱情到了最后就像狗嘴里啃剩的骨头，食之无味，弃之可惜。本以为结婚了情况会有所好转。婚后，不但没有好，反倒恶化起来。单单为吃饭，两个人就闹得不可开交。小彤喜闹，主张外面吃。我喜静，主张家里吃。有时，她拗不过我，留是留在家里了，却带着怨气。饭是吃了，吃得一肚子气。她气，我也气。为生孩子也是闹，我主张早点儿生，她主张迟些生。我们常常冷战，有时一连几天，谁也不理谁。闹归闹，但还没闹到离婚的份上，不闹的时候，我们也和大多数夫妻一样，过着无数磨合，却又简单重复的生活。

我们的离婚是一个莫名其妙的饭局引起的。三年前，也是这样炎热而又沉闷的夏季。那天是周五，下午临近下班的时候，小彤给我打了个电话，告诉我晚上有饭局，不回家吃了。接到电话时我心里不大高兴，她不回来预示着我得一个人弄吃的，习惯了两个人后，突然一个人的时候会有些不大适应。可我还是应了她，并没问她和谁一起，在什么地方参加什么饭局。

那天晚上我没有烧别的，仅煮了一碗面。吃的时候，还给自己倒了一杯酒。我对酒不贪，多数时候都是心血来潮喝点儿，我的酒量不好，随便喝喝还行，一正经喝起来，几下就醉了。一杯对我来说，已经不少了。喝完，微醺，但又清醒。饭后，我看了会儿球赛，又看了部电影，这才上床睡觉。

我睡的时候快十二点了，小彤还没有回来，我没去电话催她。虽然过日子我们也会磕磕绊绊，但在个人问题上，我们没有过多干涉，来来去去，我们都比较相信彼此。因此，我参加饭局也好，与朋友聚会也好，无论多晚，她都不会监视或催促我，反之，她参加活动时，我也一样，这点我们很默契。

或许是喝了酒的原因，那天我睡得特别香。醒来天已亮，发现小彤没在床上，还觉得奇怪，以为她比我先起了。起来转了一圈儿，仍没看到她，这才知道她一夜未归，不免担心起来，随即拨了个电话给她，但没打通，她的手机处于关机状态。

没联系到，心里不免忐忑起来。出去吃饭，她还从没有在外过夜的先例。难道饭局吃一夜？这种可能性好像不大，什么了不起的人物，也不能吃一夜。唱歌？好像也不大可能，前半夜能折腾，后半夜人就受不了了，再说，卡西能营业到天亮的 KTV 也没有。那就是去朋友家或回娘家了。随即我又否认了这种可能。她睡觉认床，一般不去别人家过夜，喝了酒，也不会回娘家，她母亲不喜欢她喝酒，总说，女人喝酒，除了出丑，没一点好处。她才不会喝了酒回去找不自在。

正当我胡思乱想的时候，手机响了。一个陌生的电话打来，接起时对方告诉我他是警察。初听警察两字，我的第一反应是骗子。这年头骗子太多了，骗子总以各种各样的理由出现，但他以警察的身份出现还是让我感到好笑，觉得他用警察的身份去骗人，可见胆量不小。出于好奇，我问他："什么事？"

似乎为了确认我的身份，他又问了一遍："你是马小彤的丈夫方钟源吗？"

我有些不耐烦地回他："怎么啦？"对方却告诉我，小彤出了事情，现在在景山派出所，希望我能过去配合他们一下。

这时我才警觉起来，因为小彤的确一夜未归。问他出了什么事，对方冷冷地说，来了就知道了。

挂了电话，我还是想不通，吃个饭也能吃到派出所去？肯定发生了什么事情。我为她在派出所的出现设想了许多可能。或许是打架？觉得不会，她喝多了顶多睡觉，不可能打人。酒驾？也不会，今天她就没有开车。被打？或许也只有这种可能。吃饭时，某人喝多了开始撒酒疯，小彤就成了那个倒霉蛋被打了，而且打得不轻，不然，闹不到派出所去。让我去，无非是和打人的谈赔偿的问题。想到这儿，我开始担心小彤起来，不知道她被打到什么程度，伤得重不重。

# 四

派出所在一条比较隐蔽的小巷里，周围没有明显的标志，找得我都想骂人了才找到。如果不是看到门口悬挂的警徽，我甚至怀疑派出所的真伪。

走进去发现，派出所并不大。里面有个院子，院里有两排小楼，靠左面小楼的一侧停着几辆警车。经过警车的时候，我的衣服被车旁的一株植物钩住了,那是一株我叫不上名字的花儿,此时开得正闹,一阵风吹来,红色的花在风里来回地摇,随着摇动,一股淡淡的清香在空气里飘。我没有闲情看花,只想马上找到小彤,想要知道到底发生了什么。

当我踌躇着不知要去哪个办公室时,一个皮肤黝黑的警察问我找谁。我告诉他,我是马小彤的丈夫,是你们打电话叫我来的。

他奇怪地看了我一眼说:跟我来!我跟他上了二楼,上楼的时候,还在想着他那奇怪的眼神,不知道他为什么要用那种眼光看我。在二楼最里面一个房间的门口,他让我进去确认一下里面的人是不是马小彤后立马出来,他有话问我。

我以为小彤就在里面,进去后发现,房间里只有一名警察,却没有小彤的影子。正要询问,突然在一台视频里看到了她。在一个房间的角落里,小彤蜷缩在一张椅子上,她的头发凌乱,眼神发直,而且她身上穿的那件绿色的袍子我从来没见过。我断定那不是她的衣服,甚至怀疑有没有看错,这个人是不是小彤。

警察面色冷峻地问我,是她吗?我点头,问他到底出了什么事。他没有直接回我,而是将我带到另一个房间。房间里有一张桌子,一名警察坐在桌前看着我,并示意我在一张椅子上坐下。坐下后,带我进来的那名警察问道:"昨天你妻子去哪儿,你知道吗?"

"不知道,快下班的时候,她给我打了电话,说有人请她吃饭。"

"去哪儿?"

"去哪儿,和谁吃,我没问,她也没说。"

"她经常在外面过夜吗?"说着,他用审视的眼神看着我。

"没有。"我说,然后又补充道,"极少,即使有,也是我们一起。"警察盯着我继续问:"她一夜没回,你知道吗?"

我告诉他,天亮时我才发现她一夜没回,打她电话,提示关机了。

"然后你也没有去找她?"

"没有,平时她都会在既定的时间回来。这次一夜未归,我也很纳闷,觉得她大概有什么别的事情,不知到底发生了什么。"

接着他告诉我一件让我非常震惊的消息:昨天她醉酒后不幸被两个流浪汉强奸了。警察在告诉我这个消息的时候,面无表情。我以为听错了,惊恐地瞪大眼睛,反问他有没有弄错。他说,他们在案发现场附近调出了视频及一些物证证明了她被强奸的事实。

我没法将强奸和小彤联系在一起,仍惊恐地瞪着眼睛看着警察。警察又向我介绍了他们从接警到目前调查的情况:是一名清洁工发现的她。清晨天刚亮,一名清洁工到案发现场打扫卫生,在清理广场时,发现一个未穿衣服的人躺在草坪上,清洁工以为发生了命案,随即报了警。经调查,发现这是一件由醉酒引起的性侵案。被侵犯时受害人并不知情。当她醒来得知被强奸后,情绪非常激动,极不配合调查。警察是在调取附近的监控后才了解了一些情况。

我的脑袋要炸了,我不敢相信这种以前只在新闻里看到的事件会发生在小彤身上。这怎么可能,这是新闻,小彤怎么可以成为新闻中的受害者。我的拳头握紧松开,松开又握紧。我愤怒得想要找一个出口,站起来,对着门就是一顿发泄,并大声地说:"有没有弄错?"

警察上前制止了我,让我冷静点。我仍带着气愤的口吻说:"你们确定看到的是我妻子,或者确定她是被强奸了吗?"

警察让我看了录像。视频是被广场边一家店里的摄像头拍下来的。凌晨一点半左右,一辆电动车来到景山广场附近。司机下车后,打开车门,从车里将意识不清的小彤拖了下来,将她丢在路边的一张椅子上便走了。二十分钟后,一个流浪汉经过时看到了她,他在她身边转了一会儿,走开了;然后又折了回来,又看了她一会儿,又走开了;再次回来时,他把她拖到后面的草丛里实施第一次强奸。之后,这个流浪汉走了,大约过了半个小时,他唤来了一个同伴,第二个人也对她实施了强奸。

看到视频,我像被人狠狠地抽了几巴掌,感觉自己要崩溃了。这种倒霉的事儿怎么会轮到我头上?我甚至想要活剥了电动车主与两个流浪汉。这些没有人性的畜生,半夜里,怎么能随便将一个女人丢在路边,怎么可以侵犯她。我无法接受这个事实与耻辱。随后,又开始责怪那些请她吃饭的人,为什么让她喝那么多的酒,为什么不送她回家。同时我也责怪她,一个女人在不能确认自己安全的情况下,怎么可以喝那么多的酒,而且摊上这恶心的事。以后我们将怎么面对自己,彼此及众人。我越想越气,感觉一把火在心里燃烧。

我请警察带我去见她,想最终确认一下警察说的和刚才我在视频里看到的那个人是不是马小彤。那时我还天真地抱着弄错了人的侥幸,或许那个人不是马小彤呢,或许是长得相似的两个人呢!

在另一个房间里,我终于看到了小彤,她像我刚才第一次在视频里看到的一样,头发凌乱,眼睛发直,蜷缩在一张椅子上。走近了才发现,她在瑟瑟发抖,地上、身上,以及她的手指上散落着被她扯落的头发。听到有人进去,她没有抬头。我没有叫她,当警察告诉她我来了时,她哆嗦了一下,似乎受到了惊吓。她并没有立刻看我,而是好一会儿才抬起头来,即便抬头,她也没有看我的眼睛。我以为她会满脸泪痕,但是她脸上一滴泪也没有,有的只是惶恐与绝望。

在确认是小彤的时候,一把怒火在我心中熊熊燃烧,我不能理解这件事会在她的身上发生,也不能接受这件事给我带来的感受。我甚至有种想要冲上去,将她暴打一顿的冲动。而且边打边责骂她,他妈的,这到底赴的是一场什么宴,把自己弄成这副鬼样子?到底是喝了多少才会喝成不省人事,喝到被强暴了也不知道的程度?不能喝为什么要喝?作为女人有没有自我保护的意识?正要发作,看到警察面无表情的面孔与凌厉的眼神,我又将怒火忍了下去。

在允许可以将小彤带回家时,我没有叫她,而是生硬地说,走吧。她没有动。不是不想动,是她根本站不起来。见她不动,我又叫了声,走吧。好一会儿,她才缓缓地站起来,还没站稳,身体便像一摊烂泥瘫了下去。她身上穿的那件绿袍子便将她一下罩住。先前警察告诉我,这件衣服是一个好心人给的,他们在案发现场没找到她的衣物,旁边的一个好心人拿来这件衣服给她穿上。

看着那堆绿,我觉得特别刺眼。倘在平时,她倒下时,我会本能地伸手拉她。刚刚她倒下时，我没有伸手，而是等她倒下了，才缓缓地去扶她。扶的时候，她的身体像能烫到我似的，让我感到灼痛，我甚至想要将手缩回。

# 五

回来的路上，我们没有说话，而且谁也不看谁。我不看她，是因为她让我感到难堪。在强奸的事件上，她的难堪比我更甚，而且她的难堪将被扩大，大过强奸犯，大到不停地被强奸。凭着我们多年阅读新闻与人生的经验判断，强奸的背后，我们不仅是受害者，还是被围攻者。在这背后，人们对强奸事件的关注要远远高于受害者的关注，对受害者的批判也远远重于犯罪者。正因如此，今后的人生中，我们将会被人所不耻，我们的身上将会被贴上两个标签：一个是被强奸者，一个是被强奸者的丈夫。

或许我们都明白这件事将给我们带来不可抗拒的后果，回去的路上，我们变得像两块沉重的铁器，坚硬而顽固。

因气氛不对，前行的路像没有尽头。我觉得车子会一直开下去，开不到尽头，或者很快到了尽头，尽头没有路，只有悬崖，开着开着，我们便一头栽进深不可测的深渊里。

那段路好像是我人生当中最长的一段路。我不知道开了多久。像一个世纪，或一百个世纪。车子终于停下了，我像逃难一样下了车，一转身便狠狠地将门摔上。我没有停留，迅速回到家中，一进门，便操起柜上的杯子狠狠摔了下去，清脆的声响之后，碎片在房间里飞起来。摔完杯子，仍不解气，我把能随手操起的东西，统统都摔了：茶壶、杯子、果盘、烟灰缸、遥控器，拿起就摔，而且一次比一次摔得狠，碎片飞起的瞬间，我竟有瞬间的快感。一会儿房子里便狼藉一片。我能感觉自己的眼睛里能冒出火来，摔完了，我一屁股坐在沙发上，仍不能平息这件事给我带来的冲击。坐到沙发上时，我又忍不住将沙发上的几本书狠狠地扔了出去。其中一本扔到墙上，将一个画框打落，随着一声巨响，画框里的玻璃摔得粉碎。那一刻我很震颤，觉得我就是那块玻璃，被不幸击中，摔得粉碎。

在我发泄告一段落的时候，马小彤蹒跚地进来了。她一进来，我腾地一下从沙发上弹起来，然后愤怒地问她："马小彤，你告诉我，这到底是怎么一回事儿？"我平时并不怎么说脏话，一旦生气时，三字经便脱口而出。

她没看我，也没回答，而是挣扎着去了卫生间。我跟了过去，想让她给我一个回应，出了这样的事，总得给我一个交代，得让我知道是怎么回事。刚走到门前，她啪的一声将我关在门外，又从里面将门锁起来。

她的态度让我更加愤怒。我气极了，举起手来，用力地捶打房门。边捶边声嘶力竭地吼起来：开门，开门，给我开门。你到底和谁一起吃的饭，到底发生了什么？弄了这么大一个丑闻回来？

无论我怎么吼叫，她就是不理我。到了后来，我有点儿怀疑她受不了这种耻辱，在里面自残。那一刻，我竟希望这种想法能够实现，免得彼此难堪。但是她没有对自己做什么，很长时间之后，我听到里面传来哗哗的水声。水声响了很长时间都没停下来。

一连几天，我们都没有说话。因为我们都清楚发生了什么。这种事既不能声张，又无法掩饰。当我们像老鼠一样躲在洞里的时候，卡西已传得沸沸扬扬，似乎人人都知道一个醉酒女被流浪汉强奸的事实。而且传说的版本众多，各式各样。有说受害者是专门陪酒的，有说是被领导叫去陪酒的，也有说是夫妻吵架赌气出去喝酒的。对强奸者的说法也不同。有说是被出租车司机强奸的，有说是被三轮车夫强奸的，也有说是被过路的行人强奸的，还有的说是被四五个流浪汉轮奸的。传说五花八门，都说得有鼻子有眼，好像人人都看到现场一样。人们对强奸新闻的热衷，往往高于其他犯罪。谈论的时候，人们眉飞色舞，谈论的好像不是一桩犯罪，而是一个非常好玩的事件，尤其谈到女性受害者时，言辞更加苛刻与歹毒。女性因没保护好自己，成为最受谴责，最该死的那一个。

按着人们话语的导向，自然小彤是最该死的那一个，我也好不到哪儿去，感觉也被强奸了一样。而且我被强奸的感觉更加强烈，更加让我感觉耻辱。作为一个男人，我无法容忍这种被强奸的感受。愤怒的血不时穿过我的头顶往上升腾，我一次次地感到我要杀人，或者被杀。我满脑子都是强暴与残暴的画面。

夜间我常常醒着,因为我常常梦到杀人,或被杀,然后被自己吓醒。醒后,便侧耳听着,房间里除了自己的呼吸声,什么也没有。我也听不到隔壁房间里小彤的声音,出事后,她变成了哑巴,什么也不说。甚至连她的脚步与呼吸声,都变得轻微与不易察觉,她的轻微像粒尘土。她不仅哑了,似乎也聋了和瞎了,她什么也听不见,对一切也视而不见,

在这期间,她不再出门。我也避免外出,除了工作,我不参加任何聚会。生怕一出门,别人就认出我来,对我指指点点,说看,那个人就是受害者的丈夫。可怜的人,今后他将如何面对他妻子。他妻子更惨!可是,这怪谁呢?

在单位,我也好不到哪儿去,每天同事都三五成群地聚在一起谈论这件事。我既不能参与,又不能熟视无睹。谈着谈着,有时候他们会突然问我一句:"是不是,钟源?"

这件事发生后,每天我都活在痛苦中。在家中,我和小彤已无法面对对方,看到对方,就像看到镜中的自己,看到自己的耻辱,因为这耻辱既是她的,也是我的,我们无法摆脱这种紧密的关联。在外面,我也如惊弓之鸟,每个人在谈论这件事的时候,我都如坐针毡,觉得他们知道这件事与我有关,他们在我的面前谈起,就是谈给我听,让我体验这种难堪的滋味。而且他们看我时,我也觉得他们的眼神怪异,那种眼神里包含着许多复杂的东西。

到了后来,无论是别人的一个眼神或同事的一句"是不是,钟源",都让我非常惊恐,觉得他们知道了被强奸的人是谁,因为我的表现也有些奇怪。无论别人谈得多么热烈,我都不掺和,似乎将自己置之度外。这种冷淡与不参与的态度,也让人生疑。可我是当事人,我又怎能若无其事地与他们一起讨论这件事呢?

我的痛苦不能和任何人说,我的烦恼也没有人知。很快,两个流浪汉被抓到,他们承认了强奸的事实。因是两人作案,他们将被判强奸重刑。但那时,我已不在意这两个浑蛋被判几年,也不想在法庭上看到他们,他们让我感到恶心。对此,小彤也无任何表态,我想,她比我更不想看到他们。

那段时间,我们的生活过得颠三倒四。一天到晚我们不说一句话。因

为不交流，谁也不管谁，像两个陌生人。对方几时睡，几时醒，我们不管；对方几时吃，吃没吃，我们也不管。每天她有三分之二的时间是在浴缸里度过的，她像养鱼一样将自己养在浴缸里，将自己养得白白的，皱皱的。

# 六

我开始失眠，一夜一夜地不睡，常常半夜起来，在房间里走来走去。有时我会贴在小彤所在房间的门上，听听里面的动静，想要知道她是睡了还是醒着。房间里总是传来死一般的寂静。当听到自己的心脏急速跳动的时候，有时我会以为她死了。我为这一发现感到欣喜，觉得死亡是新的开始，并希望天亮后能公布这一发现。

当我一无所获地离开房门时，我会坐在漆黑的夜里，坐着坐着，我就发狂。因为我满脑子都是一些莫名其妙的幻听。那些声音由远及近，由近及远。有时来于一人，有时两人，有时又是一群人。每一个声音都缥缥渺渺，像由空谷里传来。要命的是，他们都在谈论同一个话题：死亡。我想当那些声音在谈论死亡时，我该做些什么呢？我常常感觉口渴，却又不想喝水。我觉得我要完了。

没有不透风的墙，后来当大家都知道强奸案的受害者是谁时，我却突然释然起来。最初我很害怕有人知道这件事是我的事，天天处于被人知道真相的惊恐中，神经每天都绷得紧紧的，生怕真相一公布，在人前，我立刻会羞愤而死。因为我会无法接受人们知道我与这件事的关联，讨论我的妻子被人强奸了，且是在酒后，被两个流浪汉。当真相真的公布开来，我倒是接受了这个无法改变的局面。好吧，耻辱既然无法阻挡，就让它来吧。我假装强大，当人们对我指指点点的时候，我的内心又不够坚强。我一会儿是无所畏惧的平和，一会儿又是羞愤难当的焦躁。

小彤的母亲知道女儿被强奸的事情之后，事情已过去了很长时间。她匆匆地来了，来之前，她本打算将女儿好好教训一顿，教训她平时不听她的话，才落得这个下场。一进门，看到女儿瘦骨嶙峋，奄奄一息的样子，她没有责备她，而是哭了，边哭边说为什么会遇到这种事。她想和我聊聊，我回避了。这件事情的发生，让我不知道该和她说些什么。我害怕看到她的眼神，害怕和她说话，害怕她对我谈起这件事，害怕在这件事上我谈不出个所以然来。因为我也被蒙在鼓里。小彤和她母亲也不说话。她每天除了洗澡，不干别的。她母亲在两个沉默的人中间夹着，也只得沉默了。

后来，我发现小彤也常常不睡觉。夜间，我们都醒着，像两只猫头鹰，但我们没有捕食，而是任思想快速有力地前行，却又不发出任何声响。

强奸案发生的第四个月的一天深夜。我梦见自己手里拿着一把刀，向站在楼顶上的一个人靠近。我不知道那个人是谁，反正有个声音告诉我杀了他。如果我不去杀他，他就会杀了我。当我靠近时，刚要将刀刺出去的时候，那人却突然从楼顶上纵身一跃，跳了下去。然后楼下传来一声沉重的闷响。于是我醒了。醒来感觉很热，便由房间里走了出来，走了一会儿，便坐在客厅的沙发上。我没有开灯，因为那晚的月光很亮，水一样的光由窗户里照进来，照得房间像披了一层轻纱一样。坐累了，我便躺了下去。但我毫无睡意，就睁着眼躺着。不知过了多久，我听到房门开动的声音，有人由房间里走了出来，走动的声音非常细小。我知道是小彤，她同我一样没有开灯，而且她没有发现我。她摸索着向外面的门口走去。我不知道她要干什么，并为她的行动好奇。她跨出门后，我也轻轻地跟了上去。奇怪的是，出门后她没有下楼，而是沿着楼梯往上走，梦游一样。我也紧紧地跟她上了楼。到了楼顶，她直奔护栏，走了一半的时候，察觉身后有人，她猛然转过身来。我们在楼顶的月光下对视着，谁也没有说话。她的行为让我联想到先前的梦，我觉得她就想那么干，我很确定。我的尾随是不是让她以为我是在追杀她呢，她会不会猛地扑向护栏呢？如果她扑下去，就像先前梦中的那个人一样，梦中那沉重的闷响似乎在我的耳边再次响起。这一切都太逼真了！我不想再听一次那种声音，突然冲过去，给了她一巴掌。打完她，我立马转身下楼了，如果她想死，就随她好了。经历了强奸的阴影，我们活着比死并不会好过多少。我下来继续躺在沙发上，躺在月光的阴影里，努力不去想任何事。一会儿，小彤也下来了，那一巴掌似乎打醒了她。进了屋，她突然晕倒在地。摔倒的声音震动了我。我从沙发上起来，看到她直挺挺地躺着，显得十分瘦小。看着她，我开始反思，事件后，作为家人，我都做了些什么。我的一边逃避，一边指责不亚于给她二次伤害。她是受害者，本就承受着巨大的痛苦，我的逃避与指责并不能改变现状，我为什么不能原谅和帮助她呢？

我想把她放到沙发，从地上抱起她的时候，发现她轻得像几根羽毛。这让我感到心痛！

强奸案之后，除了我对她的苛刻外，还有一个现象让我感到奇怪。小彤先前朋友不少，事情出来后，竟没有一个朋友来看她，就连两个要好的朋友也没有过来，虽然我并不希望有人来提这件事，小彤也未必想见她们，但是她们的不来，还是让我百思不解。这件事是小彤被强奸了，她们来看她，难道也有被强奸的感觉不成？或许我把别人想歪了，她们不来，或许是她们不知道如何开口。连我都不知道要和她说什么，她们来了，又能和她说什么呢？

缓了一会儿，她醒了过来，看我在她的面前，她皱着眉头，并拒绝我的靠近。她躺了一会儿，又回到她那片封闭的空间里去。

在小彤试图跳楼的第三天，我尝试着与她说话，我想，沉默不是办法，我们得走出这耻辱的胡同。无论结局如何，我们都得心平气和地谈谈。我到房间的时候，房间没开灯，窗帘拉得密不透风。因久没通风，房间里有一种难以描述的气味，我想让房间里透透气，便将窗帘拉开。她在床上躺着，身体用被子包得严严实实的。露在外面的脸瘦得吓人，醒目的就数那双眼睛。因积怨已久，坐在她面前的时候，我局促不安，但还是对她说："小彤，我们谈谈吧。"她不说话，甚至连看都不看我。"你想说什么，就说吧！说出来你也好过些，我们彼此沉默并不能解决问题。我们得面对它。"但她仍没有说话，也没有看我。那天，不管我说什么，她都不回答。第一次谈话失败，让我非常沮丧。

之后的几次谈话，都以失败告终。甚至在一次谈话过程中，我的手无意碰到她的时候，她惊恐得躲开了。她的反应让我震惊，我想，她拒绝说话，并拼命抵触，是无法面对自己与我。在这件事上，哪怕我能原谅，她也不能原谅自己。我们无法交流，就无法面对这件事。

此后不久，小彤在浴缸里差点儿发生事故。当那天我从浴缸里将她拖出来的时候，我觉得我的承受能力已到了极限。我和小彤之间必须解决的问题不是生死的问题，而是远离，远到谁也看不到谁为止。或许这样对大家都好。

离婚是我提出的，小彤没有异议。离婚后她什么也没拿，就直接回了娘家。自此我们再没有联系。

她走后，我舒了一口气，觉得可以开始我新的人生了。为了与过去的生活彻底决裂，我搬到父亲那里。

"钟源，昨天我梦见你妈了。"在我知道小彤失踪的第三天晚上，吃饭时父亲突然和我说起了他的梦。

"然后呢？"我问他。

"你妈没多大变化，还是年轻时候的样子，她说新近她们那里来了一个姑娘，那姑娘从来不说话，总是一个人待着。她看她挺可怜，就没话找话地找她说话，不管她说什么，那姑娘都不理她。一天，你妈和一个带着孩子的女人聊天时提到了你。听到你的名字，那个从不说话的姑娘突然说话了。她说她认识你。你妈问她是谁，叫什么名字时，她却什么也没说，最后她变成了一堆白骨竟然还冲她们笑。"

我听得毛骨悚然！

接着父亲又说："我觉得这梦很奇怪，你说你妈是不是托梦给我们，她说的那姑娘是不是小彤啊？你妈怎么会碰到她呢？我想不明白。白天我想了一天了，很不安，觉得得跟你说说这事儿。你和小彤离了后，还有联系吗？"

我只得和他说，前几天，她妈打了个电话给我，说她失踪几个月了。联想到刚才的梦，我和父亲都沉默了。梦是一个难以解释的东西，有些梦是真的，和现实中的场景能完全重合在一起；有些梦是假的，与你的生活无任何关联；有些梦却能预示一些东西，就像小彤要跳楼的那晚，我就梦见了追杀、坠楼的场景。

后来父亲又说了句："先前我倒是挺喜欢她的，觉得她性格好，和谁在一起都不招人讨厌。遇到这样的事儿，也是她命苦！"

我继续沉默着。

此后，父亲的梦像活的一样，经常在我的脑海里回放。最后这个梦像我的一样，十分逼真地刻在我的脑海里。这个梦让我很不舒服，我觉得让我最不舒服的是那姑娘什么也没说，倘若她要说话，她该说些什么？假若是小彤，人们又希望她说些什么呢？

强奸案发生后，有个字始终在我的脑海里萦绕。我没法回避它，包括小彤。小彤被冠上这个字的时候是因为她被强奸了，我被冠上这个字的时候是因为我觉得同小彤一样被强奸了。这个字仅属于我们吗？强奸犯呢？我们不是强奸犯，不知道他们会不会因为这件事感到那个字的存在。或许他们不认为，或许认为。当然，无论他们认不认为，他们已为自己的行为付出了代价。由此，我想到了别的。想到了当初人们议论这件事的一些对话。

在橡树路旁边一个小商店的门口，我就曾听到两个女人在讨论这件事，一个说："她是被两个流浪汉强奸的，想想都恶心。"另一个说："如果不是流浪汉就不恶心吗？""都恶心，只是流浪汉更恶心！"好吧，我也觉得恶心。我被别人恶心，也恶心自己。因为在这件事中，我感觉最大的难堪是我的，因为我比别人都在乎这件事的影响，哪怕我说了好吧来吧，冲我来吧，我不害怕，其实都是假的，我在乎。即便我和她尝试交流，尝试原谅她，也不是真的。不然，我就不会那么想要和小彤离婚，来撇清自己了。

强奸案发生后，令我耿耿于怀的是，小彤始终不愿意说话，和警察，和我，和任何人都不说话，对赴宴的事更是只字不提。问题是，那天她到底赴的是谁的宴？赴宴的人都有谁？在哪儿赴的宴？宴会上她和谁喝的酒？在什么状态下离开的酒店？最大的问题是，强奸案出来后，没有一个人为那天的宴会做一个解释或说明，没有一个人前来问候。这到底是为什么？我不相信，那天她是一个人把自己喝醉。离婚后我一直在回避小彤及这些问题。她母亲的一个电话似乎又将我打回原形。

# 七

我连续回了几趟橡树路的家,回去干什么,我也说不清。我常常站在阳台上,望着门口及那盏昏黄的灯。我还能回来,小彤再也不会由那道门及那盏灯下出现了。我想既然答应了她母亲帮她想想办法,我就不能撒手不管。从哪儿开始了解呢?我想到了她的两个朋友。或许从她们那儿能了解到一些消息。

我第一个找的是姜玲。姜玲是马小彤之前最要好的朋友,我与马小彤的相识还是缘于她。

十二年前冬天的一个下午,我开车经过卡西步行街路口时,被一辆白色的现代车追尾了。当时天上下着雨,天空灰蒙蒙的,车被追尾后,我的心情就跟那天的天气一样灰蒙蒙的,觉得十分丧气!

开始我以为只是小小的一个刮擦,下了车才发现车子比想象中撞得严重,后保险杠与右侧车灯都被撞坏了,现代车的前保险杠也被撞得变了形。

在我查看车子的时候,现代车上下来两个女孩儿。开车的女孩儿瘦瘦高高的,妆化得比较精致,长了一双让人过目难忘的眼睛。那眼睛长得又细又长,眼角有些高,用力地向上挑着,她的长相里有着人们所说的那种不好惹的特征。另一个女孩长得相对平稳,没有化妆,穿得也比较朴素。她们查看车子时,我以为她们首先会选择报警。可是,她们却选择了另一种方式。我还没来得及说话,开车的女孩却先开口了,一张嘴就指责我,问我怎么开车的,一直追问这么宽的路,我是怎么开的车。

明明被撞的是我,她却恶人先告状。在她的指责下,合着全是我的错,想要和她争辩两句,可刚说了两个字,就被她强行打断。她的嗓门大,说话语速又快。每次我要张嘴,她就用大嗓门将我的话堵了回去,根本不容你插嘴。最后我被惹火了。假若不是警察及时赶到,我打算让她吃些苦头。两个女孩中,开车的是姜玲,另一个便是马小彤。

那天晚上临睡前我收到了一条短信。信息里说:方先生您好,我是下午现代车上的马小彤,下午的事是我们的错,不怪您,特意向您道歉,也代朋友向您道歉。

当时我的气还没消,便没好气地回她:道歉?当时你为什么不说啊?即便我说了许多难听的话,她仍一再地对我说着抱歉的话。

起初我没有接受她的歉意,而是借机数落她,以此来发泄我心中的怨气。解了气,我的火才慢慢地降下来。觉得若是她们当时也带着歉意这么说话,或许我就不那么较真儿了。后来,我的语气缓和了下来,对她说,其实这件事应该是她的朋友来道歉,不是她。她却说,她并不能代表朋友,主要是她想要道自己的那份歉,错在她,是她在车上和朋友说话,分了朋友的心,才出了事故,这件事让她感到不安与愧疚!

戏剧的是,两个月后我与马小彤恋爱了。得知我和马小彤恋爱后,姜玲非常惊讶,觉得我们能走到一起,简直是奇葩。随着接触,我对姜玲的性格了解了一些。她所表现出来的都是她的强势,性格里有着一种不可侵犯的东西。她与小彤之间表现得友好,主要是小彤比较忍让她,对于她的无理,小彤也总是一笑而过。

强奸案未发生之前,姜玲经常来我家玩儿。她与小彤两个人会叽叽咕咕地说一些八卦,然后笑成一团。有时候,她也取笑我,说我性格不够开朗,甚至有些木讷。我不喜欢她这种直指别人缺点的人。有时候我会反击她,说:"你这样欺负老实人,会没朋友的。"她并不觉得自己有过错,还要反问我:"老实人,你觉得我说得有没有道理?""道理?你的道理就像当初你明明开车撞了我,还要倒打一耙一样。""对,这就是女人的气势,无理也要赖三分,不然很吃亏!"她就是这样,我若不生气,她会继续逗我。若是生气了,她也会意识到自己说话过了头,有时也会向我道歉。强奸案之后,她却一次没来过。

那时候卡西满城风雨,网络的助推,让这件丑闻呈脉状一样向外扩散。我和小彤都无法回避被强奸的事实。我们也无法掩饰身份的泄露。那时我与小彤都无限地呈现在众人面前。在别人的眼里,我们是赤裸的存在。我对这种赤裸是怨恨的,并将这种怨恨归结到小彤身上,在她没有保护好自己的同时,也让我跟着一起受伤。

在我的理解里,出了这样的事,姜玲作为马小彤的好友,理应来看一看她,或宽慰宽慰她。但是奇怪的是,她一次也没来,甚至连一个电话都没有打过。当时我觉得,强奸的丑闻,让朋友都不愿意亲近,唯恐避之不及。在见了她之后,我才觉得姜玲是在躲避,但究竟躲避什么?她的奇怪的表现,只能让我怀疑她是赴宴者之一。

在见姜玲之前,我先是打了电话给她。打通后,却是一个男人接的。经询问才知道她的电话已换了。我只得到她的家里去找她。

在沙苑小区的门口,我等了两天,才见到了姜玲。远远地看到她,我没有迎上去,而是等她慢慢走近。在她穿越马路的时候,风将她的长裙子吹起,倒有着难得的生动。看到我时,她很惊诧,很快就恢复了正常神态,并主动和我打着招呼。我不想和她拐弯抹角,便直截了当地说:"小彤的事你知道的吧?"她答:"知道。""我就为这事想和你聊聊。""那行,聊吧!"她答得非常爽快。她的回答让我怀疑她参加了宴会。我没有急着问下去,而是找了个地方坐下来,想和她慢慢聊聊那件事。

坐下后,我说:"后来我和小彤离婚了。"

她淡淡地说:"我听说了。"

"是小彤告诉你的吗?"

"没有,听别人说的。"我感到她在关注这件事,但她一切消息的来源似乎都像路人甲一样。我还是向她打听着小彤的消息,"前几天,小彤的妈妈打电话和我说小彤失踪了,她父母都很急。你是她最好的朋友,我想向你打听一下,这期间她有和你联系吗?"

"没有,那件事出来后,我们再也没联系了。"她依然淡淡地说。她的平淡更是让我感到奇怪,你和她说话,就像在和一个陌生人说话,让人无法想象她之前和小彤关系极其密切,和我们走得那么近。

"那晚饭桌上有几个人?"带着疑惑,我突然抛出了一句话。她却急速地回道:"什么饭桌?我没有参加什么饭局。"

我没想到她一口就否定了,但我知道她在撒谎,因为我看到了她眼神的游移。她为什么不敢承认呢？在好友受到伤害的时候，她站出来将事情说明白不是很自然的事吗，出于同情，看望与问候朋友不也是很自然的吗，但是她什么也没做。在我的追问下，她仅告诉我她所知道的消息都是听说而已。没去看小彤是因为强奸对女人来说是一件不能再耻辱的事，去看望与问候被强奸的朋友，只会增加她的耻辱感。她不想增加小彤的这种感觉，免得刺激她。她的解释有些自圆其说，不能令我信服。而且她对我有一种抵触与敌视情绪，完全没有当初来我家玩的那种随性的表现。这种表现让我怀疑，难道她与小彤之间有我不知道的什么过节吗？

# 八

从姜玲的嘴里没有得到有用的消息，我没死心，并设想着，假若姜玲是赴宴者之一，她会不会去谈这件事，或者在必要的时候说明一些情况？如果不说，又为什么不说呢？

那么其他人呢？为什么所有的人都对赴宴的事闭口不谈？那天到底是谁请的客，为什么请客，在哪儿请的客，请的都有谁，饭桌上发生了什么，大家又是怎么散的，没有一个人说起，强奸案的发生，让他们都选择了集体失声。那么赴宴者到底在担心什么，或者害怕什么？集体失声是事先商量好的，还是不约而同地回避？那么小彤呢，作为受害者，她不需要集体失声，也不需要回避，为什么她也不向任何人吐露宴会的情形呢？

不知为什么，我突然替小彤悲哀起来。并设想，当年她是不是进入别人的圈套，沦为酒桌上别人推杯换盏的牺牲品及莫名的受害者。突然有一股热血冲撞着我，让我尝试着去揭一下旧伤疤。在事故发生的三年之后。我想只要沿着小彤的人际关系找下去，总会找到一些蛛丝马迹。

周丽娜是小彤的另一个朋友。看到我，她的眼神里流露出一份同情。我还是感到了受伤。她的这种善意的眼神并不比那些鄙视与厌恶的眼神让我好受多少。在我提出问题之前，她说，她听到了我们的情况，对我们的遭遇表示同情。事情刚出来的时候，她曾打过电话给小彤，但她的手机一直处于关机状态。宴会的事，她一无所知。她听到一些关于我们离婚的事，还有一些流言。

有些是关于她的，有些是关于我的。她认为每种评价对我们都不客观，外人是无法理解当事人的痛苦的，离婚对我们来说不是最好的办法，或许只是一种解脱。

我很感谢她这种站在别人立场上为别人考虑问题的态度。但是我想要的是宴会的情况，她没有给我提供我认为有用的线索，这让我有些失望。与她道别时，她突然对我说："你可以找下她的同事，或许能从他们的嘴里问到一些东西。"

为了寻找真相，能够尝试的方法，我都想尝试。我来到了小彤她们单位所在的工业园，选了一个咖啡馆坐了下来，先是给乔珊打了个电话，将我的意思告诉了她。希望她能帮我将先前和小彤来往较密切的几个同事约出来，我想和他们聊聊，向他们了解一些事情。

乔珊对我的请求感到诧异，她说："钟源，你怎么想起问三年前的事，案子不是已经结了吗？"我没告诉她我对案子并不很关心，现在我只想知道那天参加宴会的都有谁。为什么他们可以这么沉默？在我的一再请求下，乔珊答应帮我联系几个同事。她还告诉我，三年了，其间有几个同事已离开这个单位。我告诉她没关系，有几个算几个，就简单聊几句。那些同事很配合，他们陆陆续续地来了。他们能来，我认为他们对于这件事，一是不解，二是诧异。三年过去了，作为受害者的丈夫，我向他们了解三年前的情况有些不合情理。他们能来是想看看我能说些什么。当然，除了好奇，他们并没有给我带来我想要的消息。而且他们看我的眼神也有些怪异，我在他们的眼里像猩猩，或者其他异类。三年前，我受不了这样的眼神，觉得这些眼神像无数把飞刀，一刀一刀将我杀死。三年后，我对这眼神坦然了许多。

小赵是我约见的最后一个小彤的同事。她来之前我已叫好了咖啡。小赵是一位长得并不出彩的胖姑娘，因为胖，个子又不高，她的腿显得稍短，走起路来摇摇摆摆，活像一只鸭子。之前小彤她们单位聚会的时候，我曾见过她，她不是这个样子，应该比现在瘦，她像被某种东西突然催成这样。不知为什么，见到她，加上先前几位同事都没说出我想要的东西，我已不对她抱有太多希望，也不像和前面几个人那样急于交流，而是示意她坐下喝点儿咖啡。她也不拘谨，倒是大大方方地坐下来，边喝边和我聊起来。我发现，她十分健谈。与我东扯西扯了一会儿后，她突然言归正传起来，说："虽然你没有急于和我聊到正题，但我知道你找我干什么，只是你比我的预期来得晚。"她的话倒是惊到了我，我认真地看着她，她圆乎乎的脸上有着让人捉摸不定的神情，看着她，我对她能预知到我会来找她感到非常好奇，问她："你怎么知道我会来？"她耸耸肩说："除非你不想知道。"我不知道她哪来的自信与预知力，或者是她看到我找她而故弄玄虚。问她知道我要问什么内容，她没有回我，而是端起咖啡喝了两口才缓缓地说："你问吧，我保证知道的都告诉你。"

"好吧，我最想知道的是，三年前的那天下午，小彤和谁吃的饭。"我向来不喜欢拐弯抹角，便直接将问题抛出来，希望她给我一个详细而又确切的回答。

"那晚吃饭共有十个人，其中有一个是她的好朋友。"她没有点名，而是看着我说："你应该知道她是谁。"

她的话让我立刻想到了姜玲，以及我问她时的神态和语气。那么，可以确定的是，那晚姜玲参加了宴会。她否认参加为的是掩饰。可是她掩饰什么呢？作为小彤平时最好的朋友，为此撒谎，必然有她的理由。可是又有什么理由能让她不为朋友着想而去撒谎呢？确定了姜玲是那天宴会其中的一个时，我想知道其他几位的来头，便示意小赵说下去。

继续往下说的时候，小赵突然冷笑几声，才接着说下去："除了那位女性朋友之外，其中有两位局长，三位商人，那天就是为这三位商人设的宴。陪客除了小彤和她的那位朋友外，他们当中还有一名医生，一名小职员，一名警察。"说到这儿，她停顿了一下，又笑了笑说："而且其中一位局长是刚才我未点名的那位女性的丈夫，警察是她的堂弟。每个人之间似乎都有一点联系。事情出了后，大家为了自保，或免责，尽可能抱在一起，不出卖彼此。"

她的介绍让我非常震惊，我突然明白了，事故之后为什么这些人都闭口不提此事。而且让我不能理解的是,这样的一个饭局,小彤为什么会喝醉?她既不用讨好局长,也不用巴结商人,为什么会把自己喝醉?她醉了,为什么会独自一人走,她走的时候是仍有意识,还是全醉?醉了为什么没人送她?是大家觉得没有义务送,还是都醉了?这其中不是还有她的好友吗?我越想越生气,最让我不能理解的是,出了这样的事,马小彤对赴宴的事只字不提。她为什么不提?她疯了吗?不,我认为这件事让她变得像机器一样冷静,她的不哭不闹,就代表她的冷静。她企图自杀,被我一巴掌打醒,也代表她没有完全放弃自己,她很清醒。

"那天小彤喝了多少酒?"我继续问道。

"很多酒。刚开始的时候她没有怎么喝,后来有两个人起哄,拼命地劝酒。喝着喝着她就喝多了,喝到最后,不用别人劝,她就给自己倒起来。具体她喝了多少,没有人再愿意提起。"

"她是怎么走的?"

"自己走的。"

"没有人送她?"

"她喝多了,去卫生间的时候就直接走了。她走的时候还让服务员转告他们,她得先走了。那晚最大的问题就是一桌人都知道她喝多了,却没有一个人关心她是否安全到家。"小赵说,"事后,小彤的沉默,似乎成全了他们。当他们得知被流浪汉强奸的醉酒女是小彤时,他们都巴不得没有人提起这件事,压根没有这场宴会。他们庆幸受害者没有说出当晚宴会的情景,庆幸他们与强奸无关,为了撇清自己,他们选择了集体失声。"

小赵的话让我想到了自己,强奸发生后,我不是也在极力撇清自己吗,而且不停埋怨小彤给我带来的耻辱与强奸感。倘若我是小彤,在社会形成的语境里,在"没有保护好自己"的情况下,我又该如何发声?

既然赴宴者为了自保,都选择了沉默,那么小赵又是怎么获得这些消息的呢?我用审视的眼光看着她。

# 一只多愁善感而忧伤的狗

## 一

在他最后一次向我征求带狗回家的那天下午，我比平时回去得早。那天毛毛由学校回来，一路我都在想着，晚上做点儿什么吃的给她。因为她半个月才回家一次，每次回来她总想换换口味。即便煮碗面条，她也觉得比学校里的味道好。

到家时，房门开着，我哼着小调在门口换鞋，突然一只棕色的小狗由房间里冲出来对我狂叫。我被吓了一跳，拎起包就给了它一下。它没有被吓到，抖动着毛茸茸的身体叫着继续向我扑来。我被这不知天高地厚的家伙给激怒了，拎起包又给了它一下。当我与狗正在互撕的时候，父女俩由房间里跑出来，喝止了快要疯的狗。遭到训斥，狗停下叫声，随即换成另一副嘴脸，摇头摆尾地围着我转圈，随后扑上来抱着我的腿不放。情绪转变比川剧变脸还要快。我的情绪还没有平稳下来，一下子不能接受它的亲近。

况且我对动物有一种抵触情绪。不知什么时候起，我和所有动物都保持距离，不知是出于防范，还是冷漠，只要有动物靠近，我就拼命抵触。被狗抱住的时候，我厌恶地甩着腿，却未能将它甩掉。它像水蛭一样，紧紧地吸在腿上。不管怎么甩动，它的两只前爪都抱着我的腿不放，后爪则跟着甩动的幅度一起跳跃。看着让人又好气又好笑。看我尴尬的样子，他不帮忙，却站在一旁笑。我的火气瞬间蹿上来，冲他嚷道，你还好意思笑，快点把它弄走！

他吼了几声也没用，狗依然抱着我的腿不放。我又气又急，突然感到腿上一阵温热，低头却看到了龌龊的一幕，狗的生殖器像探测仪一样从体内探出来，在我的腿上拼命磨蹭。遭到猥亵，我愤怒不已，恼怒地一脚将它踹开。瞬间狗被甩了出去，号叫着在地上滚了两圈。然后用哀怨而又忧郁的眼神看着我，再也不敢靠近。

我非常生气，当着孩子的面，又不便发作。一边恶心着，一边咬牙切齿地低声问他，我再三拒绝，你为什么还要将狗带回来？

他没有及时回我，而是将我拉到一边轻声地说，不是毛毛喜欢吗？你看，狗带回来，她立马将刘海撩上去了，之前我们嘴皮说破也没用，狗起作用了。说着，他露出得意的神色！大概军人出身的缘故，他喜欢人打扮得精神神的，自从她剪了刘海后，他就很不喜欢，觉得刘海把她的脸挡了一半，让她显得不够精神。他无数次和她商量，你把刘海梳上去呗？

每当他说这话的时候，她就用奇怪的眼神看着他。她不理解，他为什么总干涉她小小的自由。进入青春期之后，她一直想改变自己，她的第一个变化就是从头发做起。自从剪了刘海后，她非常满意她的新发型。每当他让她把刘海梳上去的时候，她就很反感，为他干涉她小小的变化感到烦恼，她常常用奇怪的眼神看着他，然后带着怨气反击道，留什么发型，不是我的自由吗？难道我连剪个刘海的自由都没有了吗？

"自由，当然有，但你得听一些为你好的建议，你不知道这个发型根本就不适合你。他与她争辩。"

"可是，我很满意。"

他们常常为刘海的问题唇枪舌剑，谁也不肯妥协。他常常为如何让她把刘海弄上去苦思冥想。知道她喜欢狗，当她由学校回来时，他以带只狗回来为条件，要求她把刘海梳上去。

我扭头看了看毛毛，果然她把刘海梳到头顶上去了，露出饱满清爽的脑门。我为她的无数次抗拒后居然答应了他的条件而感到惊奇。我看向他，他带着胜利的神态。可我仍无法接受一只狗在家里，尤其一进门，它就强奸了我的腿。而且它是一只毫不起眼，像毛圈圈玩具的小东西。

我想冷静下来，可无法冷静。我在房间里转了一圈儿，忽然又带着怨气地冲到他面前质问他，你知道你带回来的是一只什么玩意儿吗，你知道它刚才在我的腿上干了什么吗？浑蛋，它居然敢对我耍流氓！

他倒"嗤"的一声笑起来，说，狗嘛，总是想方设法讨好主人，它只是用它的方式与小习惯对你表示亲热而已。对狗，我们得像对人一样，习惯了，就能接受它的狗习惯与狗脾气！

他的话像火上浇油一样，更让我生气。气他给我添了麻烦，却还理直气壮。我怎么能接受一只狗来干扰我的生活，怎么能忍受它把它的那玩意儿伸出来在我的腿上随意蹭来蹭去。而且我还要习惯它！我强忍着情绪，把包摘下来放到房间，一转身火气又升了起来。我不知自己哪来那么大火气，像一只被点燃的鞭炮，无论如何都要炸开来。我从房间里冲出来，不管不顾地对他大声嚷着，你为什么要带一只狗回来，弄只狗在家里，你让我怎么办？它要吃喝拉撒，谁来管？它的卫生，谁来管？它要莫名其妙地叫起来，谁来管？

见我的火气始终压不下来，为安抚我，他不停地好言相劝。他答应我，只要他在家，他会把狗收拾得比他自己还干净，教导它安静、听话、守规矩，做一只不讨人厌的狗。而且，他告诉我，狗的主人是急着回老家，飞机上不让带宠物，他是助人为乐才把这活揽过来。父母是孩子的榜样，言传身教比什么都重要，他让我不要打击他助人为乐的精神，让孩子看到他身上好的一面。现在狗只是在我们这儿寄养一阵儿，等它的主人回来，狗就还回去。让我不必为这件小事如此烦恼！

我用手指着随狗一起带来的笼子、行李及一些乱七八糟的东西说，寄养？连家都搬来了，还寄养？你骗鬼呢！

看着我急赤白脸地和他吵，毛毛先是不安，呆呆地看着我们。当我说起骗鬼时，她忍不住笑起来。他也跟着笑。笑完了他说，我和毛毛一起领的狗，不信你问她，说着，他望着毛毛。她也为他证明道，是啊，老妈，没骗您，我们一起带的狗。

我觉得他们是在唱双簧,联合起来欺骗我。因为他平时喜欢和我贫嘴,三句话往往有两句是为了骗我,反正我不信狗在家里是代养。我最担心的是狗会制造麻烦,尤其是一只会耍流氓的狗。为了将狗还回去,我缓和了一下情绪,用商量的口气对他说,你看,你养乌龟,我也不喜欢,顾及你的感受,我也同意你养了。你养仓鼠,养鱼,我都没反对。狗和乌龟、仓鼠、鱼都不一样,它不会那么安静,它的天地不是一个盆,一个纸盒或一个缸。它会到处走动,吃喝拉撒,不定时地叫唤,会干扰到我们及周围人的生活。过日子,你也要顾及顾及我的感受,为了不让我发疯,求你把狗送回去吧!

见我执意要将狗送走,他望了望我说,就是送,现在也来不及了,它的主人已在去往机场的路上。

那他们什么时候回来?我追问道。

大概暑假结束。

什么?我又叫起来。我无法想象自己能忍受一只狗一个暑假,想到它即将打乱我的生活,我觉得自己已经开始疯了!

正要继续发作,他给我使了个眼色。我们为狗争吵时,毛毛就站在身后,用担心的眼神看着我们,狗则趴在地上,像受气的孩子一样,也用无辜的眼神望着找们。好吧,我承认自己脾气不好。为了给孩子树立榜样,先前我已多次告诫自己不当着孩子的面与他发生争吵,可还是忍不住。

见我看着她,她用乞求的眼神看着我,然后向我保证,假期里,她会照顾狗,喂它、铲屎、洗澡,带它出去遛,她争取不让它烦我。说完,她眼巴巴地看着我。

倘若孩子向你提出这样的要求,你是狠心拒绝呢,还是违背意愿地答应她呢?

他也帮着她说话,你看,她会把狗管好,你就满足一下她的心愿吧!她从小就喜欢狗,为养狗,她与我们曾发生过多次争执。还在上幼儿园的时候,她从一个朋友家抱了一只未断奶的小狗回来,像抱着奇珍异宝一样,一整天她都将狗抱在怀里,寸步不离。即使在椅子上睡着了,她也紧紧地抱着它，生怕有人将它抢去。她非常想养那只狗，却遭到我们的拒绝。为此，她哭了几个小时，怎么劝都无济于事。最后，他被她哭得烦恼不堪，狠狠地揍了她一顿，她才罢休！

后来，他陆续抱回的几只狗，几乎全是为了她。每次将狗送走，她都得哭一场。我很反感他的这种做法，明明知道没有条件养狗，他总是时不时地抱一只回来吊一吊她的胃口。让她一次次地欢喜，又一次次地难过。

因为喜欢狗，她不吃狗肉，也很反对别人吃。只要有人提出"吃狗"两个字，她就拼命抵触。她曾多次对我说，人类真可怕，连狗都吃，还有什么不敢吃！此话由她嘴里说出来，让我十分惊讶！我觉得这不应该是她这个年龄说的话。尽管我也拒绝吃狗，她这话说给我听，总觉得有一定的寓意，是告诫我呢，还是让我转告她爸爸不能吃狗呢？一次，他与战友一起联合起来骗她吃狗，为此，她很恼火，并大哭一场。过后，她质问他为什么骗她。并说，你们自己吃还不够吗？明知道我不吃，却还骗我吃，我吃的不单是狗，而是我的底线，我无法容忍自己把底线给吃了。她的话让我们都很震惊，为了爱护小动物，她在坚守自己的底线，而我们呢？却去践踏它。尽管我不喜欢动物，也很反感他吃狗，反感人类吃狗，因为，我觉得狗是一种非常通人性的动物，吃它跟吃人没有什么区别。

我不能强硬地为自己是父母而打击孩子，我犹豫了一会儿，又看了看她被梳得光溜溜的脑门，极不情愿地妥协了她的请求！

## 二

他们带回的是一只泰迪犬。这是一种体形不大，性格活泼的狗。这只狗长着一身棕色的卷毛，耳朵上的毛又密又长，走起来，左右摇摆，看上去十分飘逸，脸也被长长的毛发覆盖着，仅露出两个圆溜溜的眼睛，静止的时候就像一个毛绒玩具。从进入家门起，它便在房间里蹦来跳去，精力十分旺盛。只要有人叫它或和它说话，它总用一双黑溜溜的眼睛机警地看着你。而且它会察言观色，你若高兴地招呼它，它便很亢奋，像打了鸡血一样，蹦个没完,拼命地往你身上扑,没完没了地和你闹。闹得高兴了,它就在你的身上蹭,比如腿上、脚上,直到射了为止。我知道它的毛病,总是防范着,不让它靠近。若冷眼看它,它则远远地躲着,或趴在地上用忧郁的眼神观察你,它的眼神十分犀利,像猫侦探老鼠,似乎能一眼看穿你。

让人尴尬的是,它叫多多,与隔壁的孩子同名。第一次听到它的名字时,我就叫起来,什么,还叫多多?我看你们怎么叫它。每当我们叫它的时候,似乎在呼唤隔壁的孩子。有时,这边刚叫完,隔壁的小姑娘会推开门,自言自语地说,我听到有人在叫我的名字。她站在门口大声问,是谁在叫我啊?一连问了几声,没有人应她。我们三个人面面相觑,不敢说话。有时那孩子看到我,会问,阿姨,您有叫我吗?

我回她,没有啊!

她却坚持道,可我就是听到有人叫我。说着,她专注地看着我,一副要得到答案的样子。看着她,我不知道说什么好。这孩子有点儿多动症,总是安静不下来,又极度爱讲话,从上幼儿园开始,便是班里最难管理的一个。今年她刚上一年级,经常遭到老师投诉,老师反馈给她父母的问题是:她总是在教室里走来走去,即使坐在椅子上,不是脚动就是手动,还不断地扭动身体。做事也是一样,往往一件事没干完,就去干另一件事,因为注意力难于集中,不仅自己无法学习,还影响到别的同学。

她到我们家也和在学校一样,总是安静不下来,爬高上低,有时你和她说话,她既不看你,也不应你,你都不知道她有没有在听。我常一脸茫然地看着她。为此,她做教师的父母感觉很没面子,也经常呵斥她。

我也听到一些有关这孩子的传言,说不仅学校的老师对这孩子有微词,就连班里的一些家长都在排挤她,说她的智力有问题,她在班级里会影响到他们的孩子学习,便不停地向校长告状,希望学校让她转学,或将她开除。这种无理要求让校长感到很无奈,他表态说,我没有权力让一个多动的孩子转学或退学。交涉无果后,家长们仍不罢休,又到教育部门反映此事。迫于压力,孩子的父母将孩子从学校接回来,并将她送到特殊学校。但在特殊学校里,她的智力又高于其他孩子。作为教师,他们不甘让自己的孩子待在这么一个环境里，又将孩子接了回来，因不甘心，他们又带她去做了智力鉴定。结果出来，除了多动，孩子没有其他问题。况且老师教的东西她能听懂，而且成绩也不会太差，只是她无法让自己安静下来。他们带着鉴定结果，又将她送回原来的学校，其他家长又开始不安起来，继续向教育部门反映此事。家中有这么一个孩子，夫妻俩很苦恼，一般不和人讨论孩子的事。烦到极致时，孩子的母亲也委婉地和我说上几句，问我有什么办法没有。我也不知道怎么才能让一个多动的孩子安静下来，或集中注意力去做一件事。

在小姑娘的一再追问下，我只得和她解释，是姐姐在叫一只和你重名的小狗。说完了，我又觉得不妥，像是在骂人一样。我想得向她家的大人解释解释这件事。那天下午，我上楼洗衣服时，隔壁的男主人正在楼上看报纸。我和他打招呼的时候，跟在后面的狗突然冲过去抱住了他的腿。他吓了一跳，举起报纸就给了狗一下，挨了打，狗冲他叫起来，并向他扑去。他想继续打它，却看了看我，然后将举起报纸的手停在半空中，表情显得有些尴尬。我也非常尴尬，向他解释狗其实是想对他表示友好，且一并解释了狗的来处与和他家孩子重名的事情。解释的时候，他沉默着，这更增加了我的不安。家中有个多动的孩子本就烦恼不堪，我们又弄只与他家孩子重名的狗回来，这不是给他们添堵吗！

我和他说起这事的时候，他和我说，不行，咱们得给狗改个名，这样会闹误会。他绞尽脑汁地给狗取了个新名字：迪崽。他叫了很多次它的新名字，可是狗理都不理他。一叫多多，它像子弹一样，嗖的一下飞过来。

更加可气的是，每次隔壁的邻居一开门，它就拼命地狂吠，无论我们在与不在，它都叫个不停。打了几次都无济于事，见了还是要叫。没有一丝儿的友谊。尤其清晨，他们起来开门时，它叫得更加起劲儿。那个时候，我们既要喝止它，又不能叫它的名字，觉得会让邻居疑惑我们不安好心。后来见到他们我一次比一次难为情，为领只和他家孩子重名的狗感到难堪！

越是为此难堪，它越是挑事儿！一天清晨，隔壁的多多刚打开房门，它就冲了出去，上去就抱住了她的腿。小姑娘立刻吓得哭起来，并在房间里拼命尖叫！我一边呵斥狗，一边将小姑娘抱起来，并不停地安慰她。

就连隔壁的女主人，也被它吓了很多次。每天清晨，她推开门，它就突然狂吠起来，并向她身上扑去。她尖叫着退进屋，立刻将门关上。我觉得他们恨死了我们，对我们养狗既烦恼，又无可奈何。先前，他们在家时有开门的习惯，也经常来串门，即使大人不来，孩子也常来。自从狗来后，他们都不来了，回到家，立刻将门"砰"的一声关上。关门声音之响，常让我觉得被扇了一记耳光。有时我问他，你觉得脸疼吗？

他被我问得莫名其妙，一脸诧异地问我，疼什么？

关门声啊。说完，我瞪了他一眼。

为了避免骚扰他们，回到家，我们也将门轻轻关上。之前两家人天天见面，关系也比较融洽，他家的菜送过来，我家的水果送过去。自从狗来后，一个星期，我们都看不到彼此。关了门，大人还能忍受，小孩子不愿意了，常常闹着要出去，不时地还能听到他们打骂孩子，以及孩子拼命尖叫的声音。我能想象一个多动的孩子被关在家里的情形，以及父母的烦恼。我为养只狗在家里给他们带来困扰感到自责，对狗更是严加管教，且每次都小心翼翼地，避免给他们带来更多的麻烦。

可还是防不胜防。有时狗跟着我上楼，在楼顶碰到隔壁的男主人，它又像被鬼附了身一样地冲他叫起来。他对它打也不是，躲也不是，我只得冲上去，野蛮地一脚将它放倒。我总盼望着狗的主人早点儿回来，好叫他们将狗快点儿带走。免得让我无法面对邻居，为此难堪！

头几天，狗与我们并不熟悉。尤其我会搂它，每次搂完，它都用忧郁的眼神看着我。他也搂它，因为他嫌它的性格过于活泼，为了避免它在房间里乱跳乱跑，有时他会将它关在笼子里，每次关它的时候，它就露出凶相，发出呜呜的叫声，摆出一副攻击的架势，并用仇视的眼神看着他。那眼神让人感到惊悚，这和它平时温顺活泼的性格十分不符，这让人怀疑，怀疑它的性格，当然，我们不知道它之前经历了什么。

狗来后，每天他都有带它出去散步的习惯。今天也不例外，早晨起来，他准备带它出去时，发现外面下雨了。他去它的行李箱里翻起来，先前，他在狗的行李里发现了两双宝蓝色的鞋子，他很好奇，此时便将鞋子拿出来准备给它穿上。穿鞋的时候,狗表现得很不友善,嘴里叫着,眼睛露出了凶光。勉强穿上一只,在穿第二只的时候,它试图去咬他。他为这畜生不识抬举生气,脱下鞋子狠狠地朝它挥去。边揍边命令它,站起来! 被揍后,狗似乎知道了错误,直直地立着,蜷缩着两只前爪,可怜兮兮地看着他。每当他抡起拖鞋的时候,它便闭上眼睛,身体本能地向一侧扭去。那一刻,我竟对它动了恻隐之心。

初来时,狗每天都冲着房门发呆,总想着出去,它不停地挠门,只要打开门,就飞奔而去,迅速地顺着楼梯往下跑。无论怎么呼唤,都不回头。下楼后,它又不停地撞击楼下的那扇门,多次撞击后,它失望了,因为它根本打不开那扇紧闭的房门。但它并不立刻回来,而是在楼道里徘徊,一遍又一遍,焦灼而又不安,期待有人将门打开。假若听到脚步声走近,它则迅速上楼。每当在楼道里与我们相遇,它会用胆怯的眼神看着我们,然后垂着头,像做错事的孩子一样,溜着墙根往上跑。

我们仨,只有毛毛对它关怀备至。她喂它,与它玩,给它洗澡,跟它说话,带它出去散步,它表现好的时候,她会摸着它的头,给它挠痒。渐渐地,它和她熟悉起来,像她的尾巴一样,她到哪,它便跟到哪。就连她写作业和拉琴的时候,它也习惯地躺在她的脚边,并仰慕地看着她。有时,它听她拉琴时眯着眼,似睡非睡,像是陶醉了一样。等她空闲下来,它则像个弹簧一样从地上弹起来,在她的身边蹦来跳去。

每天,它最快乐的时间就是能够跟她出去散步。每次见她准备出门的样子,它便欢天喜地地跑到门口处等着,一步三回头地望着她,像在呼唤她,快点啊,快出来啊! 有时因学习不便带它,她便让它在家等着。每当这时,它都非常失落,像受到伤害一样,即便返回房间,它也用忧郁的眼神望着她。在等她回来的那段时间里,它都失魂落魄。

刚熟悉,毛毛便参加夏令营去了,出去的这天,狗非常不开心。清晨,我们提着行李出去,它也急急忙忙地跟了出去,站在楼梯口拼命地摇着尾巴,一副欢天喜地的样子。有时我不明白,一只狗为什么能够那么高兴,它的欢乐由哪里来? 因不能带它,毛毛用手摸了摸它的头,依依不舍地对它说,多多，我去学习了，你得在家等着我，过几天我回来再陪你玩。顿时，它的神情沮丧起来，但还是乖乖地回到房间。她走时，它站在门内看着她，身体孤单，眼神忧郁，悲哀得似乎要哭出来。毛毛与它道别，它因伤感似乎都无力看她。直到房门关上，它像瘫了一样，无比沮丧地趴在地板上。

<h1 style="text-align:center">三</h1>

一整天，狗都排解不掉它的忧伤，它趴在地上不吃不喝，并痴痴地望着房门，无论怎么叫它，它连眼皮都不抬。他以为它病了，晚饭时，他对我说，你有没有发现，多多今天的情绪不对，它一天都没吃。

我打鼻子里哼了一声说，我知道。

他见我的态度不友善，以为我对狗怎样了，疑惑地问，你打它啦？

我瞪了他一眼问，我为什么要打它？并为他冤枉我而生气。

他看看狗，又望望我问道，你不打它，它为什么一整天都不吃？

这是什么逻辑，狗不吃就是我打它了？他若不吃，难道也是我打他了。他总是莫名其妙地将我的火气撩起，而且还要往上浇油。我故意气他道，对，我看它不顺眼，就将它打一顿，打完我就特别开心，谁让你带只狗回来惹我生气，还心疼它不吃，别说它一天不吃，两天不吃它都死不了。

他为我的回答非常不满意，回我说，你真心狠，好歹那是一条命。

他为一只狗与我争吵更是惹我生气，好像我还没有一只狗重要，便狠狠地回他，命？当然是命，人两天不吃都死不了，何况一只狗。我倒要问问，狗一天不吃会死吗？

见我生气，他的语气倒缓和了下来。他说，我是想不明白，它为什么不吃，叫也不动。

我白了他一眼，本不想再接他的话，可还是忍不住要说，它不吃是因为早上送毛毛走，没带它去，所以它很伤心，以绝食抗议。

他想了想，觉得颇有道理，觉得这是一只有情有义的狗，并为带它回来很是得意。他说，你看吧，我说这是一只好狗，你还不信。先前你那么讨厌它,现在是不是有些喜欢了。将来把它送走的时候,可能最舍不得的还是你。女人就是口是心非!

还口是心非,我稀罕过它吗?

越想,他越觉得这只狗好,我越是拒绝,他越是想要把它留下来。他说,不行,等它的主人回来了,我得和他们商量商量,问问他们,狗卖不卖。

见他真的想要把狗弄来的样子,我问他,你为什么对狗这么上心?

他说,狗是我们的朋友,当然要上点儿心。

我忍不住笑出声来。如果他不这么说,我还不想笑。我边笑边反击他,既然狗是你的朋友,可你为什么总是狠狠地打你的朋友。

这一问,似乎揭了他的短,他眼睛一瞪,开始反驳我,那是打它吗?我是在教育它,养狗和养孩子一样,不懂事,就得教育教育,不然,它怎么有规矩。他很会狡辩,每次讨论或探讨某件事时,他总是振振有词,即便无理,也要找些理由为自己辩解辩解,或者干脆就不讲理。每当这时,我要么和他据理力争,要么讽刺挖苦,不想争吵的时候,我也会装聋作哑。就像他许多时候惹我生气一样,这会儿,我就想惹他生气,便问他,你对狗到底是真喜欢呢,还是假喜欢?

这还用说吗,狗是最通人性的动物,你看,它知道我们家谁对它好,毛毛不带它,它很难过。我们两个若不带它,它才不在乎呢!

我正等着他的这些话,他的话一落音,我开始反击他,既然狗是你的朋友,又那么通人性,可你为什么要吃它?我开始揭他的伤疤。

他愣了愣,辩解道,我吃的可都是别人养的狗。

不,你吃过自己养的狗,我反驳他。

哪只狗?

花花,你吃了花花,你们吊死了它,还吃了它的肉。我将他推到多年前,他们一群人围在一起吃狗的情景。

经我一提,他想起来了,尴尬地看着我说,那是一条蠢狗,从未见过那么蠢的狗,那条狗也就适合被吃。

他的话让我很无语,这是什么理论?他对狗的态度,常让我无法理解。

他第一次养狗是在部队,当时他们连队养了一只德国牧羊犬,他们给它取名叫黑豹。

那是一只经过严格训练,既能听从指令,又能执行任务的狗。它经常陪他训练和巡逻,并听从他的指挥。有时候,狗很善解人意,像老朋友一样陪伴他,在他不开心的时候,适时的还能给他一些安慰。那只狗曾给他们枯燥的军旅生活增添了许多乐趣。那时候,他们连队在大院里放养了一头猪。那头猪活得无比悠闲,每天,它在院子里闲逛,拱东拱西,拱累了,随地躺下就能睡着。活得像个大爷,假如没有黑豹,它的一生将非常幸福。偏偏黑豹和这头猪过不去,每次看到猪,它便欢快地扑上去,追着猪满院子跑,又是咬耳朵,又是咬尾巴。猪哪见过这阵势,常被追得一路狂奔,一路嚎叫。它既恨狗,又对它无可奈何。差不多每一天,连队里都上演着狗追猪的大戏,官兵们都以此为乐,看着猪被追的狼狈相,有时他们的眼泪都笑出来。有时,狗不理猪,他们还招猫逗狗地指挥狗上阵。年底那头猪被杀了,每个人都说,那是他们吃过的最好的猪肉。因为猪常年被狗追着跑,练就一身精肉,每一块肉都香得恰到好处。

虽然他与狗建立了深厚感情,但分别还是到来了。那年,他从河北调到北京,临走的时候,黑豹死命地拉着他的行李不放,他与狗都因伤感流下了眼泪。此后他与黑豹再也没见过,但他的记忆里永远都保存着黑豹挽留他时的画面。每每想起,每每伤感。

# 四

十五年前,我跟随他由北方到了南方。来之前,我对这个小城充满无限向往。事实证明,梦想就是梦想,要比现实来得可爱些。我很难适应南北环境的差距,生活的诸多不便,让我变得非常惶恐。由于怀着身孕,我不能四处走动,每天,我不是看山,就是看书。

一天,他从外面抱回来一只黑白相间的土狗问我,你看,它像不像一只小熊猫?他给它起名花花。狗抱来时,刚满月,圆滚滚,胖乎乎,像个肉丸子一样在脚底下滚来滚去。那时我也圆滚滚,胖乎乎,拖着沉重的身体行动不便,加上狗在脚底下绊来绊去,根本无法好好走路。狗被我踩到几次,每次它都在地上翻滚嚎叫。我压抑的脾气常被这肉丸子一样的东西撩起。我变得烦躁不安,总想发火,有时忍不住,便生气地问他,你为什么抱只狗回来?

每次他都理直气壮地回我,我是看你没伴,抱回来陪你。天知道他的话有几分诚意。因为他从未问过我,喜不喜欢狗。白天狗跟着他转,夜晚,狗为了找他在门外不停地嚎叫和挠门。那时他还保持着军人的作息,每晚十点准时上床熄灯。连续两天,他被那只狗烦坏了。第三天狗又在门外嚎叫时,他忍无可忍,突然从床上跳起冲了出去。我以为他会把狗杀了。但他只是走出去,将狗带到楼下。他想将它关起来,遍寻不到关狗的地方,最后只好将它关进了鸡笼里。

进了鸡笼,狗学到一个新本领,无论夜半还是黎明,它跟着鸡一起打鸣儿。每当鸡叫时,听到中间夹杂着一个奇怪的声音,我就忍不住大笑。有时半夜,我忍不住将他踹醒,让他听听那奇怪的叫声。

花花长大后,越来越惹人烦起来,不是去追东家的鸡,就是欺负西家的鸭。邻居们经常来家里告状。他被惹得烦起来,将它拴在门前。失了自由后,狗变得狂躁起来,从早叫到晚,问候每一个过往的行人,即便看到主人,它也狂叫不已,谁也无法让它安静下来。他揍了它无数次,越揍它越叫,每个人都喊着,杀了它。许多人给他出杀狗的主意,最后他决定吊死它。他没敢自己下手,而是让邻居们去吊的狗,并与众人合伙吃了它。为此,我很生气。

几天后我才问他,你为什么要吃花花?

因为它太蠢,况且你也不喜欢它。

我问的是,你为什么要吃它,那是你一点一点养大的狗。

正因为是自己养的,才杀了它,好让它早点儿超生。

我觉得这不是他与那些人吃狗的目的。我认为他是喜欢狗的,既喜欢一样动物,又去吃它,这多少让人不能理解。吃了花花后,我以为他再也不会养狗了。

四年前的傍晚，他突然又抱回来一只哈士奇。这是一只既漂亮又冷酷的西伯利亚雪橇犬，它的眼睛很特别，一只蓝，一只褐，而且眼白很多，看人的时候，总像在翻白眼。狗白天很少叫，半夜，它倒像狼似的嚎起来。或许为了怀念那只德国牧羊犬，他为哈士奇取名雪豹。

哈士奇和它的长相很不匹配，不管怎么教，它都随处便溺，常将房间弄得一片狼藉。每当看到它将房间的地板弄脏，我就狠狠地打它。更可气的是，它将沙发、桌椅全都咬破，还把里面的填充物掏出来铺满房间。它还把他刚买的一个皮包咬得支离破碎。不仅我被气坏了，他也气坏了，将雪豹狠揍了一顿后，将它送走。几年之后，偶尔我还会看到它，它长得高大强壮，像个颇有范儿的小伙子一样，还是那么冷酷与漂亮。但它被豢养成一个无法行动的废物，无论天晴天阴，刮风下雨，它常年被主人拴在铁皮屋旁边的木桩上，吃喝拉撒都在那一小块空地上。它的神情变得有些痴呆，性格也远没有小时候活泼，有时我会靠近它，叫叫它的名字，它望着我，翻着它那冷酷的白眼，面无表情。我在心里对自己说，但愿它不记得我。

送走雪豹的第二年春天，他又抱回来一只中华田园犬。这只狗通体黑色，他给它取名小黑。比起前两只，小黑要招人喜欢得多。它的性格开朗，十分活泼，而且很会讨人欢喜。它时常匍匐在我们的脚下玩耍，并讨好每一个人，到了人见人爱的地步。就连我这种对狗心硬如铁的人，也被它这种活泼的性格与对人的痴缠软化掉。因不便养它，我们将它送到了乡下。每次回去，它像久别重逢的老友一样，欢快地扑过来，然后在我们的脚边匍匐来匍匐去，像行跪拜礼一样。

小黑带来的欢乐并没有持久。10月的一天傍晚，它由外面回来，便痛苦地在地上翻滚，爬起倒下，爬起倒下，起来之后，不停地将头往树上和墙上撞。折腾了一番后，它沿着乡间小路，一路嚎叫，狂奔而去。那一晚，小黑没有回来。第二天找到时，它倒在一片水田里，死时，眼睛圆睁着。没有人知道它经历了什么。但每次想起小黑，我的脑海里闪现的不是它给我们带来的欢乐，而是它垂死挣扎的模样。我似乎能够感受到，那种痛苦死去的缓慢！

现在他居然又领回来一只，这让我无比惊恐！见多多一整天不吃不喝，我心软起来，走过去看了看它。我站在它面前时，它没有抬头，只抬了抬眼皮，然后又将眼皮沉了下去。看我的时候，它的眼神忧伤，眼睛里满是泪水。像被电击一样，我战栗了一下。我缓缓地蹲了下去，像毛毛一样，用手摸了摸它的头。它的毛发非常柔软，像水流一样。抚摸它的时候，它再次抬眼看了看我，随后又将眼皮沉了下去。那天晚上，它的情绪一直低落，直到我睡时，它仍趴在地上一动不动，像死去一样。

躺在床上，我仍无法入睡，想着它在黑夜中忧伤的模样！

# 五

一夜我睡得都不安稳，整夜做着乱七八糟的梦。

清晨醒来，我认为多多仍陷在昨天的忧伤中。打开门，便看到它躺在那条绿格子的毛巾上。听到门响，它望了我一眼，像确认目标一样，然后迅速地从绿格子的毛巾上爬起，冲我扑来。它又恢复了活蹦乱跳的本性。

从这天起，一种奇怪的现象出现了，像先前跟着毛毛一样，多多开始跟在我的身后转，我到哪，它到哪。我在椅子上坐下来，它也将身体挪过来，并在我的脚边躺下，但它并不闲着，用头在我的脚上蹭来蹭去，不时用楚楚可怜的眼神看着我。看得出，它在极力讨好我，但这仍无法减轻我对它的厌恶，即便对它产生一点儿好感，也始终与它保持着距离。不敢离它太近，是担心它在我的腿和脚上耍流氓，担心它将那鼻涕一样的东西弄到我的身上，而且还担心它身上的跳蚤。每当这时，我总会一脚将它踹开。偶尔我也逗弄它，唤它过来，让它站立，转圈儿，坐下。它居然能按着我的指令去做。偶尔我也奖励它，会用脚指头给它挠痒。每当这时，它总仰着脑袋任我挠，一副享受的样子。我若停下来，它便作势要咬人，但只张嘴，却不咬下去，像个孩子一样缠着你。我没有耐心，与它玩耍的时间不超过两分钟，就会一脚将它踹开。每次它都被踹得莫名其妙，然后用无法理解的眼神看着我。像我无法理解它一样，它也无法理解我对它的反复无常。

随着接触，我感到多多对我越来越依赖起来。每当看见我准备出门，它就很开心。门一打开，它就跑到门口处等着。倘若告诉它，你不能去，它就神情黯然起来，随即转身回去，直到房门关上的那一刻，它都用忧伤的眼神看着我。那眼神常让我感到恼火，它让我有种负罪感，觉得伤害了它。有时，我甚至不忍心和它说一些让它难受的话。有过几次这样的经历之后，有时我故意不看它。我再出门时，它不像先前跑得那么快了。而是望着我，看我有没有带它出去的意思。不带，它便眼巴巴地望着；带它，它便欢天喜地，蹦来跳去，一刻也不安宁。

狗来后，就像先前预料的那样，它打乱了我的作息。之前中午下班后，我喜欢在办公室里看会儿书，听会儿音乐，或者什么都不干。现在，我觉得无法在办公室安静下来，常常心神不宁，总想回去看看，因为，我不知道狗在家里干什么，有没有爬桌子，上床，翻我们的抽屉或垃圾桶，有没有将房间弄得乱七八糟。我一坐下来，就感觉它像个小偷一样，在我的房间里溜达，东瞄西看，窥视我的房间，翻我的东西，或者到处便溺。这些想法让我心里像7月的荒地一样，长满了荒草。

一到下班，我便匆匆回家。每次打开门，它像在门后等着一样，噌地从房间里蹿出来，然后扑到我身上，围着我上蹿下跳，好一会儿才会停下来。如果得到回应，它会异常兴奋，头摇尾巴翘，完全觉得自己不再是一只狗。好在它的欢迎仪式不会超过一分钟，不然，它准得被我踢上一脚。

自从干上新闻这个行业，我患上了严重的职业病，喜欢观察、探索，和了解一些我所不了解领域的问题，喜欢追踪与刨根问底。我常带着职业的敏感，用寻找新闻线索的眼光观察它。观察它的一举一动，观察它向我示好的心理及意图，并揣测它小小的心思。它也喜欢观察我，常常坐在那块绿格子的毛巾上看着我，看我对它的态度及说话的神情，以此来判断我的心情并决定靠不靠近我。很多时候，它期望我带它出去，而我没有耐心和时间。今年我们在小城一个叫银都的小区买了一套房子，最近正忙着装修。我为他在我最忙的时候带只狗回来给我增添麻烦而烦恼不堪。

让我耿耿于怀的是，这只狗居然与我互相观察与探索。

这个周末我与设计师约好了看房子。早上我在门口穿鞋的时候，多多歪着头，用忧郁的眼神看着我，黑黑的眼睛在长长的毛发下显得楚楚可怜。我突然心软起来，轻轻地叫了一声，多多。它以为我要带它出去，竟兴奋地扑了过来，围着我上蹿下跳。但我不打算带它，而是将它唤进房间关在笼子里。关它的时候，它露出凶相，冲我龇牙咧嘴以示抵抗，随后又垂头丧气起来。走了两步，我又回头看它，它满眼忧伤，那忧郁的眼神让我心软起来，我又回身将它从笼子里放了出来，说了声，走！我的反复无常，让它不能理解，它呆愣了一下，明白了我的意思，然后飞一样冲了出去。

　　下楼时，它开心极了，下了几个台阶，又折了回来，似乎为了感谢我带它出去，感谢我的慈悲，它兴奋地冲我摇头摆尾，然后与我一起下楼。出了门，它熟练地跳到电瓶车上。一路上，它兴奋不已，站在踏板上，一刻也不安宁，左看看，右看看，身体跟着扭来扭去，车身也跟着它的扭动摆来摆去。我一遍遍地呵斥它，也未能让它安静下来。

　　到了小区内，它对什么都新鲜，对所有的事物都要嗅一遍，而且东尿几滴，西尿几滴，在不同的物体上留下它的痕迹。我烦透了它的这种行为。这让我想起那些站在路边，不管不顾，拉开裤链就小解的人。我作势要打它，它便匍匐在地，做出一副可怜相，让你无法下手。

　　天气非常热，小区里除了装修的电锯声和电钻声，没有别的声音。我上楼看了会儿师傅干活儿，狗在房间里扭来扭去，一刻也不安宁，还不停地往师傅身上扑。我被它烦坏了，将它带到楼下拴在一棵树下。那是一株重瓣的木槿树，此时花开得正闹，粉色的花，层层叠叠，很是妖媚。我以为它会欣赏一下这里的风景，可是这傻狗，不看一眼花，扯着绳子往前冲，拼命地傻叫。我仰着脖子往楼上看，任它叫着，并不理它。

　　这时 14 楼的马春由楼上下来。先前，我与她并不认识，装修房子的时候因互相参考才打得火热。她看了看我，又看了看狗，笑着说，我看你在院子里遛狗。我苦笑着向她诉说对狗的种种偏见。

　　她一边听着，一脸慈爱地看着多多，并不发表意见。之后，我们相邀去看瓷砖。最近，我们两个总是不停地看瓷砖，这家进，那家出，并将这家店的瓷砖和上家店的一一进行对比,总想选一款物美价廉的产品。

瓷砖店门口,我没找到拴狗的地方,便将它拴在玻璃门上。走了两步,回头却被这货吓出一身冷汗,它拉着绳子正拼命往外跑,我一把将它拽了回来,生怕它将人家的玻璃门给放倒。

马春在店里左等右等不见我进去,便一遍一遍地呼唤。我牵着狗在门外徘徊。店员是个年轻的女孩儿,大概看不下去了,出来对我说,我帮你牵着狗,你进去看吧。我感激地将狗交给她,并感叹她的善解人意。

在店里转了不到十分钟,我与马春便出来了。每次都这样。看来看去,我们并不能分辨瓷砖的好坏,仅是为了比比颜色与价格。出来时,女店员看到我像看到救星,着急地对我说,看看你家的狗,看看你家的狗,它在干吗呢?瞄了一眼,我的脸烫起来,像被人抽了一巴掌。我一把将狗拽了过来,可还是晚了。女孩的裤脚被弄湿了一片。女孩穿的是一条淡蓝色的牛仔裤,它射在她的裤腿上,痕迹特别明显。我尴尬透了,一边向女孩道歉,一边骂狗。女孩好奇地问我,你家的狗几岁了?鬼知道它几岁了!我苦笑着将帮人代养多多的事又说了一遍。女孩儿无语起来,缓了一会儿,她难为情地问旁边的一个男孩儿,我的裤子怎么办?男孩儿吃吃地笑着说,洗去呗!他们转身的时候,马春低声地对我说,倒霉死了!这个小淫贼!我总感觉马春对泰迪的习性比我还熟悉。

从店里出来时,我仍觉得尴尬,从来没这么尴尬过!像是我将女孩强暴了一样,我发誓再也不会带这个淫贼出来了,免得跟着丢人现眼。

# 六

狗渐渐习惯了新家,也习惯了我们的生活规律。每次出门时,不用告诉它在家等着,它就乖乖地待在原地。只有得到允许,它才会跟着我们出门。倘若在家,它的习惯也很好,能忍到我们回家,绝不在房间里便溺,只有在等不到我们回去时,它才会去卫生间里解决。即使急着解决问题,每次回去,它也像绅士一样,先为我们做一番欢迎仪式,之后才上楼解决它的生理大急。方便之后，异常兴奋，像我们忍了许久才去如厕一样，解决完，身心都愉悦起来。

我很妒忌你，有几次他对我说。

我看着他，不知他哪来的醋意。问他，吃错药啦？

他说，你看，你不叫多多，它每天都跟着你上楼，我想带它，却怎么也叫不动。

的确，多数时候，都是我带着狗上楼，每次都能将它带上去，他却不能。甚至有几天，我也无法将它带上去。我不知哪儿出了问题。一连几天，它也不再定点大小便，不是将大便拉在卫生间的门口，就是拉在楼梯与隔壁卫生间的门前。为此，他经常打它，挨打的时候，它常用怀疑的眼神看着我们，之后，任凭我们怎么叫它，它都置之不理。不止一次，我从它的眼睛里看到它对我们的敌视与不易察觉的心事。但我没有闲工夫来揣测一只狗的心事。

最近一段时间忙着装修房子，我每天都在外面待到很晚。不是与师傅们交涉房间的格局，就是家具的大小，要不就是到店里选购各种建材。每天回家都很迟，到家时往往天已经黑了。无论早晚，回到家打开门的第一件事就是等待多多的仪式。我已习惯了它的仪式，因为你不让它上下左右地在腿上扑个够，它就不会罢休。中止它的仪式只能用武力解决，但有时我又不屑于用武力解决这件事。让它扑好了，有些东西习惯就好了。

今天回来时已经八点，打开门，多多从门缝里挤了出来，尽管它和平时一样上蹿下跳，我还是感到了异样。因为它没有平时热情，扑上来的时候显得有些拘谨。打开灯，我被它的模样吓了一跳，以为出现了幻觉。这个皮肤惨白光滑，像外星人一样瞪着两只圆溜溜大眼睛的东西，还是那只狗吗？原来它身上长长的一层卷毛不见了，仅头上与耳朵上留着一些。而且，它的雄性特征特别明显，当它在我的面前扭动身躯的时候，就像一个裸体的男人挂着他的生殖器在我的面前晃来晃去，竟有种说不出来的猥琐。看着看着，我竟爆笑起来！我没法忍住不笑。

是他带狗去剃的毛。他说天热，看狗披着毯子一样的毛，他都替它难受，他想让它也凉快凉快，剃完之后才发现，狗的耳朵与身上得了皮肤病。

难怪之前它每天千百次地在地上滚动和摇头,还不停地玩弄耳朵。先前我以为它是调皮,为的是吸引我们的注意。为此,他问哈狗俱乐部的老板娘怎么办。她说,是病,得治。她向他推荐了几款给狗治病的良药。

自此,每天都要带狗去店里上药,上到它的病好为止。我虽发誓不再带它出去,但他不在家的那两天,好言好语地和我商量,让我带狗去上药。答应他的请求后,我发现有一些誓言总是那么苍白无力。

带狗去哈狗俱乐部的路上,一个瘦瘦的女孩看到狗,非常兴奋,激动地问我,这是多多吗?我很诧异,在我眼里,同类型的狗长得不都差不多吗,况且一只剃了毛的狗,她居然也能一眼认出来?可我还是告诉她,对。她叫了一声多多,狗像遇到亲人一样,愉快地朝她扑去。显然她们之前非常熟悉。女孩与多多玩了一会儿,才依依不舍地离开。到了店门口,老板娘看了一眼狗问,是多多吗?好吧,看来狗很有名。告诉是多多后,她出来将狗抱了进去,然后放在一张桌子上,并用绳子套住它的头,开始给它上药。她边往狗的身上涂药,边对我说,多多是一只命苦的狗,到你这儿,它已换了四个主人了。我只听说过人命苦,从来没听说过狗也命苦,她的话让我忍不住想笑。

我笑了笑,没说话。我不太擅长和初次相见的人聊天。

她没有停下来,仍继续说着。她说,多多先前的性情比现在好,从不乱发脾气。它的第一个主人对它特别好,与它同吃同睡,还给它置了不少装备,并经常带它参加他的朋友聚会。因要出国,他才将它送人。于是多多遇到了第二个主人。这个主人对它比较凶,常把它关在笼子里,还经常揍它,多多的脾气也变得坏起来。你们关它进笼子的时候得小心点儿。说着她看了看我。难怪我们关它进笼子的时候它总是那么烦躁与仇恨。

接着她说了多多的第三个主人。这家的小女孩很喜欢它,爸爸妈妈对它也好,但是外婆很不喜欢狗。每次多多靠近她,她就不停地抽打它。之后,多多的脾气变得古怪起来。

开始我不明白她为什么絮絮叨叨地说这么多。她的最后一句话才是重点:你们对它最好,带它出来散步,给它护理,还给它治病。

我并不想领她的情,在她介绍狗的身世时,我反复强调,我不喜欢狗,也不打算养，多多，只是暂时帮人代养。我说此话的时候，她用疑惑的眼神看着我。她的眼神，让我很不舒服，好像她看的不是一个人，而是一个怪物。我想，她是不是以为所有带着宠物来这里的人，都是爱狗人士，像我这种反复强调不喜欢狗的人应该是个异类。

随着与狗接触的时间越来越多，它越来越像个小孩子一样，时时需要你的关照与呵护。每一次抚摸它的头，它都仰着头，任你抚弄，表现得异常温柔。它越来越依赖我了。这让我很不习惯。既厌恶它，又得对它有一份责任。

最近，隔壁的多多也时常打开门向这边张望。有时我也招呼她，多多，过来玩吗？她先是胆怯地走两步，见狗出来，又迅速地跑回家去。试探几次后，她的胆子慢慢大起来，又敢过来玩了。发现狗没有她想象中可怕，她敢动它了。先是轻轻地，后来无所顾忌起来。不停地逗弄它，摸它的头，玩它的耳朵，让狗追着她跑。她一边跑，一边呼唤着它的名字，多多，来呀，追我啊！于是多多便追着多多，他们在房间里没完没了地跑，狗很享受与小姑娘的嬉闹。先前我不知道，小孩子为什么都那么喜欢狗，现在我明白了，是狗特别喜欢小孩子。因为，他们的心智相通，都是那么的纯真率直，都是那么的天真烂漫。一个给予关爱，一个便报以温暖。由此，我想到，当我们尽力呵护孩子的时候，我们只看到自己的爱，当看到孩子尽力在呵护一只小动物的时候，我们才看到孩子的爱。

从狗的身上，我开始反思自己，我发现我对毛毛的亲近远没有她对狗亲近，我对毛毛的温柔远没有她对狗温柔。她轻轻地摸一摸它的头，它就觉得得到爱与关照。她对它亲密，它也回应她亲密。她在照顾狗的过程中，懂得了互相给予爱与温暖，懂得了承担一些义务与责任。人与动物之间都可以如此亲密，那么我们作为父母，不是更应该与子女建立亲密无间的关系吗？事实相反。不知从什么时候起，毛毛不再依偎在我们的身边，不再对我们有亲密的举止，或说一些亲密的话，有了问题也没有第一时间告诉我们，我们的关系显得如此疏远。

他也常常对我说，我觉得毛毛好像不是我们生的一样，她不像别的孩子和父母那么亲近。为什么我们与孩子会产生这种疏远呢？我们为什么不能更亲密或更温柔呢？问题出在哪儿呢？我不停地反问自己。到了后来，我明白了一件事，一直以来，我们总是高高地站在上面，以父母的身份，要求她按我们的想法或要求去做某件事，极少去尊重或征求她的意见，除了满足她的吃喝，穿衣及相应的需求之外，在情感上我们给予她的少之又少，我们又怎么要求她给予我们什么呢？她与多多之间的情感是建立在互相平等与给予的基础上，他们互相需要这种给予。难道我们不需要吗？如果我们想要改善与孩子之间的关系，不是改变她，而是改变自己。

夏令营结束后，毛毛回来了。重新见到她，多多很开心，欢快地朝她身上扑去。

此后，它的大部分时间都在她的房间里度过。她没有时间陪它，它便躺在她的房间里陪着她。陪她看书、写作业、拉琴。忙完了，她就陪它玩一会儿。她陪它的时候是它最开心的时候，它经常在她的脚底下翻滚，舔她的手脚，抱她的腿，在她的房间里跳来跳去，她不停地指挥它，它十分愿意听从她的指令。

有时她逗它，手里拿块面包，让它站起来。它站得笔直，她却不立刻给它吃，而是拿着面包前后移动，它便追着食物不停地跳跃。有时因为她移动的速度过快，转着转着，它便"啪"的一声摔在地上。她立刻大笑起来，然后对狗说，叫爸爸，叫爸爸就给你吃。可怜的狗被她逗得不知如何是好。它可能和我一样，不明白为什么要叫她爸爸。

狗的指甲越长越长，每次它扑向我们的时候，我很担心，因为夏天我们穿得都比较薄，当它扑过来的时候，很担心被它抓伤。我准备给它剪剪指甲，便从它的行李箱里翻出指甲剪。

我研究着狗的指甲刀。它的指甲剪有些奇怪，刀身比人用的略大些，刀片却很小，是两个小巧的半月形，我无法想象如果用这个剪刀剪人的指甲会怎样。开剪的时候，我需要帮忙，便让他抱着狗的前腿。他这个人很喜欢和我唱反调，我让他往东，他肯定往西。我又不会利用他唱反调的规律。这会儿，我让他抱狗的前腿，他偏抱后腿，狗也不配合，剪指甲的时候，它总是扭来扭去，大概怕我剪伤它。剪到第二个指甲时，它惨叫一声，由他的手中挣脱出去，跳了几步便躺在地板上。

在它跳过的地板上留下一串血迹。我有些懊恼，为什么要给狗剪指甲呢？我既不喜欢动物，又不擅长干这种事情。

狗不停地用舌头舔着指甲，可是血一直流个不停。

三个人都围着狗看。看狗流血，他与毛毛都心疼不已，用责怪的眼神看着我，并埋怨我心狠，好像我将他们的指甲剪坏了一样。明明是狗不配合，能怪我吗？但我没有辩解。

看狗不停地流血，他既心疼，又着急，找了创可贴想给它贴上。狗的指甲又尖又细，根本贴不住，好不容易绕上去，它又将它撕了下来。无奈，他只好将它抱到宠物店里进行处理。临走的时候，在门口还抛给我一句话，你真心狠！

他走后，我在思考，一个爱狗的人，为什么又会吃狗。狗身上到底有什么奇异的东西让他去吃。难道是为了狗肉好吃吗？我多次询问，他却多次告诉我，有灵气的狗他不吃，他只吃那些蠢狗，吃它们是为它们超度，或许这些都是借口，他有吃狗的另外目的，但他不想告诉我。

一会儿，他带着狗回来了。他说，宠物店里的处理方法很野蛮，他们找了个工具，直接将多多那只流血的指甲剁了下来。我不知道真假，也不记得先前给狗剪的是哪一个指甲，但那只流血的指甲的确不再流血了。

# 七

清晨，我坐在餐桌前正要吃饭，毛毛碰了碰我，让我看她的腿。她的右腿上有一条长长的伤口，血正顺着伤口往外流。我惊讶地问，怎么弄的？

她指了指狗说，多多抓的。狗似乎意识到错误，远远地站着，呆呆地看着我们。

我像点燃的火药一样，火一下蹿上来。这是他第二次养动物把她弄伤了。第一次更可恨，他在抽屉里抓了一只老鼠，却不打死它，而是将它养在笼中。我再三警告，让他打死老鼠，不然，离孩子远点。但他不听。毛毛对小动物一直怀着好奇，被告之不能靠近老鼠，她趁我们不注意的时候，偷偷地用手指去逗弄它，结果可想而知。见她再次因动物受伤，我很烦躁，像得了狂犬病一样，将他堵在门口，冲他歇斯底里嚷道，你为什么要带一只狗回来？把她抓伤了，这下你满意了吧！你每次都要这样，从不听劝，常做一些莫名其妙的事情，给我找不完的麻烦。然后历数他的种种罪过。

他并不接话，任我数落。因为他也意识到，狗的确给我们带来了许多麻烦。

在给毛毛的伤口做了简单处理后，我便心急火燎地带她去了社区诊所。听了我的介绍，看都没看，医生就对我说，疫苗得去疾控中心打。我们又马不停蹄地到了疾控中心，好不容易找到工作人员，他们却说，我们不负责打疫苗，打针得去医院。我有点儿烦了，可还是带她到了医院。

不管什么时候去医院，医院里总是人满为患，到处都在排队、挂号、诊查、交费、取药、皮试、打针，整整折腾了一个上午。打针的时候，毛毛龇牙咧嘴地叫着疼。我站在旁边看着，又心疼，又生气。然后斜着眼睛对她说，这是养狗的代价，你得忍着，看你以后还养不养？

她没有被我吓住，却反驳道，养。

自然我的气不打一处来，却又故意反问她，打针疼不疼啊？

她说，疼！

结果我乐了，疼，是吧？活该！

见这句话在这儿等着她呢，她龇着牙，冲我做了个鬼脸。

从医院回来，还没来得及换鞋，她便拿起狗的链子往它脖子上挂。

我问她，干吗啊？

带狗上药啊！

我的病又犯了，我疯了一样地对她吼起来，都被抓成这样了，你还想着它。我还没来得及打它呢，说着就狠狠地踹了狗一脚。我总是控制不住自己，脾气坏透了！有时与他也一样，一语不合，我就火起来。军人出身的他，脾气比我还坏，两个火枪手相遇，场面可想而知。无数次我们当着毛毛的面叮叮当当地干起来，我们的争吵，常把她吓得够呛。不得不说，我们的争吵对她的性格造成了伤害，当发现她的性格越来越内向后，我们意识到了自己的错误。我与他曾达成协议，无论有什么火，在她的面前都要压下来，不到万不得已，忍无可忍的情况下，绝不向对方开火。可有时还是记不住，每次发完火我都后悔不已。

见我打它，她很心疼，比打她还让她难受。她的脾气大概也随了我们，也很倔，小时候，因不听话我打她，她要么直着脖子让我打，要么说，反正都是挨打，让我不要动手，她自己打自己好了，说完对自己又是掐又是拧，要么巴掌抡起来，左右开弓地扇自己。我常常被她的气势吓倒。明明我在教育她，弄到后来，好像她在教育我一样。到了后来，我明白了一个道理，对这样的孩子，来武的不行。此时，她叫着，老妈，您别打它，它没有咬我，就是想和我玩，扑过来太快了，才把我的腿抓伤。它不是故意的。

就算我不打它，也得把它送走。让你爸给狗主人打电话，让他们立刻把狗带走。

在我发火的时候，她用和多多一样忧伤的眼神看着我。

我不想看她的眼神。因为那种眼神有时候我也有过。有时候，我们都有着那种无处安放的情绪。

给多多上药一直拖到晚上，为了弄清狗有没有打过预防针，我陪她一起去了哈狗俱乐部。一进门，看到多多，笼子里的狗都集体地叫起来。我带着一肚子怨气看着它们。狗的品种有很多：蝴蝶犬、萨摩耶、哈士奇、拉布拉多、博美、比熊。它们有躺着叫的，有站着叫的，有扒着笼子叫的。一只丑陋的黑色沙皮犬边叫边拖着笼子往外跑，不时地还翻着眼珠子瞪着我，两个牛一样的眼珠子快要掉下来，那丑相让我不想多看它。宠物店里前来给狗护理的人很多，有洗澡的，理发的，剪指甲的，还有打预防针的。他们都排着队地等候着。我们也站在那里等着。店里的狗对着多多叫了一会儿就停了下来。我一边看着女主人忙碌，一边怀着情绪看着笼子里的狗。

房间的一个大笼子里装着两只蝴蝶犬，起初，两只狗对多多叫得特别凶，后来，它们在笼子里和多多互动起来，隔着笼子互相凝视，伸爪子，吐舌头。一只小的蝴蝶犬在笼子里蹦蹦跳跳，一会儿拉了两坨屎，拉完后，它趴在自己的屎上嗅了嗅，然后大口地吃起来。我感到恶心，一边扭过头不看它，一边告诉女主人，那只最小的蝴蝶犬在吃屎。

在招呼客人的男主人听到后跑了过来，他先将狗屎清理了，然后从笼子里提出狗，掐住它的脖子，强硬地将几粒药片给它喂了进去。喂药的时候，那只狗拼命挣扎，像一个被掐住脖子的人一样蹬着腿，因身体被死命掐住，最后它只得将药片吞了下去。

终于轮到多多上药了。我一边看着女主人上药，一边问她，它有打过预防针吗？

她似乎没反应过来，傻乎乎地问我，你指谁？

我奇怪地看着她，当然是多多了。并告诉她多多把毛毛抓伤的事情。

她愣了一会儿说帮我查查。上完药，她拿出了一个本子，查看一番后告诉我，多多是去年 7 月打的预防针，刚好一年，现在可以接着打了。

多少钱一针？我问了问价格。

一百七。

我用疑惑的眼神看着她，不太相信她给我的数据，并告诉她，预防针还是让它的主人给它打吧。我不打算养狗，它已经把我惹得烦透了。

没想到，她却拖着长腔说，原来的主人是不会给它打针了。

为什么？

她有些不悦地说，它原来的主人不要它了，多多给你是领养，不是代养。她说这话的时候，似乎有种我故意隐瞒领养狗的事实。

她的话让我很受伤，这怎么可能？明明是帮别人代养，难道对方把狗丢给我们不成，或者是他们父女骗了我。我反问她，你怎么知道他们不要它了？领狗的时候，他们可是说代养。

原主人已明确地告诉我不要多多了。她显然有些生气地回我。

这消息与她的语气都让我非常生气，我感觉受到了欺骗。回来的路上，我越想越气，忍不住给他打了电话，问他，为什么要和狗的主人联合起来欺骗我。他在电话里没有直接回我，让我回来再说。

到家，我们发生了激烈的争吵，我发怒是因为被欺骗了，并向他历数多多来了后，给我及邻居带来的困扰。

起先他垂着头，任我数落，后来才委屈地解释说，带它回来的时候，他们只是说带不上飞机，给我们养段时间，我也是今天早上才知道他们不要它了。

我说你抱的时候为什么没有问问清楚，为什么要养狗？

他说，我哪儿知道他们就这么抛弃了它。见我的火气一时半会儿停不下来，他忽然转了话风，问我，你不觉得多多可爱吗？你看毛毛又是那么喜欢它。

我警告他别转移话题。

他一再强调，你不觉得它可爱吗？它来后，给我们带来了多少欢乐？

他想到的都是欢乐，而我想到的都是烦恼。一想到它带来的麻烦，我就烦恼不堪。现在它把她的腿也抓伤了，我不停地和他争吵。因急火攻心，我气得快要背过气去，他却坐在椅子上问我，你为什么不能容忍一只狗呢？并质疑我没有气量。

我为什么不能容忍一只狗？他的指责也让我反问自己，我不明白我为什么不能容忍一只狗，生活中，有时我们容忍一个人要比容忍一只狗难多了，可我们还得忍气吞声地死命容忍。

他揪着这个问题咄咄逼人地追问我，你若是和一只狗都不能和平相处，怎么能和人和平共处呢？我很不喜欢他和我吵架时，带着这种挖苦和嘲讽的语气来教育我。我也毫不留情地指责他的自以为是，以及他将快乐建立在别人痛苦之上的行为。并警告他，三天之内不将狗送走，我会打开门，将狗赶出去。

他突然说，你把狗杀了吧。

我知道他犯浑的劲儿上来了，反问他，为什么杀狗？

不能白养，吃了它。

我为他犯浑的劲儿又火冒三丈，吃狗吃狗，你就想着吃狗，你这个伪君子，一边称自己喜欢狗，一边又不放过吃它的机会。

从我们争吵开始,多多就一动不动地趴在地上,既不看我们,也不看四周,而是神情黯然地盯着地面,十分忧伤,似乎它已知道自己的命运。

我们一连吵了几个小时,吵到最后,竟然都心平气和起来,他也觉得狗给我们的生活带来了困扰。吃它只是气话,他只吃那些与人难以建立感情,或者跟他没有交集的狗。他吃狗,是人们都说吃狗可以强身健体,他从小身体孱弱,他也认为吃狗可以强身健体,有人喊他吃狗,他便也跟着一起吃了,而且狗肉香。我觉得,他还是没有说出吃狗的真话,或者他根本就不知道自己为什么要吃。因为他从来不单独吃,总是一大帮人一起围着桌子吃狗,或者他不是为了吃狗,而是为了壮胆。

# 八

我们开始在微信上给多多征集新主人。微信发出后,每个人看到多多的照片都说狗很可爱,但想养的人不多。即使养的人多,我也不想把狗随便送出,即便送,至少也要送给一位爱它的人。因为这是目前我见过的智商最高的一只狗,我希望给它找个好主人。物色来物色去,最后我为它物色了一位退休老干部。我想,退休的老人比较有时间,又不缺钱,会陪它玩儿,适当地还会帮它收拾收拾,比年轻人要靠谱得多。当我将要把狗送走的消息告诉毛毛时,她将自己关在卫生间里,大约一个小时后,她出来了,两眼像熟透的桃子。看着她哭,我为要送走多多突然也感到心慌起来。送走狗,我是不是也会怀念它呢,怀念它活泼的性格与为迎接我们所做的隆重仪式?

可我对它的讨厌仍多于喜爱,也好,送走它,我再也不会对邻居有一种负疚感了。决定将狗送出后,我一身轻松。还未送出去,已像卸下千斤重担一样。上班时,我哼着小调下楼,在楼梯的转角处差点和隔壁的男主人撞个满怀。我感觉我们都好久没见面了,打完招呼后,我又抱歉地对他说,这个假期带只狗回来,给你们添了不少麻烦。

他笑着说,没关系,我们已习惯了那只小狗的存在。我一阵儿错愕!此前,一次我上楼时,正看到他在楼上用枝条抽打它。最近,他们似乎转变了态度,进屋不再"咣咣"摔门了。加上小姑娘常常来我家逗狗玩,他们对狗也友好起来了,多多见了他们也会摇头摆尾了。这让我突然感到那句话还是有些意思的:世间没有无缘无故的爱,也没有无缘无故的恨!本来我还想告诉他,我要将狗送走了,到嘴的话却又咽了回去,其实说不说,都没有多大意义。只要习惯了,谁会与一只狗过不去呢?

几天后,我在小区里又碰到马春。她问我,你出来不带狗啦?

我还敢带它出来? 我正打算把它送走呢。我们都被它原来的主人骗了,他们以一种欺骗的手段抛弃了它。

她也为多多的主人以那种方式抛弃它感到不能理解。她说,你就养着吧,泰迪除了好色之外,其实是挺聪明的一种狗。

看来泰迪好色是出了名的。我问她是不是之前养过这种狗?

她这才告诉我,她非常喜欢狗。没生孩子前,她养了一只白色的泰迪,她在狗身上倾注了所有的爱,养它不亚于养一个孩子。那只狗非常聪明,学东西也特别快,能听懂许多话。她带它出去,从来不用跟着,无论跑多远它都会自己回来。因为狗喜欢吃小馒头,她就给它取名馒头。后来要生孩子了,大家都说怀孕养狗不好,她把它打扮得漂漂亮亮的送给了朋友。没几天,它又跑了回来。她再次把它送回去,没几天,它又跑了回来。一连跑回来几次,后来它回来不敢上楼,只是在楼下一遍遍地徘徊,等她出来时,它会突然跑出来抱着她不放。最后,她都舍不得送它了。但是家人认为孕妇养狗不好,执意要将它送走。马春说,一个月后,朋友又告诉我,狗跑丢了,这一次,它再也没有回来。不知是死了,还是被人收养了,直到现在我还非常想念它。在说馒头的时候,我感觉她的眼泪都要流下来了。

她告诉我,与狗相处久了,就像亲人一样,彼此依赖,无论丢了,还是死了,都让人伤感。那天看到我带着那只小狗时,她又想起了她的馒头,难过了一晚上。看她难过的样子,我能理解她的心情。在做了将多多送走的决定时,我的心里也非常纠结。

随后,马春又向我谈到了泰迪的流氓性,她说许多人都用"日天日地日空气"来形容它的好色。想到多多在店里强奸女店员的裤脚那段时,我们俩忍不住为一只淫荡的狗哈哈大笑起来。

笑完我也觉得，除好色之外，养一只泰迪真是无可挑剔。十年之后，马春对一只狗还念念不忘。倘若送走多多，我是不是也会感到失落呢？十年之后，我是不是也会想念它呢？

多多没有被立刻送走。他和我商量，毛毛已被抓伤，既然她那么喜欢它，就让她多养一段时间。不声不响地，他还带多多去打了预防针。

当初在我们争吵时，多多已准备着离开，它像做错事的孩子一样，消沉了几天，见没有将它送走，它又活了过来。见到我们，它又活蹦乱跳起来。而且它依旧非常喜欢毛毛，无论她何时唤它，它都十分喜悦，总是箭一般地向她冲去。然后围着她上蹿下跳。

我不知道它怎么会有那么多精力，闲时，我也常常观察它。观察它的行为，观察它对我们每个人的态度。

这天我站在书房的门口看书，它在绿格子的毛巾上趴着，它的头紧紧地贴在地板上，我看向它的时候，它也用黑溜溜的眼睛看着我。那眼睛像会说话一样，似乎在向我询问什么。我叫了声多多，它迅速地抬起头，身上像装了一个弹簧一样，嗖的一下跳起来。又叫了一声多多，它又跳了跳，像配合我叫它的名字一样，可它并没有向我扑来，而是奔跑起来。它迅速地从这个房间奔到那个房间，然后迅速地奔回来，边跑，边回头看我。那神情，似乎它奔跑是表演给我看一样。我觉得有趣，继续叫它的名字，它就继续奔跑，由那个房间奔到这个房间，再跑回去，不停地奔跑，疯了一样。由于地板打滑，跟着奔跑的速度，它的身体也在地板上滑来滑去。为了保持平衡，它不停地狂奔，急刹车，狂奔，急刹车，它的爪子与地板摩擦着，不时发出刺耳的声音。跑了几十趟，它才停下来。它异常兴奋，等我坐下来，它又蹭到我面前，用头不停地在我的脚上摩擦来摩擦去。我忍不住伸出手去，想要为它挠痒，手伸了一半，又缩了回来，换成用脚指头为它挠痒。只要挠起来，它就没完没了地缠着你，等我烦了，就又一脚把它踹开。当它趔趄着站好时，透过耳边几缕长发，用不能理解的眼神看着我，它那圆溜溜的眼睛里，藏着一种我无法解释的伤害。

它常常在房间里来回踱步。踱累了，就躺在那条绿格子的毛巾上，并低头看着毛巾，毛巾上印有一只小狗，和它长得极像。它看着它，就像在看着自己。它对我们房间里的每一样东西都感到好奇，有时它也会站起来，观察我们的神情，偷窥桌上摆着的物件。有时，它会爬上窗户下方的竹床，悠然自得地躺在我的书本上。除了它的流氓罪，这也是它众多行为里，我最讨厌的一种。我会从它的身体下抽出我的书，然后狠狠地抽打它。

　　三个人中，多多很怕他。原因是他既关心它，又不时地狠揍它。就拿拉屎这件事来说，多数时候狗都能忍到我们回来，只有我们没有及时回来，它又忍无可忍的时候，才会在卫生间里解决。尽管没有错，可是，他还是打了它。为此，它换了拉屎的地方，每一次它都以为不会挨揍了，可是，每一次它都没躲过挨揍。无论它拉在卫生间的门口，还是楼梯间的平台上，他都要打它。每次它都被打得莫名其妙，它想要反抗，可它又没有反抗的胆量，便常用哀怨，或仇视的眼神看着我们。

　　有一次我问他，你为什么总打它？

　　他和我争辩道，那是打吗？是教它习惯好不好。

　　好吧，你希望它拉到哪里去？

　　马桶里！

　　有病！我竟帮着狗说起话来，下辈子你投胎成一只狗，上马桶试试，最好你拉完，还能将马桶冲掉。

　　多次挨揍后，见到他多多就有一种莫名其妙的恐惧感。后来，它开始和他耍起心眼来。每次他出门，它乖乖地走进笼子里坐好，等他一走开，它就由笼子里冲出来，先是在笼子外面跳两圈，跳完了，然后在房间里奔跑起来。听到他回来的声音，它立刻在那块绿格子的毛巾上坐得笔直，目视前方，神情端庄，像等待检阅的士兵一样。它之所以如此，似乎是觉得，它不去招惹他，就不会挨打。只要他一离开，它又活蹦乱跳起来。倘若他在楼上时，它不敢上楼，他在楼下时，它又不敢下楼。有时，它站在楼梯上，鬼头鬼脑地偷看他，看着他下楼，听着他的声音走远，直到听到楼下的关门声，他才嗖的一下从楼梯上跳下来。它在地上不停地跳跃、转圈、翻滚，像受到管束，又得到解放的孩子一样，开心得飞起来。

# 九

越接触，越觉得多多身上有一种浓郁的诗人气质，有时活泼，有时忧愁，时不时地还爱生气。我从来没见过这样一只狗，有时对它得像对孩子一样小心。这天天热，房间里开着空调，开饭时，我们决定搬到卧室里去吃。

搬桌子时，多多很高兴，在我们的脚下跳来跳去，不时地踮起脚尖看看桌子。它围着桌子左转转，右转转，看看我们都准备了什么东西，希望吃饭时，我们能赏赐它一点儿吃的。见它围着桌子转来转去，他很嫌弃，觉得这是一只没有规矩的狗，便冲它吼起来，让它立刻滚出去！他的大嗓门把它吓了一跳，它呆呆地站着，望着他，傻在那里。因动作慢了点，他还忍不住踹了它一脚。

它像受到委屈的孩子一样，迅速地跑出房间，无比伤感地在绿格子毛巾上倒了下去。等我们吃完饭，它仍以那样的姿势趴着。无论谁叫它，它都不理不睬。我看出了它在生气，因为我叫它的时候，它既不抬头，也不看我，眼睛始终低垂着。我很好奇，一只狗，哪来那么大的脾气。它越是不想我看，我越是要看它。我俯下身来，发现它像小孩儿一样正在流泪，眼眶里满是泪水。

狗的伤感传染了我，我在它面前蹲了一会儿，既为它的多愁善感感到费解，又想安抚它。我一边儿用手摸着它的头，一边儿与它说着话，多多，你怎么啦？它的情绪似乎好过了一些。它开始回应我了，不时地抬头看着我，似乎在诉说它的委屈。我让毛毛叫它进去，听到呼唤声，它很开心，似乎得到了重视。它站起来，摇头摆尾地正要进去，这时他打电话的声音由房间里传出来，它又颓废地趴在了地板上，一脸忧伤。它在生气，并赌气，只要他在房间里，它决不进去。

上班的时间到了，他对惹狗生气的事毫不知情，上班出门前，他还叫了叫它的名字。它将头搁在地板上，装着没听见，对他的呼唤置之不理。直到听到他的脚步声远去,它才嗖的一下从地上弹起来,但它并不立刻进屋,而是站在门口向外张望,看他有没有走远,直到听到楼下的关门声,它才欢欣雀跃起来。它先是在房间里转了两圈,尔后匍匐在地上,滚了两圈后,才用两只前爪去挠毛毛房间的门。门刚闪开缝,它便挤了进去。进了屋,它开心极了,一会儿扑上床,一会儿扑到她身上,在房间里来回折腾。

多多喜欢上楼。我们的楼顶种着西番莲与各种各样的花,还养了只乌龟。从春天开始,西番莲就陆续地开花、结果,枝头上挂满了鸡蛋一样的果子,有成百上千个。果子成熟时,不用采摘,它会一个一个由枝上掉下来。西番莲的味道十分奇特,果汁里包含着菠萝、香蕉、草莓、苹果、酸梅、芒果等众多水果的味道。我极喜欢吃这种果子,无论直接吃还是做茶饮都十分可口。每次上楼时,我都会从地上捡起几个果子。

每次上楼,多多总喜欢跟在身后。有时它会嗖的一下冲上去,然后站在楼梯口等我。

在楼顶,它很兴奋,看看花,看看鸟,看看掉在地上的西番莲,看看那只养在大盆子里的乌龟。它很胆小,乌龟在水中动一动,它就吓得尖叫,并拼命后退。可是,它又好奇,一会儿又凑上前去继续看乌龟。乌龟动一动,它又拼命尖叫。好几次我都忍不住骂它,蠢货!

直到一天夜间,他从山上带了只鸭子回来,它才逞了次威风。当时鸭子被关在楼上的笼子里,它围着鸭笼不停地转圈与狂叫,不时地伸出爪子往笼子里掏。鸭子将头紧紧地缩在身体底下。鸭子越是胆怯,狗越是猖狂,不停地冲鸭子狂叫。狗边叫,边掏,掏了半天,仅掏出几根鸭毛。鸭子低沉地叫着,拼命地躲着它。后来,它奇怪地停下了叫声,并躺在鸭笼边上。我下楼时,叫它下来,无论怎么呼唤,它都无动于衷。最后我火起来,对它吼道,既然你这么喜欢鸭子,晚上你就陪它好了。那天晚上,它果然没有下楼,整个晚上,它都在楼顶陪着鸭子。

第二天天亮,他提着刀上楼杀鸭,看到狗依然躺在鸭子身旁,他很不解,不明白它为什么要在楼上躺一夜。他不想让它看到杀鸭的画面,便轰它下楼。可是,无论怎么赶它,它都不肯离开,它在花坛边不停地徘徊,远远地注视他，直到他将鸭子杀了，它才狂吠几声，由楼上飞奔而下，一进屋便扑在那块绿格子的毛巾上。

一整天它都不吃不喝，而且神情恍惚。我们吃鸭子时，它仍一动不动。即使毛毛叫它，它也毫无反应，它趴在那块绿格子的毛巾上，用无限哀伤的眼神看着我们。

我知道它的脾气，也懒得去理它，反正到明天它就好了。不过，我很想知道昨晚它与鸭子说了什么，我看了看碗里的鸭子，好像除了鸭子，似乎没有人知道昨晚它们谈论的内容。

看着它忧伤的样子，毛毛心疼它，她问我，老妈，多多怎么啦？

我又回头看了它一眼说，昨晚，你爸带只鸭子回来，它与鸭子成了朋友，并在楼顶陪了它一夜，天一亮，见我们把鸭子杀了，它很不开心。现在看我们津津有味地吃鸭子，它就更加伤心！

毛毛惊讶于我对多多的解读，她看看我又看看狗，然后无限酸楚地说，我觉得它像是哭了。

我让她过去看看。

毛毛走过去蹲在它面前。她叫着它的名字问它怎么啦，它像个受尽委屈的孩子一样抬头看着她，然后又把头扭了过去。她停留在那里，用手摸了一会儿它的头，不声不响地回来了。她坐在桌边，半天不动筷子。看到她的异样，我轻声问她，怎么啦？随即，她的眼泪扑簌簌地掉下来，泪水落下掉在她面前的那碗鸭汤里。

我望向他，他也停下筷子，然后我们面面相觑。愣了一会儿，我回头看了一眼多多，它趴在绿格子的毛巾上像一座化石。吃饭时我习惯摘掉眼镜，此时我虽看不清它的眼角，但我敢肯定，它的眼角湿了一片。瞬间，我也无比伤感，我该拿这只狗怎么办？

晚上，我在写稿的时候，毛毛静静地站在房间门口。我抬头的时候才突然看到她。怎么啦？我问她。

她说，我能和您谈谈吗？

本来想让她等一会儿。但从她对多多的态度上，我意识到在陪伴她的成长中,我的多次缺失,以及一只狗给予我的情感教育。

我说,当然,进来吧。

她站在我的身边看了一会儿才说,其实也没什么事儿,就想问问,狗那么可爱,您为什么不喜欢它?

这句话差点把我问住,我为什么不喜欢狗呢?我现在好像不喜欢所有的动物。但我不是天生就不喜欢,什么时候开始不喜欢的呢?我对动物态度的转变好像得从童年说起。当年,我母亲养了一只雪白的兔子,非常可爱,我们总把它当成玩具,但它经常跑得不知去向,每次找它我都烦恼不堪。当再次找到时,我想拴住它,拴它的时候,我不知在它的脖子上打了一个什么死结,最后那只兔子被活活勒死了。之后家里抱了只灰色的小猫,很招人喜欢,那只猫喜欢跟着我们在院子里疯跑,有时在我们的脚下转来转去,因为鲁莽,最后它死在我的脚下。以及多年前那只每天迎接我们上下学,最后被毒死的狗,都成了我的心结。后来我开始抵触动物,找出各种理由。抵触,是我不想在与某种动物建立感情后,又眼睁睁地看着它在我面前死去。

我回她,不是不喜欢,是我没有时间去养小动物。

可是您养花。

对啊,我养花,没有时间养动物,为什么会有时间养花,而且养各种各样的花?我只得和她解释,植物和动物不同。植物不会和人互动,而动物能,它能将它的情绪传递给人,并能产生感情,当你对一个动物用心后,当有一天,因为种种原因,它要离开你的时候,你会比它更难受。况且一般的动物寿命都不长,即便不出意外,它也不能和你相伴到老,因为能预知到早晚分离的结局,因为不喜欢分离,所以,我有意回避这种迟早要来的伤心感受。

听了解释,她似乎理解了我对动物的这种态度。我知道她找我谈话的目的,直到谈完,她也没有提出要求。

她回房间后,我没有继续写作。我想,多多来了后,的确打乱了我们的一些生活,带给我们这样或那样的问题,以及给邻居带来困扰。后来邻居的转变出乎我的意料。他们由最早的拼命抵触,到后来开始接受,他们的孩子因接触了小狗,性格也变得安静起来,有时能专注地做一些事,尤其在和小狗交流上，她能自言自语地和狗说上半天话，狗似乎听懂了她的语言，以舔她的手表示回应。有时她会央求我带着小狗出去散步。看着孩子的转变，他们夫妻与我们交流得多起来。有一次邻居女主人对我说，我觉得我家的孩子挺喜欢小动物，你说我要不要买一只小狗给她做伴。这决定让我颇感意外。马春也多次劝我，你养着那只泰迪吧，虽然它给你带来一些麻烦，但还是能带来许多欢乐。我发现我与他的关系也变得比以前融洽起来。不仅因为狗，还因为毛毛对狗的态度让我们开始反思，反思父母在教育子女的时候应起的作用，以及对孩子的态度。更要命的是，我没有那么抵触狗了。看着它，我有一种同病相怜的感觉，因为，从它的忧伤里我似乎看到了我自己。

晚上，我睡得很迟，睡到半夜，突然醒了过来，外面一片死寂，我忍不住起来，推开门发现，外面的房间全空了，除了消失的家具，多多与它的笼子、行李也全不见了，地上仅留下它躺过的那条绿格子毛巾。瞬间，我的心被抽空了。